살인 오마카세

# 살인 오마카세

**초판 1쇄 인쇄일** 2025년 02월 10일
**초판 1쇄 발행일** 2025년 03월 05일

**지은이** 황정은
**펴낸이** 양옥매
**디자인** 표지혜
**마케팅** 송용호
**교　정** 조준경

**펴낸곳** 도서출판 책과나무
**출판등록** 제2012-000376
**주소** 서울특별시 마포구 방울내로 79 이노빌딩 302호
**대표전화** 02.372.1537　팩스 02.372.1538
**이메일** booknamu2007@naver.com
**홈페이지** www.booknamu.com
ISBN 979-11-6752-586-4 (03800)

한국추리문학선 20

# 살인 오마카세

おまかせ

**황정은**

장편추리소설

책과나무

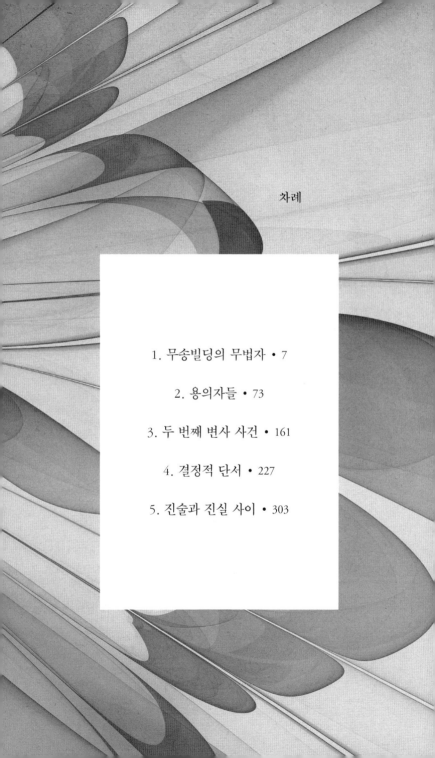

차례

1. 무송빌딩의 무법자 • 7

2. 용의자들 • 73

3. 두 번째 변사 사건 • 161

4. 결정적 단서 • 227

5. 진술과 진실 사이 • 303

# 1

무송빌딩의
무법자

# 스바라시

"어서 오세요."

일식 오마카세 스바라시의 사장 겸 셰프 이상섭은 재료를 손질하던 손길을 멈추고 막 들어온 손님에게 반갑게 인사를 건넸다. 고풍스러운 일본식 포렴을 요란스레 젖히고 입장한 손님은 건물주 최현성이었다. 손님의 정체를 확인한 순간, 이상섭은 마음속 깊숙한 곳으로부터 불쾌한 기운이 피어나는 것을 느꼈다. 긴장감으로 인해 그의 볼 근육이 팽팽히 조였다.

"식당이 한가하네. 이 사장, 물 좋은 생선 많이 들어왔나?"

겨우 마흔두 살 처먹은 놈이 55세의 이상섭에게 반말을 던진다. 이상섭은 이지러지려는 감정을 간신히 추스르며 인사말을 쥐어짜 냈다.

"최 사장님, 오셨습니까?"

"어이 이 사장, 구보다 만쥬 한 병 부탁해."

최현성은 그의 지정석이 돼 버린 카운터석 정중앙에 털썩 엉덩이를 내려놓았다. 이상섭은 냉장고에서 구보다 만쥬 병을 꺼냈다. 구보다 만쥬는 눈이 많이 오기로 유명한 일본 나가오카시 아사히 슈조에서 생산하는 전통주로 스바라시에서 720㎖ 1병당 25만 원에 판매한다.

　구보다 만쥬 병을 손에 드니 오사카의 조리사 전문학교에서 요리 수련에 매진하던 청년 시절이 아스라이 떠오른다. 열정과 패기로 어깨에 힘이 빡 들어갔던 시기였다. 그에게는 한국으로 돌아가 일식 셰프로 성공하고 싶다는 야망이 있었다.

　이상섭은 술병과 잔, 물티슈 등을 최현성의 앞에 가지런히 놓았다. 첫 코스는 단호박죽과 우엉칩샐러드다. 최현성이 구보다 만쥬를 잔에 따르더니 단숨에 들이켰다.

　"카, 좋다."

　최현성은 술잔을 소리 나게 탁자 위에 내려놓았다.

　"이 사장, 호박죽이랑 샐러드 싫어한다고 내가 말했었지? 손님 취향에 맞게 음식을 내야 할 것 아냐?"

　최현성은 우엉칩을 손가락으로 집어 입에 넣고 우물거리더니 이내 퉤, 하고 테이블 위에 뱉어 냈다. 그의 입에서 나온 토사물 비슷한 덩어리가 보는 이의 마음을 불편하게 만들었다. 불편하게 만드는 정도가 아니라 구역질이 날 만큼 혐오스러웠다. 똥물이 튄 것 같은 불쾌감이 그의 내부에서 격하게 요동쳤다. 이상섭은 진흙탕 속을 헤매는 기분이 들었다.

"뭬뭬, 이게 뭐야? 나뭇가지를 말린 거야?"

최현성은 테이블 위에 침을 탁 뱉었다. 이런 젠장, 하마터면 입 밖으로 욕설이 튀어나올 뻔했다.

"최 사장님, 탁자에 침을 뱉으시면 안 됩니다."

최현성의 눈매가 사나워졌다. 이상섭의 말이 심기를 건드렸는지 그가 목에 핏대를 세웠다.

"그러니까 먹을 만한 음식을 내오란 말이야. 내가 초식동물이야? 나뭇가지 말린 거나 내놓고. 오마카세 간판을 내걸었으면 제대로 된 요리를 제공해야지. 손님도 없는데 누가 본다고 난리야?"

"오후 3시부터 5시까지는 브레이크타임입니다."

"브레이크타임? 하하하. 하여간 남들 하는 건 다 하려고 든다니까. 이 핑계로 쉬고 저 핑계로 놀고 돈은 언제 벌려고? 그래서 임대료를 적게 내시나? 노느라 돈을 못 벌어서? 이봐, 난 아버지랑은 달라. 아버지는 죽었고 무송빌딩의 건물주는 이제 나라고."

25살의 여직원 김미나가 스이모노(소금, 간장, 된장 등으로 맛을 낸 국물에 해산물이나 야채 등의 건더기를 넣어 만든 일본 요리. 이날 제공한 스이모노는 바지락 맑은국)를 쟁반에 받쳐 들고 주방에서 나왔다. 김미나가 국그릇을 테이블에 내려놓고 잽싸게 자리를 뜨려는 순간, 음험한 목소리가 그녀를 불러 세웠다.

"미나, 너는 오빠한테 인사도 안 하냐?"

"안녕하세요."

김미나가 마지못해 최현성에게 인사를 했다.

"미나, 이리 와서 오빠한테 술 좀 따라 봐라."

"최 사장님, 스바라시에선 직원이 술을 따르는 서비스는 하지 않습니다."

울상이 된 김미나 대신 이상섭이 나섰다. 그 틈에 김미나는 주방 안으로 잽싸게 모습을 감췄다.

"하여간 고리타분하기는……, 앞뒤가 꽉 막혔다니까. 여직원이 고객한테 술 한 잔 따라 줄 수도 있는 거지. 뭘 그리 빡빡하게 굴어?"

이상섭은 더 대꾸하지 않고 간장새우와 회무침을 내었다. 최현성은 간장새우를 보더니 인상을 찡그리며 불만을 터트렸다.

"새우 껍질 정도는 까서 줘야 하는 거 아닌가. 셰프가 이렇게 불친절해서야. 그러니까 여직원도 저 모양이지."

치받치는 욕지기를 간신히 억누르며 이상섭은 간장새우의

껍질을 까기 시작했다. 곧 말갛게 껍질을 벗은 간장새우가 최현성의 앞에 놓였다. 최현성은 새로 따른 구보다 만쥬 한 잔을 입안에 털어 넣고 간장새우를 우걱우걱 씹었다.

"윽, 새우가 비려."

왜 트집이 안 나오나 싶었다. 이상섭은 광어 지느러미, 캐비어를 올린 학꽁치, 단새우와 우니 스시를 빠르게 내놓았다. 색감이 예쁜 계란말이도 곁들였다. 이어서 난코츠 가라아게라 불리는 닭연골튀김을 내었다. 김이 모락모락 오르는 닭연골튀김이 먹음직스러웠다.

"앗 뜨거."

최현성이 뜨거운 튀김을 냉큼 집어 입에 넣더니 푸푸 입김을 내뿜었다. 볼썽사나운 소란이 한동안 이어졌다. 보다 못한 이상섭이 내민 냉수를 들이켜고 나서야 소동은 끝이 났다.

"입천장이 홀랑 까졌잖아. 혀까지 다 데었다고."

최현성이 찬물을 입에 넣고 오골오골 물 양치를 했다. 입안의 온도를 낮추려고 한 행동인데 문제는 그다음이었다. 그는 양치한 물을 컵 안에 도로 뱉었다. 상식을 벗어난 언동이 매번 이상섭을 경악시켰다. 브레이크타임이어서 다행이라고 이상섭은 가슴을 쓸어내렸다. 고객들은 최고의 요리를 기대하며 스바라시를 방문한다. 일부러 찾아와 준 고객들에게 절대 보이고 싶지 않은 광경이었다.

메인 요리를 서빙할 순서였다. 이상섭은 모둠사시미를 최현성의 앞에 놓았다. 랍스터와 연어, 참치, 도다리를 골고루 담았다. 요리마다 친절하게 설명을 덧붙여야 하지만 굳어 버린 입술이 떨어지지 않았다.

"거참, 셰프 한번 무뚝뚝하네."

쩝쩝 소리를 내며 음식을 씹던 최현성이 불평을 쏟아 냈다. 이상섭은 묵묵히 랍스터와 새우버터구이를 내었다.

"말하기 싫으면 미나라도 불러 주든가."

최현성은 기분 나쁜 웃음을 흘리며 이상섭을 도발했다.

"이봐 이 사장, 왜 대답이 없어?"

코스는 후반부로 치닫고 있었다. 조금만 더, 조금만 더 참으면 된다. 이상섭은 해산물 모둠을 내었다. 개불과 관자, 해삼, 전복, 멍게를 바다 느낌이 나는 접시에 보기 좋게 담았다. 게걸스럽게 음식을 흡입하던 최현성이 젓가락을 테이블에 탁 내려놓았다. 그의 입에서 욕설이 튀어나왔다.

"씨발, 관자가 이빨에 끼었잖아."

최현성은 어금니에 낀 음식물 조각을 빼내기 위해 손가락으로 입안을 헤집으며 용을 썼다. 보다 못한 이상섭이 이쑤시개를 건넸다. 최현성은 입을 크게 벌린 채로 이를 마구 쑤셔 댔다. 또다시 비위가 상하고 구역이 올라왔다. 최현성이 큰 소리로 여직원을 불렀다.

"미나, 바지락국 한 그릇 더."

김미나가 스이모노를 쟁반에 받쳐 들고 주방에서 나왔다. 최현성의 못된 손이 기회를 놓칠 리 없었다. 국그릇을 내려 놓고 돌아서는 김미나의 엉덩이를 그의 손이 쓰윽 훑어 내렸다. 김미나가 몸을 홱 돌리고 최현성을 째려보았다. 그에게 한두 번 당하는 성추행이 아니다. 김미나는 사장 얼굴을 보아 억지로 참고 있는 것이다.

"미나, 이리 좀 앉아 봐. 오빠가 사케 한 잔 줄게. 오빠랑 친하게 지내면 너도 좋잖아. 사람이 둥글둥글해야 매력도 있는 거지, 고슴도치도 아니고 가시투성이 여자를 누가 좋아해?"

김미나는 최현성이 하는 말 자체를 무시했다. 대꾸할 가치도 없다는 듯 그저 쏘아볼 따름이었다.

"미나 씨, 주방으로 들어가요."

결국 이상섭이 나설 수밖에 없었다. 이상섭은 최현성의 눈을 정면으로 응시했다.

"최 사장님, 우리 직원에게 성희롱과 성추행을 하면 안 됩니다."

"뭐? 성희롱? 성추행? 이 인간이 아주 막 나가네. 당신은 건물주가 우스워?"

"직원에게 성희롱과 성추행을 하면 안 된다는 말씀을 드린 것뿐입니다."

"당신, 누구 덕에 장사하는지 잊었어?"

"……."

"이봐, 아버지가 했던 계약은 무효야. 당장 임대료를 올려야겠어."

최현성이 기세등등하게 외쳤다. 청회색으로 물들인 장발이 조명을 받아 반짝거렸다. 2층 염색방 사장이 솜씨를 발휘한 모양이다. 명품으로 온몸을 휘감고 다니면서도 염색 비용조차 내지 않는 위인이다. 임차인에겐 어떠한 요금도 지불하지 않겠다는 그만의 희한한 셈법이었다.

"임대차계약 건은 늘 고맙게 여기고 있습니다."

이상섭은 머리를 조아릴 수밖에 없었다. 그는 전 건물주 최무송의 사람 좋은 미소가 그리웠다.


최현성의 아버지이자 전 건물주였던 최무송은 1년여 전 뺑소니 교통사고로 사망했다. 미국에서 거주 중이던 최현성은 아버지의 부음을 듣고 급하게 귀국했다. 최무송의 전 재산은 유일한 아들 최현성이 상속했다. 무송빌딩의 새 건물주가 된 최현성은 미국 생활을 청산하고 국내에 눌러앉았다. 건물 관리를 위해 내린 결단이라고 하지만, 아버지가 보내 주는 돈으로 생계를 이어 가던 처지라 문제 될 일은 전혀 없었다.

최현성은 아버지가 살림집으로 이용했던 무송빌딩 10층 펜트하우스에 둥지를 틀었다. 건물주로서 그가 제일 먼저 한 행동은 임대차계약서를 검토하는 일이었다. 그는 임차인들을 가족처럼 대하던 아버지와는 판이하게 달랐다. 최현성은 돈이라면 가족도 나 몰라라 할 만큼 탐욕스러운 인간이었다. 건물주가 되었다는 기쁨도 잠시, 임대차계약서를 검토하던 최현성은 욕설을 내뱉으며 뒷목을 잡았다.

"이게 뭐야? 아버지가 치매라도 걸렸나? 이걸 임대료라고 받은 거야?"

임대료는 시세보다 저렴했고 그중 몇몇 업소들은 자선사업 수준이라 할 만큼 적은 금액으로 계약했다. 게다가 장기계약으로 묶여 있어 중도에 해지할 수도 없었다. 청수시의 노른자위 지역에 위치한 공실률 0%의 잘나가는 건물에서 상상할 수도 없는 일이었다.

장례를 치른 이튿날, 최현성은 스바라시의 포렴을 기세 좋게 젖히고 나타났다. 이상섭은 최현성에게 예의를 갖춰 조의를 표했다. 불의의 사고로 아버지를 여읜 아들이다. 상심이 얼마나 클까?

"최 사장님, 심심한 위로의 말씀을 드립니다. 어서 범인을 잡아야 할 텐데요. 경찰 수사는 어떻게 돼 가고 있답니까?"

이상섭은 정중하게 애도의 말을 전했다. 최현성은 180㎝가 넘는 장신에 살집이 튼실한 사내였다. 이목구비는 최무송을 그대로 빼닮았으나 아버지가 웃는 인상이라면 아들은 불어 터진 만두처럼 부루퉁했다.

"터무니없이 낮은 임대료로 계약한 이유가 뭡니까? 아버지 약점이라도 잡았어요?"

최현성은 다짜고짜 그렇게 물었다. 그는 손에 든 임대차계약서를 이상섭의 코앞에 내던졌다. 이상섭은 최현성의 무례한 언동에 기분이 몹시 언짢았지만, 상대가 상중인지라 최대한 예의를 차려 대답했다.

"최무송 사장님께서 임차인들의 사정을 많이 봐주셨습니다."

"나는 이런 계약서 인정할 수 없어."

최현성은 씩씩거리며 돌아갔으나 정식으로 체결된 계약을 해지할 수 없다는 부동산중개인의 조언을 들었는지 다른 전략을 들고 나왔다. 그것은 매우 몰염치한 전략으로 임차인들의 업소를 돌아다니며 압박을 가하는 방법이었다. 제 발로 나갈 때까지 괴롭히겠다는 못된 심보였다.

"아버지가 스바라시에서 저녁 식사를 제공받았다는 말을

들었는데, 나한테도 똑같이 할 수 있어요?"

"최 사장님, 성심성의껏 모시겠습니다."

이상섭은 최현성의 요구에 응할 수밖에 없었다. 스바라시는 지역에서 자리를 잡아 가는 중이었고 단골들도 차츰 느는 추세였다. 소문을 듣고 멀리서 찾아오는 고마운 고객들도 생겨났다. 아버지에게 했던 식사 대접을 아들에게 못 할 것도 없었다. 이상섭은 그렇게 편리하게 해석했으나 그만의 착각이었음이 곧 드러났다. 호의는 어느새 의무가 되었고 당연히 누려야 할 권리로 변질되었다.

아들은 아버지와는 정반대의 인물이었다. 최현성은 예약도 없이 나타났고 브레이크타임은 물론 영업 이후 시간에도 식사를 요구했다. 사춘기 때부터 비행을 일삼다 보니 인성이 비뚤어져 공감 능력이 현격히 떨어진 것 같았다.

최현성의 성장 스토리는 아버지 최무송을 통해 익히 전해 들었다. 자기주장이 강했던 최무송의 아내는 어느 날 갑자기 미국행을 결정했다. 아들을 유학시키고 그 뒷바라지를 하겠다는 명목이었다. 최무송은 반대했으나 기가 센 아내의 고집을 꺾을 수는 없었다.

결과는 물론 대실패였다. 아내는 미국에서 알게 된 남자와 불륜에 빠졌고, 아들은 아들대로 비행 청소년들과 어울려 다니며 사고를 쳤다. 결국 최현성은 대학 진학도 포기한 채 일할 의지조차 상실한 낙오자가 되었다. 아버지가 자산가라는 배경이 스스로 노력하려는 의욕마저 앗아가 버린 것이다. 영어라도 능통하면 그나마 낫겠는데, 한인 사회에서만 생활한 탓에 간신히 의사소통이나 하는 정도였다.

최무송은 술이라도 한잔 들어가면 이상섭에게 기나긴 하소연을 늘어놓고는 했다.

"현성이가 빨리 속을 차려야 하는데……, 나이 마흔이 넘도록 돈 벌 생각을 안 해. 나한테 재산 증여해 달라는 소리나 해 대고."

최무송은 살맛 안 난다는 표정을 지으며 한숨을 푹푹 내쉬었다. 이상섭은 최무송의 푸념을 들으면서 많은 돈이 자식에게 꼭 좋은 것만은 아니라는 생각을 했다.

"최 사장님, 아드님이 결혼은 안 했어요?"

마흔이 넘었으면 결혼한 전력이 있을지도 모르겠다는 생각이 들어 물어보았다.

"애가 진지하지가 못해. 동거는 많이 한 것 같은데 결혼은 안 하더라고."

"미국에 아드님 자녀는 없어요?"

"없어."

최무송은 파리를 날리는 것처럼 손을 홰홰 내저었다. 며느리와 손주 부양의 부담을 덜어 줬으니 그나마 효도를 한 셈이네. 이상섭은 속으로 중얼거렸다.

"최 사장님, 아드님한테 재산을 증여해 주실 의향은 없으세요?"

이상섭이 조심스럽게 묻자 최무송의 눈에 근심의 빛이 감돌았다.

"미리 증여해 주면 그 녀석은 흥청망청 써 버리고 말 거야. 무송빌딩은 현성이가 끝까지 지켜 줬으면 하는데. 이 사장, 현성이를 미국으로 보내는 게 아니었어. 마누라가 우겨도 들어주면 안 되는 거였다고."

최무송은 몹시 후회가 된다는 듯 주먹으로 가슴을 탕탕 쳤다.

"최 사장님 의견에 전적으로 동의합니다. 아드님께 자립할 기회를 주셔야지요. 재산 증여는 절대로 해 주지 마세요."

"그렇겠지, 이 사장?"

"그럼요. 최 사장님 연세 겨우 일흔인데요. 건강하시잖아요. 아드님 걱정일랑 접으시고 해외여행이나 다니면서 행복하게 사세요. 평생 열심히 일하셨으니 이제 누릴 일만 남았잖아요."

"내 속 알아주는 사람은 이 사장밖에 없다니까."

"최 사장님, 저녁 식사는 스바라시에 와서 드세요. 최 사장님 덕분에 편하게 장사하는데 식사 대접이라도 하고 싶어요. 제게 은혜를 갚을 기회를 주세요."

"이 사장 같은 사람이 건물에 있어 주니 내가 더 고맙지. 난 임차인이 자주 바뀌는 게 싫어. 무송빌딩 임차인들은 내 가족이나 다름없다고."

최무송의 눈에 물기가 서렸다. 그는 가정을 이뤘지만 평생을 혼자 산 것이나 다름없었다. 아들이 중학생이 되자 미국으로 날아간 아내는 한인 사회에서 만난 남자와 불륜에 빠졌다. 기러기 아빠 역할에만 충실했던 최무송은 아내의 불륜 사실을 뒤늦게 지인을 통해 전해 들었다. 돈을 버는 족족 처자식에게 보냈던 최무송은 큰 충격에 빠졌다. 그나마 아내가 이혼 요구에 선선히 응해 주어 다행이었다. 아내는 여전히 미국에서 거주 중이다. 불륜남과의 관계는 진즉에 끝났고, 현재는 홀로 여생을 보내고 있다고 한다.

최현성은 질 나쁜 친구들과 어울려 다니며 돈을 펑펑 써 댔다. 그는 귀국하라는 아버지의 권유를 묵살했다. 최현성은 마흔이 넘도록 아버지의 재산만을 탐하며 직업을 가지려는 시도조차 하지 않았다.

"아버지, 이참에 건물 처분하는 게 어때? 아버지가 돈 쓸 일이 뭐 있다고 건물을 끼고 앉아 있어? 건물 관리하기도 힘들잖아. 어차피 내가 상속받을 건데 미리 증여해 주면 좀 좋아. 아버지가 보내 주는 생활비 감질난다고. 미국 생활 하는 데 돈이 얼마나 많이 들어가는지 알아?"

아들은 심심하면 전화를 걸어와 아버지에게 건물을 팔라고 종용했다.

"내가 살아 있는 한 건물 매각할 일은 없다. 무송빌딩은 내 인생이나 다름없어. 벽돌 한 장까지 내가 직접 골라 건물을 올렸다. 네놈이 아무리 졸라도 그것만은 안 돼!"

최무송은 힘주어 못 박았다. 그런 아버지가 한심하다는 듯 아들이 혀를 쯧쯧 찼다.

"아버지는 이제 늙었어. 젊은 사람 말을 들어야 한다니까."

아버지는 탐욕스러운 아들에게 정나미가 떨어졌다. 최무송의 언성이 높아졌다.

"너는 언제까지 아버지 도움만 받고 살 테냐? 나이 마흔이 넘었는데 뭐라도 해 볼 생각을 해야지. 게다가 무송빌딩은 네 것이 아니야. 마치 네 건물처럼 말하는데, 천만의 말씀이다. 네가 그런 식으로 나오면 자선단체에 건물을 기부하고 말 테다!"

최무송은 가슴속의 말들을 꺼내 놓아 후련했다. 그는 아들놈이 괘씸했다. 내 피를 이어받은 아들이건만 친밀감이 없었다. 함께한 시간보다 따로 산 세월이 훨씬 길었다. 최무송은 자신을 돈주머니 이상으로 보지 않는 아들에게 깊은 환멸을 느꼈다. 매달 생활비로도 부족해 재산을 증여해 달라고? 최무송은 70년 인생이 송두리째 부정당한 느낌이 들었다. 해로를 약속했던 아내와는 이혼을 했고, 하나 있는 아들은 사람 구실을 못한다. 아아, 인생 헛살았어. 최무송은 몹시 침울해졌다.

내겐 무송빌딩뿐이다. 그나마 임차인들과의 친교를 통해 외로움을 달랠 수 있었다. 임차인들 중 몇 명과는 가족처럼 친밀한 관계가 되었다. 그들이 없었다면 홀로 남은 긴 세월을 견디지 못했으리라.

최무송은 이상섭의 제안을 받아들였다. 가족처럼 식사를 챙기는 그가 말할 수 없이 고마웠다. 이상섭은 겪어 볼수록 진국인 사람이었다. 일본의 이름난 조리사 전문학교를 졸업한 실력가답게 요리 또한 일품이다. 최무송은 스바라시에서 반주를 곁들여 식사하는 시간이 하루 중 가장 행복했다. 이상섭의 호의는 마음에서 우러나온 것이었다. 최무송이 식사비를 지불하려고 해도 그는 결코 받지 않았다. 최무송과 이상섭은 흉금을 터놓는 사이가 되었다. 그깟 나이 차는 문제도 되지 않았다. 최무송에게 이상섭은 말이 새 나가는 것을 염려하지 않아도 되는 몇 안 되는 사람들 중 하나였다.


"직원 교육을 어떻게 시켰으면 건물주를 우습게 아냐고!"
추억 속을 헤매던 이상섭은 최현성의 말을 얼른 알아듣지 못했다. 최현성이 쐐기를 박듯 한 번 더 일갈했다.

"이 사장, 직원 교육 똑바로 시키란 말이야."

김미나는 며칠 전 식당 일을 그만두겠다는 의사를 전해 왔다. 이유는 최현성의 거듭된 성희롱과 성추행 때문이었다. 이상섭은 김미나가 일을 크게 만들지 않는 것만도 고마웠기에 그녀를 붙잡을 수 없었다. 그는 김미나 후임으로 남자 직원을 채용할 작정이었다.

"벌써 코스가 끝난 거야?"

술기운이 거나하게 오른 최현성이 거만한 목소리로 물었다. 알코올 중독을 의심할 정도로 술을 좋아하는 최현성은 만취하기 전에는 자리를 뜨지 않는다. 식당 사장 입장에선 여간 성가신 일이 아니었다. 카운터석 정중앙에 떡 버티고 앉아 혀 꼬부라진 소리로 떠들어 댄다. 술 냄새를 풀풀 풍기면서 옆자리 손님에게 말을 거는 일도 허다했다. 처음 보는 사람을 붙들고 건물주가 어쩌고, 자랑을 늘어놓는다. 비싼 돈을 지불하고 들어온 고객에게 민폐가 아닐 수 없다. 이상섭은 그들에게 요리 한두 가지를 더 제공함으로 미안함을 대신하고는 했다.

"참돔유비끼가 남았습니다."

"이 사장, 빨리 좀 가져와. 안주가 다 떨어졌잖아. 감질나게 병아리 눈물만큼 주지 말고 팍팍 좀 내와 봐. 사장 손이 이렇게 잘아서야. 그러니까 평생 남의 건물에서 장사하는 거야. 당신, 어느 세월에 건물주 되겠어? 하기야 건물주는 아무나 되는 게 아니지. 하늘이 내려야만 건물주가 되는 거라고. 하하하."

그놈의 건물주 타령, 이상섭은 신물이 넘어왔다. 그는 참돔유비끼를 최현성의 앞에 놓았다. 유비끼는 뜨거운 물을 생선에 부어 껍질을 데친 뒤 재빨리 얼음물에 담가 식감을 쫄깃하게 만드는 조리법이다.

참돔 살을 질겅질겅 씹던 최현성이 구보다 만쥬 병을 높이 들어 올렸다. 이어 술병을 좌우로 흔들었다. 병이 비었으니 새 술을 가져오라는 신호다. 불쾌감이 수위를 넘어 이상섭의 자제력이 위태롭게 흔들렸다. 술이든 요리든 돈을 내고 처먹으라고 고함을 지르고 싶었다.

"이 사장, 안색이 안 좋네. 구보다 만쥬가 아까워서 그래?"

최현성이 실실 비웃음을 흘렸다. 그때 정면의 출입문이 열리고 남녀 커플 한 쌍이 식당으로 들어왔다. 이상섭은 시간을 확인했다. 오후 5시다. 브레이크타임이 끝난 것이다. 커플은 오후 5시에 예약한 손님들이다. 최현성이 예고도 없이 들이닥쳐 혼을 빼놓는 바람에 예약 손님을 맞이할 준비도 마치지 못했다.

"어서 오세요."

이상섭은 젊은 커플을 반갑게 맞았다. 그제야 굳었던 얼굴 근육이 풀어지며 입가에 미소가 감돌았다. 김미나가 커플을 테이블석으로 안내했다. 술에 취한 최현성을 피해 멀리 떨어진 테이블 좌석을 고른 것이다.

"저희는 카운터석을 예약했는데요. 셰프님 요리하시는 모습을 보고 싶어서요."

적지 않은 손님들이 카운터석을 선호한다. 그들은 셰프가 회를 뜨고 스시를 쥐고 조리하는 모습을 직접 눈으로 보고 싶어 한다. 요리를 시각으로 즐기고 싶은 것이다. 이상섭은 최현성 쪽을 슬쩍 곁눈질했다. 그의 앞에 놓인 참돔유비끼 접시가 거의 비었다. 이상섭은 조림과 구이를 건너뛰고 식사를 내어 최현성을 빨리 쫓아낼 궁리를 했다. 그는 커플을 카운터석 왼편에 앉게 했다. 김미나가 커플에게 죽과 샐러드를 나르는 동안 이상섭은 고등어냉소바를 최현성의 앞에 놓았다.

"고등어냉소바입니다. 남은 코스는 모찌리도후(떡처럼 쫀득하고 말랑한 두부)와 멜론입니다."

이상섭은 코스가 끝났다는 의미를 담아 말했다. 구보다 만쥬 병을 기울여 잔을 채우던 최현성이 갑자기 소리를 꽥 질렀다.

"술이 반이나 남았는데 벌써 코스가 끝났다고? 스바라시 사장님 너무 야박하신 거 아닙니까? 비싼 돈 내고 오마카세에 왔는데 대접이 이렇게 소홀해서야. 안 그렇습니까?"

최현성은 과장된 동작으로 한바탕 너스레를 떨더니 커플에게 동의를 구하는 모양새로 마무리를 지었다. 이십 대로 보이는 커플은 의아한 표정으로 최현성과 이상섭을 번갈아 보았다. 이상섭은 커플의 눈초리가 신경 쓰였다. 여자가 남자에게 무어라 귓속말을 한다. 그들은 스바라시에 처음 온 손님들이다. 첫 방문한 손님의 마음을 사로잡아 단골로 만드는 것은 오로지 셰프의 재량이다.

"최 사장님, 술이 과하십니다. 남은 구보다 만쥬는 키핑해 드리겠습니다. 청주로 과음하면 아침에 두통이 심합니다."

"흠, 아무리 봐도 코스가 줄어든 것 같아. 요리가 한참 더 남았을 텐데……."

최현성은 이상섭의 말을 듣는 둥 마는 둥 의심쩍다는 듯이 고개를 갸웃거렸다. 영악한 놈이다. 최현성의 의도는 정확히 맞아떨어졌다. 커플은 최현성과 이상섭의 대화에 귀를 쫑긋 세운 채 젓가락질을 멈췄다. 이상섭은 하는 수 없이 낫토광어회를 최현성의 앞에 놓아 주었다.

"장사는 일관성 있게 해야지. 그때그때 달라지면 쓰나."

최현성은 젓가락으로 힘차게 낫토를 섞고 위에 광어회를

엎더니 이죽거렸다. 김미나가 스이모노를 담은 쟁반을 들고 나와 커플에게 제공했다. 이상섭은 간장새우와 회무침을 커플 손님에게 내었다. 그들은 맥주를 주문했다. 대화로 판단하건대 둘은 몇 달을 벼르다가 스바라시에 예약을 한 것 같았다. 젊은 커플의 눈이 기대감으로 반짝였다.

"제가 두 분께 술 한 잔 사고 싶습니다. 두 분 보니까 제 이십 대가 생각나서요."

최현성이 커플에게 친근하게 말을 걸었다. 커플은 최현성에게 조심스러운 눈빛을 보냈다.

"호의는 감사하지만 이미 술을 시켜서요."

남자가 자신의 맥주잔을 들어 보이며 대답했다. 벌써 맥주를 마시고 있으니 괜찮다는 의미인 것 같았다.

"일식엔 일본 전통주를 마셔야죠. 이 사장님, 이분들께 구보다 만쥬 한 병 내드려요. 술값은 내 앞으로 달아 놓고요."

"그거 비싼 술 아닌가요? 저희는 괜찮습니다."

구보다 만쥬는 일본 공항 면세점에서 병당 36,000원 정도에 구입할 수 있다. 문제는 국내로 들어오는 순간 엄청나게 가격이 뛴다는 것이다. 국내 백화점 판매 가격이 병당 166,000원이다. 식당 판매가는 더욱 높을 수밖에 없다. 27만 원을 받는 곳도 있고, 30만 원을 받는 곳도 있다. 스바라시에선 조금 저렴하게 25만 원에 판매한다. 고가의 구보다 만쥬를 처음 보는 사람들에게 사 주겠다고? 제 돈은 들이지 않으면서 생색 한번 제대로 낸다. 이상섭은 기가 차서 말도 나오지 않았다. 최현성은 이상섭을 향해 호기롭게 외쳤다.

"급하게 나오는 바람에 지갑을 깜빡해서 그래요. 내가 건물준데 사케 한 병 값을 못 내겠습니까?"

젊은 남자가 감탄했다는 표정으로 최현성을 보았다. 여자 역시 동경의 눈빛을 발산했다. 잔에 한 잔씩 따라 준 것도 아니고 한 병을 통째로 사 주었으니 그럴 만도 하다. 건물주의 통 큰 스케일에 감동했겠지.

이상섭은 김미나에게 잔을 가져오도록 시키고, 구보다 만쥬 한 병을 냉장고에서 꺼냈다. 차게 식힌 구보다 만쥬는 은은한 누룩 향과 산뜻한 맛이 강하게 퍼져 일식에 잘 어울린다. 진하거나 드라이하지 않고 니혼슈도(사케의 밀도. 밀도가 가벼우면 당분이 적고 드라이하다. 반대로 밀도가 무거우면 당분이 많고 달다)와 산도(사케의 산도는 신맛과는 다르다. 산도가 높을수록 농후한 맛을 내고 낮을수록 담백한 맛이 난다) 또한 높지 않다.

최현성은 구보다 만쥬 병을 따더니 잔 두 개에 가득 따랐다. 그러고는 커플에게 건넸다. 최현성이 잔을 높이 들었다. 세 사람의 잔이 허공에서 맞부딪쳤다.

"최고의 요리를 제공해 주시는 스바라시의 셰프님을 위

하여!”

최현성이 선창하자 커플은 조그만 소리로 '위하여'를 따라 했다. 커플의 잔이 비워졌다.

“비싼 사케는 처음 마셔 봤는데 정말 맛있네요.”

남자가 최현성에게 고마움을 표시했다. 여자 역시 감사합니다, 라며 웃는 얼굴로 인사했다. 최현성은 별것 아니라는 듯 호탕하게 웃더니 구보다 만쥬 병을 커플에게 밀어 주었다.

“나는 저녁마다 스바라시에 있으니까 구보다 만쥬 마시고 싶으면 언제든지 놀러 와요. 사케뿐 아니라 식사도 대접할 수 있어요. 아, 젊은 커플이 보기 좋아서 그래요. 다른 뜻은 없으니까 오해 말고요.”

“감사합니다. 그런데 정말로 건물주세요?”

여자가 목을 길게 빼서 남자 친구로 막혀 있는 최현성에게 물었다. 최현성은 여자의 질문이 흡족했는지 호방하게 웃어 젖혔다. 그의 웃음소리가 홀 안에 울려 퍼졌다.

“하하하, 건물주가 별건가요. 두 분 언제든지 스바라시에 오십시오. 내가 명색이 건물준데 두 분 식사도 대접 못 하겠습니까?”

이젠 혼자도 부족해 처음 보는 사람들까지 공짜로 먹이려 든다. 이 또한 이상섭을 괴롭히기 위한 수작임이 분명하다. 커플이 식사를 마치고 돌아간 뒤에도 최현성은 자리를 뜨지 않았다. 하도 처먹어서 배가 부른지 그는 마른안주를 달라고 청했다. 이상섭은 견과류와 건새우 튀김을 내주었다. 이후로 입장한 손님들은 테이블석에 앉았기에 그가 말을 걸 수 있는 형편이 아니었다.

결국 최현성은 만취한 채 카운터석 테이블에 엎어져 잠이 들고 말았다. 이상섭은 치킨집 사장의 힘을 빌려 최현성을 10층 펜트하우스까지 데려다주어야만 했다. 언제까지 이 짓거리를 해야 하는 걸까? 이상섭은 이마에 밴 땀을 닦으며 긴 한숨을 내쉬었다.


# 고운내과


진료실 문을 거칠게 열어젖힌 사람은 건물주 최현성이었다. 이 간호사가 최현성의 뒤를 뛰다시피 따라 들어왔다.

"최 사장님, 순서를 지키셔야죠. 먼저 오신 환자분들도 많은데…….."

이 간호사는 도움을 요청하는 눈빛으로 원장 윤고운을 보았다. 윤고운은 이 간호사에게 나가도 된다는 눈짓을 보냈다. 능히 짐작이 되는 상황이었다. 최현성이 차례를 무시하고 진료실로 쳐들어온 것이다. 최현성은 대기 의자에 앉아 차분히 순서를 기다리는 상식적인 인간이 아니다. 그는 건물 안 업소들을 휘젓고 다니는 일로 하루의 대부분을 보냈다.

윤고운은 최현성의 낯짝만 봐도 머리가 지끈지끈 아팠다. 지금쯤 이 간호사는 진땀을 흘리며 환자들에게 양해를 구하고 있을 것이다. 윤고운은 최현성에게 목례를 하다가 그의 안색이 나쁜 것을 보고 내심 놀랐다. 그러고 보니 얼굴도 많이 수척해졌다.

"윤 원장, 내가 몸이 좋지가 않아. 매일 과음해서 그런가?"

최현성은 구토와 설사가 잦고 복통에 시달린다는 푸념을 길게 늘어놓았다. 그는 윤고운의 손을 잡아 자신의 배에 갖다 댔다. 청진기 측정을 위해 셔츠를 걷어 올린 터라 윤고운은 물컹한 뱃살 감촉에 화들짝 놀랐다. 최현성의 몸에서 열감이 느껴졌다.

"윤 원장, 배가 아프다고."

최현성은 윤고운의 손을 잡아끌어 자신의 배를 살살 문질렀다. 청진기를 이용해 심폐음을 들으려던 윤고운은 기겁을 하며 손을 뺐다.

"윤 원장, 너무 야박한 거 아냐. 환자가 아프다는데 야멸차게 손을 빼다니. 그러고도 당신이 의사야? 당신은 내 주치의잖아."

최현성이 볼멘소리를 냈다. 그의 말을 듣고 보니 촉진을 하는 내과의로서 적절한 행동은 아니었다는 자각이 들었다. 윤고운은 청진기로 최현성의 심잡음 등 소리와 심장 리듬을 확인했다. 이어 그의 등을 돌리게 하고 호흡음과 수포음을 들었다. 체온계로 열도 쟀다. 내과의는 문진과 시진, 촉진, 타진을 통해 환자의 상태를 파악한다. 윤고운은 최현성의 진료 기록을 확인했다.

　"윤 원장, 역시 술이 문제일까?"

　최현성은 최근 식욕도 떨어졌다면서 죽을상을 지었다. 그의 눈빛이 죽은 생선처럼 흐리멍덩하다.

　"최 사장님, 식욕이 떨어지셨다고요? 주로 어디서 식사를 하시죠?"

　"그야 무송빌딩 안에서 먹지. 건물에 식당 많잖아. 건물 관리가 그런 거야. 임차인들한테 불편 사항은 없는지 확인도 할 겸 하루 한 번 들러 보는 거지."

　건물 관리 두 번 하다가 임차인들 거덜 나겠다. 윤고운은 속으로 비아냥거렸지만 입으로는 상냥하게 말했다.

　"매일 드시는 음식을 말씀해 보세요."

　"아침은 건너뛰고 점심은 한정식집이나 중국집 아니면 칼국숫집……, 저녁은 스바라시에서 먹지. 반주도 곁들여서."

　윤고운의 자상한 응대 탓인지 최현성의 음성에 힘이 붙었다. 죽은 생선 같던 그의 눈이 점차 음험한 빛을 띠었다.

"윤 원장, 저녁에 시간 어때? 우리 스바라시에서 한잔할까?"

최현성이 은근슬쩍 팔을 뻗어 윤고운의 손 위에 제 손을 덮었다. 흙빛이던 낯짝에 능글거리는 미소가 번졌다. 윤고운은 힘주어 손을 뺀 뒤 정색을 하고 말했다.

"최 사장님, 공과 사는 구분해 주세요. 이곳은 진료실입니다."

"공과 사 구분 좋지. 그럼 이건 어떨까? 건물주와 세입자. 윤 원장, 고자세로 나올 입장이 아닌 것 같은데. 인간이란 말이지, 참으로 뻔뻔스럽단 말이야. 혜택을 베풀면 그걸 당연한 권리로 여기거든."

최현성은 임대차계약을 들먹이는 것이다.

"당신이나 나나 외로운 처지잖아. 외로운 사람들끼리 친하게 지내자는데 뭐가 문제야?"

최현성은 그렇게 말해 놓고 뭐가 좋은지 혼자 낄낄거렸다. 윤고운은 불쾌감에 온몸을 떨었다.

"그래, 좋다고. 쉬운 여자보단 도도한 여자가 섹시하지. 서울대 출신 미녀 원장님 콧대 좀 세워 줄까? 하하하."

"최 사장님, 진료를 받으러 오셨으면 의사의 지시에 따라 주세요. 사적인 이야기는 병원 밖에서 하시고요."

"윤 원장, 오늘 밤 어때? 퇴근하고 펜트하우스로 올 테야? 사적인 대화 실컷 나눠 보자고."

최현성이 끈적거리는 투로 이죽거렸다. 썩 나가, 라고 소리치며 따귀를 한 대 올려붙이고 싶은 충동이 윤고운의 가슴속에서 요동쳤다.

"최 사장님, 진료 끝났습니다. 접수대에서 처방전 받아 가세요."

임계점에 다다른 인내심을 억지로 짜내 말하고 나니 윤고운은 기진맥진해졌다. 최현성도 더는 토를 달지 않았다. 그러나 포기를 모른다는 점에서 최현성은 두려운 존재였다. 날이 밝으면 그는 아무 일도 없었다는 듯이 흔연한 표정으로 진료실 문을 박차고 들어올 것이다.


# 무송약국 (1)

약국의 유리문을 열고 들어온 사람은 건물주 최현성이었다. 최현성이 처방전을 카운터 위로 내던졌다. 약사 김수나가 흘긋 보니 최현성의 인상이 고약했다. 고운내과에서 어떤 만행을 저지르고 왔을지 대충 짐작이 갔다. 김수나는 가볍게 머리를 숙인 뒤 처방전을 들고 조제실로 들어갔다. 처방전을 훑어보던 김수나가 고개를 갸웃거렸다. 그녀는 조제실 창밖으로 최현성을 살폈다. 최현성은 대기 의자에 앉아 스마트폰을 들여다보고 있었다. 안색이 어둡고 얼굴 살이 빠져 수척했다.

약사 김수나는 27세의 미혼으로 아담한 키와 오동통한 몸매, 사랑스러운 이목구비를 지닌 여자였다. 윤고운이 늘씬한 미녀 스타일이라면 김수나는 이웃집 여동생 같은 친근한 이미지였다.

"윤 원장은 너무 완벽해서 가까이 다가가기가 어려워. 사람이 허술한 면도 있어야 정이 갈 텐데, 윤 원장은 찔러도 피 한 방울 나올 것 같지 않다니까. 반면에 김 약사는 보고만 있어도 마음이 푸근해지는 게……, 며느리 삼고 싶더라. 양배추 헤어스타일 좀 봐 봐. 동글동글 자기 이미지랑 딱 맞잖아. 정말 귀엽다니까."

김수나에 대한 세간의 평은 대체로 비슷했다. 귀여운 외모만큼 성격도 둥글둥글 모가 나지 않은 김수나는 주변에서 인기가 많았다.

김수나가 조제한 약을 최현성에게 건넸다. 최현성은 김수나의 복약 지도를 듣는 둥 마는 둥 약봉지를 낚아챘다.

"최 사장님, 살이 많이 빠지신 것 같은데요. 복통이 심하세요?"

최현성의 눈가가 실룩였다. 기분이 좋지 않다는 표시다.

"과음해서 그래. 고운내과 갔다가 잔소리만 실컷 듣고 왔네. 뭘 먹었는지 꼬치꼬치 캐묻기나 하고."

"윤 원장님이 음식에 관해 물으셨어요?"

"그렇다니까. 그런 걸 왜 알고 싶은 건지는 모르겠지만."

"주치의로서 환자의 섭생을 파악하는 일은 중요해요. 최사장님은 주로 외식하시죠?"

"그래 봐야 건물 안이지. 저녁은 늘 스바라시에서 먹고."

"어머, 날마다 스바라시에 가세요?"

김수나는 깜짝 놀란 것처럼 물었다.

"그게 뭐 어때서?"

최현성이 시비조로 눈썹을 추켜세웠다.

"아무것도 아니에요. 그보다 최 사장님, 오늘도 지갑 깜빡하신 건 아니죠?"

김수나의 미간에 힘이 들어갔다.

"약값 때문에 그래? 김 약사, 약값 줄 테니까 우리 집에 갈래?"

최현성은 대놓고 흑심을 드러냈다. 그러나 김수나는 아랑곳하지 않고 하고 싶은 말을 다 했다.

"최 사장님이 떼어먹은 약값이 상당하거든요. 이달 월세에서 제하고 송금해도 될까요?"

김수나의 맑은 눈이 진지한 빛을 띠었다.

"그깟 약값이 얼마나 된다고 그래? 하여간 이 건물 세입자들은 하나같이 똑같단 말이야. 임대료는 쥐꼬리만큼 내면서 제 이익만 챙기려 든단 말이지. 이참에 세입자들 싹 갈아치울까? 어떻게 생각해, 김 약사?"

최현성의 눈꼬리가 올라갔다. 그가 한바탕 독설을 쏟아내려는데 김수나가 선수를 쳤다.

"그보다 최 사장님, 큰 병원에서 건강검진을 받아 보는 게 어떨까요? 설사나 구토, 복통 같은 증세가 지속되는 건 좋지 않아요. 이유 없이 살이 빠지는 것도 그렇고요."

김수나의 말이 심기를 건드렸는지 최현성의 표정이 험악해졌다.

"김 약사, 하나 묻겠는데 당신 어느 대학 나왔지?"

"네?"

난데없는 대학 타령에 김수나는 어리둥절해졌다.

"당신, 서울대 출신 아니지?"

그제야 말뜻을 이해한 김수나의 낯빛이 흐려졌다. 그녀는 작은 소리로 네, 라고 대답했다. 김수나는 지방대 출신이었다.

"김 약사, 잘 들어. 윤 원장은 서울대 출신이야. 서울대 나온 의사가 내 주치원데, 당신이 뭔 간섭이야? 내 몸은 내가 잘 알아. 과음해서 몸이 좋지 않은 것뿐이라고."

김수나는 더 대꾸하지 않고 입을 꾹 다물었다. 돼먹지 못한 인간이 약국에서 소란을 피우면 이쪽이 피해를 입는다. 너 같은 인간 죽든 말든 내가 무슨 상관이람. 김수나는 마음에 두지 않고 훌훌 털어 버렸다.

"여기나 저기나 하나같이 재수 없다니까."

최현성이 투덜거리며 약국 문을 거칠게 열고 나갔다. 그제야 김수나는 약값을 받지 않았다는 사실을 깨달았다.


# 커피조아


무송빌딩 1층에 위치한 커피숍 커피조아는 꽤 넓은 업장인데도 빈자리를 찾기 어려웠다. 직장인들의 휴식 공간은 물론 모임이나 만남의 장소로 유명한 커피조아는 늘 사람들로 북적였다.

우아한 자태로 카운터를 지키고 있던 사장 김정숙은 유리문을 난폭하게 열고 들어오는 최현성과 눈이 딱 마주쳤다. 올해로 환갑을 맞은 김정숙은 귀부인 같은 풍모를 지녔다. 그녀는 갈색으로 염색한 머리칼을 느슨하게 핀으로 틀어 올렸다. 풍성한 머리숱과 꼿꼿한 자세, 주름 없는 피부를 가진 그녀는 50대 초반쯤으로 보였다. 탄탄한 몸매의 김정숙은 멋스러운 롱스커트 차림이었다. 이목구비가 큼직한 편이라 화장은 얼굴에 생기를 불어넣는 정도로만 그쳤다. 진한 화장은 자칫 센 인상을 줄 수 있어 자제하는 편이다.

김정숙은 벽시계로 살짝 눈길을 주었다. 오후 1시가 조금 지난 시간이다. 최현성은 늘 이맘때쯤 커피조아에 얼굴을 내밀었다. 그의 일과야 능히 짐작이 가고도 남았다. 어딘가에서 공짜 점심을 먹었을 테고 공짜 커피가 당겨 뻔뻔한 낯짝을 들이민 것이다. 오늘은 또 어떤 만행을 벌일까? 김정숙은 몸서리가 쳐질 만큼 최현성이 혐오스러웠다. 그러나 서비스업 종사자답게 그녀는 미소 가득한 얼굴로 친절하게 인사를 건넸다.

"최 사장님, 어서 오세요."

커피조아는 최현성이 눈엣가시로 여기는 업소들 중 하나였다. 최현성은 김정숙에게 한 손을 쳐들어 알은체를 하더니 손님들로 꽉 찬 홀을 쓱 둘러보았다.

"김 사장, 장사가 잘되네."

"다 최 사장님 덕분이죠."

"흥, 알긴 아나 보지. 그럼 임대료나 좀 올려 내든가."

제 버릇 개 못 준다고 역시나 미운 소리를 잊지 않는다. 최현성은 창가 쪽으로 휘적휘적 걸어갔다. 그가 즐겨 앉는 자리가 있는 곳이다. 그러나 그의 지정석에는 20대의 젊은 여자가 노트북을 펼친 채 앉아 있었다. 통유리 창밖으로 가로수길이 내다보이는 전망 좋은 자리였다. 최현성은 양해도 구하지 않고 여자의 맞은편 의자에 털썩 주저앉았다. 여자가 놀란 눈으로 최현성을 바라보았다. 최현성이 거만한 동작으로 한 손을 까닥였다. 여자에게 일어나라는 의미였다. 울상이 된 여자가 카운터 쪽을 보았다.

김정숙이 날 듯이 달려왔다. 김정숙조차 예상하지 못했던 최현성의 돌발 행동이었다. 최현성은 비정상적인 사고체계를 지닌 인간이다. 김정숙은 여자에게 허리를 굽혀 사과했다. 그러나 자리를 옮겨 주려 해도 빈 좌석이 없었다. 결국 여자에게 음료 쿠폰을 지급하는 것으로 사태는 마무리되었다. 커피숍 안의 손님들이 웅성거렸다. 개중에는 스마트폰으로 촬영을 하는 사람들도 있었다. 얼굴이 빨갛게 상기된 여자가 서둘러 가방을 챙겨 뒤도 돌아보지 않고 커피숍을 떠났다.

최현성이 큰 소리로 여직원을 불렀다.

"아가씨, 여기 주문 좀 받아 줘."

매장 입구에 키오스크가 설치돼 있음에도 최현성은 직접 주문할 의사가 없는 듯했다. 더 정확히 말하면 돈을 내고 싶지 않다는 뜻이다. 여자 알바생이 최현성에게 달려갔다.

더 큰 소란을 막으려면 그가 시키는 대로 따르는 수밖에 없었다.

"평소 마시던 걸로 가져와. 그리고 아가씨, 편의점에서 담배 좀 사다 줘."

알바생의 앳된 얼굴이 일그러졌다.

"고객님, 담배 심부름은 해 드릴 수 없습니다. 아이스아메리카노 한 잔 주문 넣겠습니다."

또박또박 말을 마친 알바생이 몸을 돌렸다. 불쾌감으로 그녀의 어깨가 굳어 있었다. 알바생이 음료 작업대까지 걸어갔다.

"이봐 아가씨, 지금 뭐라고 했어?"

최현성의 고함이 알바생의 발목을 잡았다. 사람들의 눈과 귀가 그를 향해 집중되었다.

"야, 뭐라고 했냐고 묻잖아?"

알바생이 사뿐사뿐 걸어가 최현성의 앞에 섰다.

"담배 심부름은 할 수 없다고 말씀드렸습니다."

"뭐라고? 너 내가 누군지 알아?"

"고객님, 반말하지 말아 주세요. 부탁드립니다."

"너 내일부터 집에서 놀고 싶어?"

"그렇지 않아도 오늘부로 그만두려고 합니다. 사장님을 봐서라도 참으려고 했는데 더는 버틸 수가 없네요."

알바생이 등을 돌리고 살랑살랑 걸어갔다.

"야, 너 내가 누군 줄 알고 함부로 지껄이는 거야?"

알바생이 바지 주머니에서 스마트폰을 꺼냈다.

"고객님, 대화를 녹음하고 있습니다. 여기서 더 폭언을 하신다면 경찰에 고소하겠습니다."

뒤늦게 상황 파악을 한 김정숙이 달려왔다.

"김 사장, 알바 교육을 어떻게 시키는 거야?"

화가 난 최현성이 탁자를 손바닥으로 내리쳤다. 손님들의 시선이 일제히 최현성에게 쏠렸다.

"최 사장님, 담배는 제가 사다 드릴게요."

김정숙이 최현성을 달랬다.

"됐고. 알바 교육이나 똑바로 시켜."

손님들의 눈총이 따가웠던지 최현성이 낮게 으르렁거렸다. 다른 알바생이 아이스아메리카노를 쟁반에 받쳐 들고 왔다. 최현성은 알바생이 내려놓은 커피 컵을 거칠게 쓰러뜨렸다. 플라스틱 컵이라 깨지진 않았지만, 얼음과 커피가 쏟아져 의자와 바닥을 적셨다. 커피숍 분위기가 싸늘하게 얼어붙었다. 김정숙이 걸레를 가져와 직접 바닥을 닦았다.

최현성에게 항의했던 알바생은 그날로 그만두었다. 그나마 오래 버틴 편이었다. 알바생을 채용해도 두 달을 넘기지 못했다. 최현성은 날마다 커피숍에 나타났고 그때마다 파렴치한 짓을 저질렀다. 갑질에, 폭언, 성희롱, 성추행까지……, 김정숙은 알바생들이 경찰에 신고하지 않는 것만 해도 고마웠다.

김정숙의 고민이 깊어졌다. 알바생이 없으면 영업을 할 수 없다. 김정숙은 전 건물주와의 친분을 봐서라도 최현성에게 예의를 지키고 싶었지만, 점점 더 견디기가 어려워졌다.


# 리노헤어숍

리노헤어숍 원장 정선아는 최현성의 모발을 커트하는 중이었다. 그녀는 최현성의 머리가 청회색으로 염색된 것을 보자 심사가 뒤틀렸다. 분명 염색방 하 사장의 솜씨다. 정선아는 3년 전 염색방이 입점했을 때를 떠올렸다. 전 건물주 최무송은 건물에 염색방을 들일지의 여부를 정선아에게 먼저 물었었다.

'처음부터 안 된다고 단호하게 거절할 걸 그랬어.'

미용실에 손님이 많기도 했지만 워낙 실력에 자신이 있던 탓에 정선아는 그깟 염색방쯤 2층에 들어온다고 해도 크게 타격을 입을 것 같지 않았다. 사람 좋은 최무송은 염색방 사장의 형편이 어렵다는 사정을 전했다. 동종 업계의 고충을 누구보다 잘 이해하는 정선아는 호기롭게 승낙했었다. 과연 최무송 사장은 마음 씀이 남다른 사람이었다.

'화근은 싹부터 잘랐어야 했던 건데.'

물론 염색방이 입점해서 미용실 영업에 타격을 주지는 않았다. 외려 손님들이 밀려들 때면 직원 채용을 심각하게 고민할 정도였다. 그럴 때마다 염색방 하민정이 일손을 보태 주고는 했다. 염색방은 좀처럼 손님이 들지 않아 한가했기에 도움을 줄 수 있었다. 하민정은 미용사 자격증을 보유했고 실력도 꽤 좋았다.

그런데 문제는 엉뚱한 곳에서 불거졌다. 하민정이 최현성에게 꼬리를 치기 시작한 것이다. 정선아도 현장을 잡기 전까진 상상도 하지 못한 일이다.

"최 사장은 내가 찜했어. 민정이 너는 흑심 품으면 안 돼."

최현성을 처음 본 순간 정선아는 이렇게 선언했었다.

"그래 언니, 잘해 봐. 내가 응원해 줄게."

하민정은 정선아의 손을 잡고 파이팅까지 외쳐 주었었다. 정선아는 곱씹을수록 하민정이 괘씸했다. 일손이 부족해 도움을 받을 때마다 수고비도 넉넉히 지급했고, 하민정의 어려운 형편을 감안해 명절엔 선물 바구니를 안기기도 했다. 그런데 나를 배신해? 감히 내 뒤통수를 쳐?

최현성이 새 건물주가 되어 나타났던 첫날부터 정선아는 그를 애인으로 만들어야겠다고 결심했다. 남자 친구가 건물주면 누가 봐도 폼 나지 않겠는가. 정선아는 건물주 남친이 선물한 명품으로 전신을 휘감은 자신의 모습을 상상해 보았다. 명품 선물까진 바라지 않아도 건물주를 곁에 둔다면 손해 볼 일은 없을 터였다.

　42세 정선아는 돌싱녀였다. 능력이라곤 약에 쓸래야 없는 남편과는 진즉에 이혼했다. 전남편은 양육비를 대기는커녕 딸과의 연락마저 끊어 버렸다. 사춘기에 접어든 중2 딸 윤서는 엄마의 고단한 사정을 알아주기는커녕 밖으로만 나돌았다. 자식 키우는 재미라곤 주지 않는 철없는 딸이었다. 그런 까닭에 정선아의 텅 빈 가슴엔 늘 쓸쓸한 바람이 불었다.

　'자식 키워 봐야 아무 소용없어. 엄마는 저 하나 잘되라고 아침부터 밤까지 뼈 빠지게 고생하는데. 엄마를 징그러운 벌레 대하듯 해?'

　정선아는 생각하면 할수록 자신의 처지가 서러워 눈물이 다 날 지경이었다. 그녀는 경력 20년 차 베테랑 미용사였다. 그간 많은 일을 겪었지만 그녀는 한 번도 씩씩함을 잃지 않았다. 이혼을 했을 때조차 정선아는 위축되지 않았다. 그녀에겐 능력이 있었고 딸 윤서만 곁에 있으면 그것으로 족하다고 여겼다. 엄마 목에 매달리는 어린 딸을 억지로 떼어 놓고 출근할 때면 죄책감도 많이 들었었다. 하루에도 몇 번씩 아이 돌보미에게 전화를 걸어 딸의 안부를 물었다. 엄마가 쉬는 날만을 기다리는 어린 윤서가 안쓰러워 눈물도 참 많이 흘렸었다.

초등학생 때만 해도 엄마 바라기였던 윤서는 중학생이 되면서 방문을 걸어 잠갔다. 윤서는 온종일 스마트폰을 손에서 놓지 않았고 무엇을 물어도 퉁명스럽게 반응했다. 극성스러운 엄마 때문에 아빠가 집에서 나간 거라는 타박을 들었을 땐 그녀도 참을 수 없었다. 정선아는 딸의 뺨을 후려쳤다. 그날부터 윤서는 엄마와 말을 섞지 않았다. 정선아가 어르고 달래도 윤서의 마음은 돌아오지 않았다. 정선아는 점점 더 집에 들어가기가 싫어졌다. 힘들게 돈을 버는 의미가 사라져 버린 것이다. 윤서는 엄마와 마주 앉아 밥을 먹는 행위조차 거부했다. 정선아도 더는 딸에게 기대를 걸지 않게 되었다.

새 건물주 최현성은 식당이나 커피숍, 의원, 약국 등은 뻔질나게 드나들었지만, 미용실엔 좀체 모습을 드러내지 않았다. 대면을 해야 작업을 걸든 뭐든 시도를 해 볼 텐데 정선아에겐 도무지 기회가 생기지 않았다. 궁리를 거듭하던 정선아는 급기야 과일 바구니를 챙겨 들고 펜트하우스를 방문하기에 이르렀다.

'아무것도 하지 않으면 아무 일도 일어나지 않는다.'

굳게 닫힌 펜트하우스 철문 앞에서 정선아는 그렇게 되뇌었다. 그것은 정선아의 좌우명으로 주로 용기를 낼 때 떠올리고는 했다. 미용실 출근 전이라 오전 9시가 채 되지 않은 시간이었다. 정선아의 계획은 이러했다. 새 건물주에게 인사를 하러 왔다면서 최현성한테 과일 바구니를 안긴다. 임대인과 임차인 사이의 화목을 강조하며 자연스럽게 집 안으로 밀고 들어가 커피를 청한다. 커피를 마시면서 최대한 호감을 끌어내고 다음 만남을 유도한다.

정선아는 용기를 끌어모아 도어 벨을 누르고 한참을 기다렸으나 펜트하우스의 철문은 열리지 않았다.

"여태 자나?"

정선아는 작게 중얼거렸다. 펜트하우스에서 가사도우미로 일하는 양혜란에게 얻은 정보에 의하면, 최현성은 아침 잠이 많다고 했다. 양혜란은 리노헤어숍 단골이었다. 정선아는 손에 든 과일 바구니를 내려다보았다. 과일은 금세 선도가 떨어질 테고 낮에는 미용실 영업 때문에 시간을 낼 수 없다. 아직 9시가 되지 않았으니 영업 개시까지 1시간여가 남았다. 정선아는 최현성이 나올 때까지 벨을 누르기로 마음먹었다. 과일 바구니를 보면 그도 이해해 주리라 편리한 대로 생각했다.

딩동 딩동 딩동……. 정선아는 경박스럽게 여겨지지 않도록 간격을 두면서 천천히 도어 벨을 눌렀다. 5분가량 지났을까? 투덜거리는 남자 소리가 인터폰을 통해 들렸다.

"누구세요?"

남자의 음성에 짜증이 잔뜩 배어 있다.

"안녕하세요? 미용실 세입자인데요. 최 사장님께 인사드리러 왔어요. 문 좀 열어 주세요. 잠깐이면 돼요."

정선아는 문을 열어 주지 않을까 염려가 돼 문틈에 대고 다급하게 외쳤다. 그러나 이내 문이 열리고 부스스한 몰골의 최현성이 모습을 드러냈다. 정선아는 재빨리 현관으로 뛰어들며 최현성의 품에 과일 바구니를 안겼다.

"최 사장님, 1층 리노헤어숍 정선아예요. 최 사장님께 인사드리러 왔어요. 출근 전에 오느라 시간이 이르네요. 죄송해요. 곤히 주무시는데 제가 깨웠나 봐요."

정선아는 웃음을 섞어 가며 빠르게 말을 쏟아 냈다. 최현성에게 생각할 틈을 주지 않기 위해서였다. 그녀는 벌써 실내화로 갈아 신은 참이다. 최현성은 퉁퉁 부은 눈으로 정선아를 멀뚱멀뚱 쳐다보았다.

"최 사장님, 집 구경 좀 해도 되죠? 저 펜트하우스엔 처음 와 봐요."

정선아는 그렇게 말하더니 자기 집처럼 내부를 돌아다

녔다.

"어머나 뷰가 정말 아름답네요."

과연 펜트하우스의 시티 뷰는 남달랐다. 그녀는 통유리 창밖으로 펼쳐지는 도시 야경을 감상하며 최현성과 와인 잔을 기울이는 상상을 잠깐 해 보았다. 사계절 내내 창밖만 보고 있어도 좋을 것 같았다.

"와 멋지다, 유리 지붕이네."

천장의 일부가 유리 마감재로 시공되어 시야가 하늘까지 뻥 뚫렸다. 하늘을 이불 삼아 잠을 잘 수도 있는 낭만적인 공간이었다. 모던하고 럭셔리한 인테리어에 한껏 매료된 정선아는 탄성을 지르며 집 안 곳곳을 기웃거렸다.

정선아는 복도 깊숙이 위치한 침실 문이 열려 있는 것을 보았다. 그녀의 발길은 자연스럽게 침실 쪽으로 향했다. 실례가 된다는 걸 알면서도 호기심을 억누를 수 없었다. 정선아는 뒤를 돌아보았다. 최현성은 보이지 않았다. 열린 침실 문이 그녀를 유혹했다. 건물주의 호화로운 침실을 엿보고 싶다는 충동이 그녀의 이성을 마비시켰다. 정선아는 방문께로 살금살금 다가갔다.

침실 안에서 사람의 기척이 느껴졌다. 누구지? 여자가 있나? 안을 보고 싶다는 궁금증이 풍선처럼 부풀었다. 정선아는 방문 뒤에 몸을 숨긴 채로 침실 안을 살짝 들여다보았다.

여자의 실루엣이 안쪽으로 빠르게 사라졌다. 짧은 헤어스타일에 키가 늘씬한 여자는 검정 가죽 바지에 검은 셔츠 차림이었다. 여자의 체형이 눈에 익었다. 설마……?

정선아는 황급히 몸을 돌려 거실 쪽으로 종종걸음 쳤다. 주방에서 달그락거리는 소리가 들려왔다. 주방은 가벽을 세워 반만 개방된 구조였다. 최현성이 아일랜드 식탁에 멍하니 앉아 생수를 들이켜고 있었다. 정선아가 가져온 과일 바구니는 개수대 옆에 놓여 있었다.

"최 사장님, 커피는 다음에 마실게요. 리노헤어숍에 한번 들르세요. 머리 멋지게 해 드릴게요."

최현성은 충혈된 눈으로 정선아를 흘긋 보았을 뿐 대꾸가 없었다. 꽤나 무뚝뚝한 남자다. 그는 잠이 덜 깨 몽롱한 상태였다. 집에 여자가 있을 거라고는 상상도 하지 못했기에 정선아는 꽤나 당황스러웠다. 가사도우미 양혜란도 집에 여자가 들락거린다는 정보는 주지 않았다. 정선아는 허둥지둥 펜트하우스를 빠져나왔다. 최현성은 잘 가라는 인사조차 건네지 않았다.

오후로 접어들면서 헤어숍은 눈코 뜰 새 없이 바빠졌다. 고양이 손이라도 빌려야 할 판이라 정선아는 염색방 하민정에게 전화를 걸었다. 하민정은 금세 내려왔다. 염색방은 여전히 한가한 모양이었다.

"언니, 염색방에 손님이 없었으니 망정이지 나 아니었으면 어쩔 뻔했어? 이참에 염색방 때려치우고 리노헤어숍에 취직할까 봐."

하민정은 미용실 문을 열자마자 너스레부터 떨었다. 파마 로드를 마느라 여념이 없던 정선아는 그제야 하민정 쪽으로 고개를 돌렸다.

"민정아, 고마워. 은혜 잊지……."

정선아는 뒷말을 잇지 못했다. 정선아의 눈길이 하민정의 복장에 못 박혔다. 하민정은 광택 나는 검은 셔츠에 검정 가죽 바지를 맵시 나게 차려입고 있었다. 늘씬한 체격에 은회색 쇼트커트 헤어스타일까지 시크한 매력이 물씬 풍겼다. 화장도 평소보다 정성 들여 했는지 한결 예뻐 보였다. 비록 뒷모습뿐이지만 펜트하우스에서 본 여자와 차림새가 똑같았다.

"너 그렇게 입고 일해도 돼? 작업복으로 갈아입어야 하는 거 아냐?"

"앞치마 걸치면 되지. 작업복 입으면 스타일이 안 살잖아."

하민정은 옷장에서 앞치마를 꺼내 입으며 대답했다. 앙큼한 년, 시치미를 뚝 떼고 있다. 하민정은 정선아가 목격한 사실을 알 리 없기에 그렇게 행동하는 것 같았다.

가증스러운 년, 정선아는 속으로 부르짖었다. 어느 틈에 최현성을 꼬셨지? 정선아는 눈꼬리를 한껏 위로 치켜 뺀 하민정의 아이라인을 흘겨보았다. 남편까지 있는 년이 선수를 쳐? 사나워진 정선아의 시선을 의식했는지 하민정이 의아한 눈빛을 쏘았다.

"언니, 나한테 기분 나쁜 일이라도 있어?"

눈매를 강조한 스모키 화장이 하민정을 도발적으로 보이게 만들었다. 도도한 도시 여자 이미지가 여자가 봐도 매력적이라는 생각이 들었다.

"네가 하도 멋지게 차려입어서……."

"후후, 언니도 참. 염색방이 너무 안 되니까 옷이라도 잘 입으면 손님들이 몰려올까 싶어서."

뻔뻔한 데다 능청스럽기까지 하다. 정선아는 하민정의 가죽 바지와 실크 셔츠를 아래위로 훑었다. 상당한 고가품으로 보인다. 어쩌면 최현성이 사 준 것일지도. 그러고 보니 하민정은 못 보던 흑진주 목걸이를 걸고 있다. 흑진주를 알알이 꿴 목걸이는 독특한 디자인으로 하민정의 긴 목을 한 바퀴 감아 양쪽으로 늘어뜨렸다. 목걸이 끝에는 반짝이는 보석 로고가 달려 있다. 혹시 명품? 명품 마니아인 최현성이 사 준 것일까? 정선아의 몸 안쪽에서 뜨거운 불기둥이 솟구쳤다. 불쾌한 열기가 그녀의 마음을 어지럽혔다.

"어머 언니, 볼이 새빨개. 벌써 갱년기가 온 거야?"

정선아는 화끈거리는 뺨에 찬 물수건을 갖다 댔다. 그러고 보면 하민정은 돈이 없다고 죽는소리를 하면서도 지니고 있는 명품은 꽤 많았다. 뇌졸중으로 자리보전한 남편이 사주었을 리는 없다. 그럼 스폰서가 있다는 뜻인데……. 맹랑한 년, 요조숙녀인 척은 혼자 다 하더니.

40세의 하민정은 3년 전 뇌졸중으로 반신마비가 된 남편과 고등학생 아들과 함께 살았다. 남편이 쓰러지자 생계가 막막해진 하민정은 보유하고 있던 미용사 자격증으로 염색방을 차렸다. 장사는 잘되지 않았다. 그럼에도 불구하고 하민정은 잘 차리고 다녔다. 정선아가 본 명품만도 몇 개나 되었다. 하민정은 낮보다 밤이 더 바쁜지 퇴근 무렵이면 화려하게 꾸미고 건물을 빠져나갔다. 정선아가 술을 마시자고 청해도 선약이 있다면서 거절하기 일쑤였다. 그게 다 남자를 만나러 간 거였구나.

파마 로드를 마는 자신의 모습이 거울 한쪽에 비쳤다. 키도 크고 얼굴도 이만하면 봐줄 만하다. 42세, 적지도 많지도 않은 나이지만 뭐 괜찮다. 문제는 푹 퍼진 몸매였다. 아침부터 밤까지 남의 머리카락만 붙들고 씨름하다 보니 체형 관리에 소홀했다. 아침은 건너뛰고 점심은 먹는 둥 마는 둥, 퇴근하면 참았던 식욕이 폭발했다. 윤서와 사이가 틀어지면서 혼술양도 늘었다. 폭식과 폭음을 거듭하며 체중은 급격히 불었다. 먹고 마시는 걸로 스트레스를 푼 결과였다.

미시 느낌의 하민정과 대조적으로 정선아는 두리뭉실 펑퍼짐한 아줌마 체형이었다. 정선아는 한판 붙어 보기도 전에 나가떨어진 모래판 밖 씨름선수가 된 기분이었다.

의기소침해진 정선아는 도전할 의욕을 상실해 버렸다. 최현성은 하민정과 깊은 관계로 발전했고, 과일 바구니를 받고도 고맙다는 인사 한마디 없었다. 내 복에 건물주 남자 친구가 가당키나 해? 남편 복, 자식 복 없는 년이 애인 복일랑 있을쏘냐? 정선아는 극도의 자기혐오와 패배주의에 빠져들었다.


그러나 운명의 여신은 정선아를 잊지 않았고 친절하게 손을 내밀어 주었다. 햇살이 유난히 따사롭던 어느 날 오후 리노헤어숍의 문이 열리고 최현성이 선물처럼 나타난 것이다.

"어머나 최 사장님, 어서 오세요. 커트하시게요?"

정선아의 얼굴이 활짝 핀 꽃처럼 만개했다. 정선아는 진심으로 기뻐하며 최현성을 맞이했다. 그녀는 손님 의자에 최현성을 앉게 한 뒤 얼른 샴푸실로 달려가 자신의 모습을 거울에 비춰 보았다. 오후가 되어 안색이 어둡지만 눈에 띌 정도는 아니다. 통 넓은 바지를 입은 탓에 퉁퉁 부은 다리도 잘 감추었다. 펑퍼짐한 허리 역시 앞치마로 가렸다.

"정 원장, 손질하기 쉬운 파마로 해 줘."

최현성의 반말에 정선아는 살짝 놀랐지만 그가 성을 기억해 주어 기뻤다. 친구처럼 친근한 느낌마저 들었다. 최현성은 자연스러운 웨이브 파마를 원하는 것 같았다. 정선아는 정성을 들여 최현성의 헤어스타일을 완성했다. 클리닉도 추가해 머릿결에 윤기와 탄력을 더했다.

"최 사장님, 스타일 어떠세요? 거울 한번 보세요."

정선아는 설레는 마음으로 졸고 있던 최현성을 깨웠다. 최현성이 헤어스타일에 탄복하면서 그녀의 솜씨를 칭찬하길 바랐다. 정선아의 음성에 기대감이 묻어났다. 시술 내내 졸고 있던 최현성이 게슴츠레 눈을 떴다. 최현성은 전면 거울을 보더니 퉁퉁한 손가락으로 머리카락을 두어 번 쓸어 넘겼다. 부드럽고 탄력 있는 컬이 더해지자 부루퉁한 인상이 한결 온화하고 정돈돼 보였다.

"정 원장, 솜씨 좋은데."

최현성의 한마디가 정선아의 기분을 하늘까지 끌어올렸다.

"최 사장님 인물이 워낙 출중하셔서 어떤 스타일도 다 잘 어울리세요."

빤한 대사를 늘어놓던 정선아가 뭔가 생각났다는 듯 무릎을 탁 쳤다. 손아귀에 들어온 기회를 쉽사리 놓칠 그녀가 아니었다.

"최 사장님, 전에 못 마신 커피 오늘 마셔도 돼요? 펜트하우스에 초대해 주시면 미용요금은 받지 않을게요."

최현성은 선선히 승낙했다.

"정 원장, 저녁부터 먹자고. 커피는 저녁 먹고 나서 대접하지. 영업 끝나고 스바라시로 와."

정선아는 귀를 의심했다. 분명 들었는데도 방금 들은 말이 믿기지 않았다. 드디어 최현성에게 데이트 신청을 받았다. 두고 봐라, 하민정. 그 잘난 코를 납작하게 뭉개 줄 테니. 정선아는 하민정을 향한 투지가 불타올랐다.

"아차 정 원장, 오마카세 말고 한정식집으로 가자고. 계속 회만 먹었더니 속이 좋지가 않아."

"어머 최 사장님, 전 어디나 좋아요. 한정식집 맛있다고 소문났던데 최 사장님 덕분에 가 보게 되네요."

정선아는 기분이 들떠 소리쳤다. 다행히 학생 손님들이 몰리는 시간대라 그들의 대화에 관심을 갖는 이는 없었다. 이후의 시간은 꿈결처럼 흘러갔다. 평소와 다름없이 바쁜 날이었지만 염색방 하민정에게 도움을 청하지는 않았다.

그날 밤 두 사람은 한정식집에서 만찬을 즐겼고 술에 얼큰히 취한 채로 펜트하우스로 올라갔다. 정선아가 펜트하우스 입성에 성공한 역사적인 날이었다.

최현성은 정선아와 하민정, 두 여자 사이에서 줄타기하듯 밀회를 즐겼고 그녀들은 펜트하우스의 단골손님이 되었다. 침실에 있는 비상문을 이용하면 외부로 바로 나갈 수 있는 구조여서 비밀 연애에 매우 유용했다. 유사시를 대비한 비상문이 밀회에 사용되는 웃기는 경우였다.

"최 사장님, 염색 다시 하시는 게 어때요? 청회색 머리는 너무 추워 보여요. 따뜻한 느낌의 밀크브라운이 좋을 것 같은데."

정선아는 최현성의 목덜미에 묻은 머리카락을 스펀지로 털어 내며 새로 염색하기를 권했다. 그녀는 최현성의 몸에서 하민정의 흔적을 싹 걷어 내고 싶었다.

"왜? 난 청회색이 좋은데. 시크한 내 이미지와 잘 맞아떨어지잖아."

풋, 정선아는 실소가 터질 뻔했다. 불어 터진 만두처럼 생겨 가지고 시크한 이미지라고? 내가 너무 추켜세웠나? 정선아는 뒷목을 부여잡았다.

"정 원장, 빨리 좀 끝내. 나 바쁘단 말이야."

종일 빈둥거리는 인간이 뭐가 바쁘다는 거지? 정선아는 어이가 없었지만, 최현성의 모발에 최대한 볼륨을 살려 정성껏 드라이를 해 주었다.

"오늘 밤에 가도 돼?"

정선아는 뒷거울을 보여 주는 척 최현성의 귀에 대고 속삭였다. 최현성의 미간이 확 찌푸려졌다. 흥, 하민정과 약속이 돼 있는 모양이군. 기분이 몹시 상한 정선아는 미용요금을 청구했다.

"나 돈 없어."

최현성은 매몰찬 한마디를 남기고 바람처럼 사라졌다. 이게 뭐지? 불쾌감으로 인해 온몸의 세포가 모조리 오그라드는 느낌이었다. 정선아는 소파에 무너지듯 주저앉았다. 이건 아니잖아? 정선아는 결렬한 분노에 사로잡혔다. 30,000원 커트비도 못 내겠다고? 하민정한테 전부 퍼 주느라 내게 이러는 걸까? 아무리 그래도 이건 말이 되지 않는다. 명품 선물은 고사하고 정선아는 미용요금조차 받아 본 적이 없었다. 불신의 더께가 정선아의 마음에 한 꺼풀 더 쌓이는 순간이었다.

# 물들임염색방 (1)

염색방 사장 하민정은 최현성과의 이별을 심각하게 고민하는 중이었다.

12살 연상 띠동갑인 남편이 3년 전 뇌졸중으로 쓰러져 반신마비가 되었다. 나이 차가 많다는 것을 이유로 딸의 결혼을 반대했던 친정엄마는 꼴좋다고 비아냥거렸다. 남편이 건강했을 때도 넉넉한 형편은 아니었지만, 얼마 안 되는 재산마저 병원비와 간병비로 날리고 나니 살길이 막막해졌다.

앉아서 굶어 죽을 수는 없었기에 유일한 재산인 아파트를 담보로 대출을 받아 겨우 염색방을 차렸다. 마음씨 착한 건물주를 만나 유리한 조건으로 임대차계약도 마쳤다. 그런데 기대했던 만큼 염색방에 손님이 찾아와 주지 않았다. 2층에 입점한 데다 1층에 터줏대감 미용실이 버티고 있는 탓이다. 하민정은 미용사로 근무했던 경험도 꽤 되어서 실력만큼은 자신 있었다.

하민정은 리노헤어숍 정선아 원장이 원망스러웠다. 미용실에 일손이 달릴 때면 득달같이 달려가 급한 불을 꺼 주었는데, 정선아는 쥐꼬리만 한 수고비로 입을 싹 씻었다. 그것뿐이라면 말을 꺼내지도 않았다. 한껏 생색내며 가져온 명절 선물은 유효기간이 한참 지난 데다 개봉했던 흔적까지 있었다. 하민정은 정선아의 속내가 빤히 들여다보였다. 겉으로는 쿨한 척, 사람 좋은 척하지만 속은 시샘하는 마음으로 가득 차 있었다.

최현성이 건물주가 되어 나타났을 때, 하민정은 기회가 왔다고 판단했다. 염색방 영업이 부진하니 다른 특기를 발휘할 수밖에. 늘씬한 몸매에 남다른 패션 감각을 지닌 하민정은 따르는 남자들이 많았다. 그녀는 클럽에서 만난 유부남들이나 남자 동창들로부터 돈을 얻어 썼다. 그런데 남자들이 약아서 실컷 놀고도 푼돈밖에는 쥐여 주지 않았다. 건물주를 스폰서로 둔다면 생활비 걱정은 안 할 텐데. 건물주가 떨어뜨린 콩고물 좀 주워 먹겠다는 게 그리 잘못된 일인가?

최현성을 꼬시는 일은 어렵지 않았다. 하민정은 남자들을 다루는 법을 잘 알았다. 문제는 펜트하우스에 입성하고도 실속이 없다는 것이었다. 생활비는커녕 흔한 선물세트 하나 받은 적이 없었다. 먹고살기 힘들다는 푸념을 은근슬쩍 흘려도 마이동풍으로 최현성은 반응이 없었다.

남자들한테 대놓고 돈을 요구하면 안 된다는 철칙쯤은 누구보다 그녀가 잘 이해하고 있었다. 그것은 여자의 품격을 떨어뜨림과 동시에 무시해도 괜찮다는 여지를 주는 행동이다. 인내심을 가지고 좀 더 버텨야 할까? 아니면 냅다 던져 버려야 할까? 소문난 잔칫집에 먹을 것 없다더니……, 하민정은 혀를 끌끌 찼다.

빛 좋은 개살구에 경쟁까지 붙은 것은 더욱 황당했다. 미용실 정선아가 최현성에게 눈독을 들인 것이다. 대박 미용실을 운영하면서 스폰서까지 두려고? 욕심이 과해도 너무 과하다. 하민정은 탐욕스러운 정선아가 밉살스러웠다.

"최 사장님, 리노에서 커트하셨구나. 거기서 염색까지 하시지, 여긴 왜 오셨을까?"

세련되게 커트한 최현성의 머리를 보자 하민정은 울화가 치밀었다. 말이 곱게 나가지 않았다. 하민정은 정선아가 펜트하우스에 드나든다는 사실을 알고 있었다. 가사도우미 양혜란에게 염색을 해 주다가 얻어들은 정보였다.

"하 사장, 질투하는 거야? 하여간 여자들이란. 젊으나 늙으나 하는 짓들은 다 똑같다니까. 하하하."

이제는 막말까지 쏟아 낸다. 이런 취급을 받으면서 관계를 이어 가야 하나? 허울만 번드르르한 놈팡이 주제에. 이참에 정선아한테 넘겨줘? 그래도 건물준데. 건물주와 친해서 손해 볼 일은 없잖아? 하민정의 머리가 복잡하게 돌아갔다.


# 무송약국 (2)


"최 사장님, 약값 주세요."

"지갑 안 가져왔어."

"또요?"

무송약국에서는 늘 보던 익숙한 장면이 연출됐다. 최현

성은 오늘도 뻔한 핑계를 대며 공짜로 약을 가져가려고 했다. 김수나는 조제한 약봉투를 최현성에게 넘겨주려 하지 않았다.

"그럼 스마트폰으로 결제해 주세요. 폰은 가지고 있잖아요."

"어떻게 결제하는지 몰라."

김수나는 한숨을 폭 내쉬었다. 안하무인도 이런 안하무인이 없다. 식당이든 의원이든 최현성은 요금을 내는 법이 없었다.

"신용카드도 없어요?"

"김 약사, 돈 받고 싶으면 우리 집에 가자. 집에 돈 있으니까 당장 가자고."

실랑이에 지친 김수나가 막 약봉투를 건네려는 순간, 대학생으로 보이는 남자가 약국 안으로 들어왔다. 약국 안을 휘둘러보는 남자의 시선이 불안정하게 흔들렸다. 남자는 카운터에 버티고 선 최현성에게 흘깃 눈길을 주더니 도로 나가려는 듯 몸을 돌렸다. 김수나는 최현성의 손에 약봉투를 쥐여 준 뒤 안녕히 가세요, 라고 인사했다. 새로 들어온 남자 손님을 응대하기 위해서였다. 남자에게는 사연이 있는 것 같았다.

그러나 눈치는 최현성이 더 빨랐다. 야수 같은 그의 본능이 약한 표적을 감지해 낸 것이다. 최현성은 약봉투를 주머니에 욱여넣더니 대기 의자에 털썩 주저앉았다. 그러고는 주먹으로 무릎을 탁탁 두드렸다. 다리가 아프니 쉬어 가겠다는 몸짓이다. 뒷주머니에서 스마트폰까지 꺼낸 최현성은 느긋하게 자리를 잡았다.

"무엇을 도와드릴까요?"

김수나는 최대한 부드럽게 남자에게 말을 걸었다. 남자의 몸이 천천히 김수나 쪽으로 돌아섰다. 그는 머뭇거리는 동작으로 쭈뼛쭈뼛 카운터 앞까지 왔다.

"말씀하기 곤란하면 여기에 적어 주세요."

김수나는 메모지와 볼펜을 남자에게 건넸다. 남자가 뭔가를 적더니 메모지를 김수나 쪽으로 밀었다. 메모지엔 여성용 경구 피임약 이름이 적혀 있었다. 남자가 망설였던 이유를 알 것 같았다. 그는 여자 친구 대신 피임약을 사러 온 것이다. 짐작건대 여자 친구가 시켰겠지. 김수나는 남자의 행동이 이해될 것 같기도 하고 아닌 것 같기도 했다. 그녀는 선반에서 피임약을 골라 남자 앞에 놓았다. 계산을 마친 남자가 약봉투를 움켜쥐었다. 아마도 그는 뒤도 돌아보지 않고 약국 밖으로 뛰쳐나갈 것이다.

"잠깐만요. 복약 지도 해 드릴게요."

"필요 없어요. 설명서 읽어 볼게요."

"약사의 복약 지도를 들어야만 가장 도움이 되는 약을 선택할 수 있어요."

낄낄낄, 난데없는 웃음소리가 좁은 약국 안을 울렸다. 최현성이 대기 의자에서 배를 잡고 낄낄거리는 중이었다. 그는 벌떡 일어나더니 남자의 어깨를 주먹으로 툭툭 쳤다. 그러고는 다시 낄낄거렸다.

"이봐 학생, 참 어렵게도 산다. 살다 살다 여자 친구 피임약 대신 사다 주는 남자는 처음 봤네. 낄낄낄."

남자의 앳된 얼굴이 홍당무처럼 붉어졌다. 그는 약봉투를 주머니에 쑤셔 넣고 약국 밖으로 달려 나갔다. 남자의 등 뒤에서 최현성이 조롱 섞인 야유를 던졌다. 김수나는 최현성의 무례한 언동에 분노가 솟구쳤다. 이건 명백히 영업 방해 행위다.

"최 사장님, 손님한테 그런 말을 하면 어떡해요?"

김수나가 부르짖었다.

"내가 없는 말 했어? 남자 새끼가 할 일이 그렇게 없나? 아예 생리대 심부름까지 하지. 여친 피임약 셔틀이라니 웃기지 않아? 낄낄낄. 김 약사는 저런 남자 매력 있어?"

"최 사장님, 그만 나가 주세요."

김수나가 쏘아붙였지만, 최현성은 되지 않은 농지거리만 쏟아 낼 뿐 꿈쩍도 하지 않았다. 도무지 말이 통하지 않는 인간이다.


# 물들임염색방 (2)


염색방의 유리문이 크게 호를 그리며 열렸다. 기세 좋게 문을 열어젖힌 사람은 리노헤어숍의 정선아였다. 영업시간이 지났음에도 문을 잠그지 않은 것은 하민정의 불찰이다. 배달 음식을 받느라 그만 깜빡한 것이다. 최현성은 스바라시에서 저녁을 먹자고 제안했으나 하민정은 내키지 않았다. 하민정은 유부녀였고 최현성과 사귄다는 소문이 파다하게 퍼져 있었다. 귀로 듣는 소문과 눈으로 직접 확인하는 것은 차원이 다르다. 스바라시는 리노헤어숍과 거리도 가까워 정선아의 눈에 띌 염려도 있었다.

"내 이럴 줄 알았다니까."

염색방 문을 박차고 들어온 정선아는 조강지처라도 되는 양 눈에 쌍심지를 켰다. 정선아의 눈이 분노로 이글이글 불타올랐다. 하민정은 의자에서 엉거주춤 일어났다. 일단은 정선아의 화부터 누그러뜨려야 한다. 정선아의 행태가 어이없긴 하지만 일을 크게 벌이면 서로가 손해다. 망신살이 뻗치기 전에 손을 써야 한다. 하민정은 솟아오르는 반발심을 지그시 누르며 정선아를 향해 알은척을 했다.

"언니, 어서 와."

최현성이 염색방에 와 있는 건 어떻게 알았을까? 하민정
은 정선아의 기막힌 촉에 새삼 감탄했다.

"어이 정 원장, 이리 와서 한잔해. 우리도 방금 시작했
다고."

최현성은 빈 잔에 맥주를 따르더니 정선아 쪽으로 밀어 주
었다. 그는 정선아에게 앉으라는 듯 소파를 탁탁 두드렸다.

"그래 언니, 이리 와서 앉아. 요리도 넉넉히 시켰으니까
같이 먹자."

하민정은 정선아의 팔을 잡아끌었다. 정선아는 하민정의
손을 거칠게 뿌리쳤다.

"난 너 같은 동생 둔 일 없어. 남자라면 앞뒤 분간 못 하고
달라붙는 년이 얻다 대고 언니래. 아무한테나 꼬리 치는 화
냥년."

면전에서 욕지거리를 듣자 하민정도 가만히 있을 수만은
없게 되었다. 옆자리에서 최현성이 키득거렸다. 이년이 뚜
껑 열리게 하네. 하민정의 안면 근육이 씰룩였다. 누군 욕
을 못해서 입 닥치고 있는 줄 아나? 싸움이라면 하민정도 누
구 못지않게 자신 있었다.

"남편까지 있는 년이 외간남자랑 붙어먹으니까 좋더냐?"

정선아는 미친 오리처럼 꽉꽉 소리를 질렀다. 정선아의 입에서 나오는 원색적이고 적나라한 단어들이 하민정의 귀에 화살처럼 날아와 박혔다.

"흐흐흐, 잘들 해 봐."

최현성이 유들유들 웃으며 약을 올렸다. 마치 재미난 구경거리라도 난 것처럼 흥겨워 보인다. 하민정은 씹어 먹을 듯한 눈빛으로 최현성을 노려보았다. 연놈이 다 재수 없지만 지금은 여자 쪽이 우선이다. 정선아 같은 여자에게 만만하게 보이면 앞으로가 괴로울 것이다. 형세가 한쪽으로 기울면 승패 또한 그대로 굳어진다. 하민정은 곧 반격에 나섰다.

"내가 왜 당신한테 화냥년 소릴 들어야 하지?"

"이년이 뚫린 입이라고 함부로 나불대는구나. 내가 틀린 말 했냐?"

정선아는 늘어진 이중 턱을 부르르 떨더니 하민정에게 달려들었다. 목소리가 얼마나 큰지 염색방이 쩌렁쩌렁 울렸다. 정선아의 양손이 하민정의 머리칼을 잡으려고 촉수처럼 길게 뻗어 왔다. 그러나 탁자로 가로막힌 탓에 붙잡기가 쉽지 않았다. 하민정이 재빠르게 상체를 낮췄다. 목표를 잃은 정선아의 두 손이 허공을 움켜쥐었다. 정선아는 두어 번 볼썽사납게 두 팔을 허우적거리더니 그만 균형을 잃고 탁자 위로 엎어지고 말았다.

육중한 몸이 쓰러지자 코끼리가 넘어진 것 같은 요란한 소리가 났다. 맥주병과 유리잔이 나동그라지고 요리 접시가 바닥에 굴렀다. 짬뽕 그릇이 엎어지면서 최현성의 재킷에 빨간 얼룩을 남겼다. 최현성이 욕설을 뱉으면서 소파에서 일어났다.

"야, 이게 얼마짜린 줄 알아?"

최현성은 쌍욕을 쏟아부으며 재킷에 묻은 짬뽕 국물을 물티슈로 닦아 냈다. 그러나 얼룩은 점점 더 넓은 부위로 지저분하게 번져 갈 뿐이었다. 그새 몸을 일으킨 정선아가 성난 황소처럼 콧김을 내뿜으며 씩씩거렸다. 멋지게 틀어 올렸던 머리가 풀어지면서 정선아는 산발한 미친 여자 형상이 되었다.

정선아의 눈이 분노로 번들거렸다. 그녀의 분노가 돌연 공격 대상을 바꾸었다. 재킷을 쥐고 노발대발하는 최현성 쪽으로 방향을 튼 것이다. 정선아는 최현성을 향해 도끼눈을 떴다.

"나야? 이년이야? 둘 중 하나만 골라."

정선아가 목청을 높였다. 긴 머리채를 풀어 헤치고 고래고래 악을 쓰니 미친 여자가 따로 없었다.

"뭐라고? 이년이 미쳤나? 닳고 닳은 퇴물들 상대해 줬더니 이게 어디서 행패야? 너 같은 년 꼴도 보기 싫으니까 당장 꺼져."

최현성은 재킷을 닦다 말고 정선아에게 물티슈를 집어던
졌다. 그는 명품 재킷 때문에 더 화가 난 것 같았다.

"뭐? 좋다고 데리고 놀 땐 언제고 이제 와서 퇴물? 미용요
금도 떼어먹는 좀스런 새끼가 나한테 퇴물이라고? 네놈 눈
엔 세입자가 전부 호구로 보이지?"

"뭐라고? 이년이……."

최현성이 더 화를 참지 못하고 정선아에게 덤벼들었다.
그러나 다음 순간 최현성은 정지 버튼을 누른 것처럼 얼어
붙었다. 그를 향해 터지는 스마트폰 불빛 때문이었다. 여러
개의 스마트폰에서 동시에 찰칵거리는 소리가 들렸다.

하민정 역시 깜짝 놀라 복도 쪽으로 시선을 돌렸다. 유리
벽면 밖에서 여러 개의 눈들이 안을 들여다보고 있었다. 2
층에 입점한 업소들에서 나온 사람들이었다. 직원들과 손님
들이 한데 뒤섞여 웅성거렸다.

"그래 이 새끼야, 어디 한번 쳐 봐라. 내가 바로 고소할
테니까 어서 쳐 보라고."

악에 받친 정선아가 고함을 질렀다. 금방이라도 폭력을
휘두를 사람처럼 최현성이 주먹을 치켜들었다. 그의 팔 밑
에는 머리칼을 풀어 헤치고 얼굴이 빨갛게 상기된 정선아가
서 있었다. 하민정은 조마조마한 심정으로 두 사람을 지켜

보았다.

똑똑, 문밖에서 노크 소리가 들렸다. 안쪽의 대답도 듣지 않고 문을 열고 들어온 사람은 건물 경비원이었다. 경비의 눈이 최현성과 마주쳤다. 주의를 주려던 경비의 입이 불가사리처럼 오므라들었다. 경비의 허리가 90도 각도로 꺾였다.

"최 사장님, 죄송합니다. 밖에 계신 분들이 경찰에 신고하겠다고 하셔서……, 별일 아니라고 제가 말씀드리겠습니다. 죄송합니다."

50대의 경비는 연신 굽실거리면서 나갔다.

"에잇, 재수 없어. 너희들 다신 내 앞에서 얼씬거리지 마."

최현성이 씹어 뱉듯이 으르렁거렸다.

"이 새끼야, 내가 널 가만둘 줄 알아? 너 이 새끼, 죽여 버리고 말겠어. 두고 봐. 반드시 죽여 줄 테니까."

정선아가 입에 거품을 물고 외쳤다. 기차 화통을 삶아 먹었는지 카랑카랑한 목청이 건물 전체를 울리는 것 같았다. 유리 벽면 밖에서 사람들은 여전히 촬영 중이었다. 최현성이 난감한 표정을 지었다. 그는 하는 수 없다는 듯 재킷을 손에 들고 출입문을 향해 성큼성큼 걸어갔다.

"너희들 다시는 나한테 연락하지 마. 에잇, 재수 없어."

"네놈은 저승길 갈 준비나 하고 있으라고. 내가 반드시 너를 죽이고 말 테니까."

정선아가 최현성의 등 뒤로 표독스러운 협박을 쏟아 냈다. 유리문을 거칠게 닫은 최현성이 복도를 뚜벅뚜벅 걸어가는 소리가 들렸다. 염색방에는 두 여자가 패잔병처럼 남겨져 썰렁한 냉기만 감돌았다. 사태가 싱겁게 마무리되자 모였던 사람들 역시 하나둘 소리 없이 자취를 감추었다.

# 2

용의자들

# # 청수경찰서 (1)

42세의 건물주 최현성이 죽었다. 조물주 위에 건물주, 갑
중의 갑이라는 건물주가 비명횡사한 것이다. 최현성은 본인
소유의 건물 10층 펜트하우스에서 독을 먹은 상태로 발견되
었다. 정확한 사인은 부검 결과가 나와 봐야 알겠지만, 현
장을 둘러본 형사들은 음독보다는 독살에 비중을 두었다.
55세 가사도우미 양혜란이 펜트하우스로 출근했을 때, 최현
성은 주방 바닥에 피를 토한 채 쓰러져 있었다. 양혜란은 일
주일에 두 번 펜트하우스에서 집안일을 도왔다.

"평소처럼 비밀번호를 누르고 집 안으로 들어갔어요. 제
가 9시에 출근하는데, 그 시간이면 최 사장은 늘 잠을 자고
있거든요. 최 사장은 어린아이처럼 아침잠이 많은 사람이었
어요."

"비밀번호를 알려 줄 정도면 양 선생님을 많이 신뢰했나
봅니다."

청수경찰서 형사과 강력 1팀 지택근 형사는 가사도우미

양혜란의 눈을 지그시 들여다보았다. 양혜란은 시체를 발견했던 충격이 가시지 않았는지 이따금씩 몸을 떨었다. 지택근 형사는 청수경찰서로 양혜란을 불러 참고인 진술을 듣는 중이었다. 그는 양혜란에게 선생님이라 칭했다. 선생님 호칭에 기분 나쁠 사람은 없었다.

"저는 전 건물주 때부터 그 댁에서 일을 했어요. 비밀번호를 알려 주지 않으면 직접 문을 열어 줘야 했을 테니 불편했겠죠."

"시체를 발견했을 때의 상황을 최대한 자세히 설명해 주시겠습니까?"

"저는 먼저 주방으로 갔어요. 최 사장이 밥을 해 먹진 않았지만, 술잔이나 물잔 같은 설거짓감이 꽤나 쌓여 있거든요. 그때까지 이상한 점은 느끼지 못했어요."

양혜란은 당시를 회상하며 몸서리를 쳤다. 시체를 발견했으니 당연한 반응이다. 이럴 때는 가만히 기다려 주는 편이 좋다. 지택근 형사는 다 이해한다는 의미를 담아 고개를 끄덕여 주었다. 지 형사의 표정은 온화하기 이를 데 없었다. 훈남인 형사가 부드러운 미소까지 지으니 양혜란의 마음은 점점 안정을 찾아갔다. 지 형사의 지지에 힘을 얻었는지 양혜란의 음성이 점차 또렷해졌다.

"아일랜드 식탁 옆에 최 사장이 모로 쓰러져 있었어요. 처음에 전 최 사장이 술에 취해 잠들었다고 생각했어요. 그 사람 소문난 술고래거든요. 저는 최 사장 곁으로 가까이 다가 갔어요. 사장님, 이런 데서 주무시면 큰일 나요. 침대로 가서 주무세요, 이렇게 말했죠. 그런데 아무런 반응이 없는 거예요. 그래서 저는 최 사장의 팔을 붙잡고 흔들었어요. 아아아……."

양혜란의 입에서 신음이 터져 나왔다.

"최 사장의 팔이 바닥으로 뚝 떨어지더라고요. 그것은 살아 있는 사람의 반응이 아니었어요."

"그래 얼마나 놀라셨습니까?"

남동생처럼 자상한 지 형사의 응대에 양혜란의 굳었던 볼 근육이 풀어졌다. 그녀는 친절한 형사의 얼굴을 찬찬히 들여다보았다.

"그제야 바닥에 뿌려진 토사물과 피가 눈에 들어오더라고 요. 최 사장은 피와 토사물에 얼굴을 박고는……, 아유 끔찍해."

"최현성 씨가 사망했다는 걸 바로 알 수 있었군요."

"최 사장은 미동도 없이 누워 있었어요. 저는 최 사장의 얼굴을 돌려보지도 못하겠더라고요. 너무나 무서워서……, 저는 정신없이 비명을 질렀어요."

"비명 소리를 듣고 달려온 사람이 있었습니까?"

양혜란은 오른손을 들어 휘휘 내저었다.

"집 안에서 소리를 질렀는데 누가 오겠어요. 펜트하우스는 방음이 잘돼서 소리가 밖으로 새어 나가지 않아요. 혼자 미친 여자처럼 비명을 지르다가 112에 신고했어요."

"양 선생님, 최현성 씨의 죽음에 관해 어떻게 생각하십니까?"

양혜란의 눈에 의아한 빛이 서렸다.

"형사님, 무슨 말씀이세요?"

"자살인지 타살인지 어느 쪽일 것 같으냐는 말씀입니다."

독약은 집 안 어디에서도 발견되지 않았다. 현재로선 음독이나 독살 어느 쪽이든 가능했다.

"형사님, 자살은 절대로 아니에요. 40대의 젊은 건물주가 자살했다는 게 말이 돼요? 최 사장은 성격이 불같고 직진 스타일에 두려울 것이 없는 사람이었어요."

"안하무인에 막가파 스타일이라……."

지 형사가 중얼거리자 양혜란이 쿡쿡 소리 내어 웃었다. 그러나 상황에 어울리지 않는다고 판단했는지 이내 어두웠던 표정으로 돌아갔다.

"최현성 씨는 결혼하지 않았습니까?"

"결혼은 안 한 걸로 알고 있어요. 직업도 없이 빈둥거리는 남자를 어떤 여자가 좋아하겠어요? 하기야 시아버지가 자산

가면 재산 보고 결혼할 수도 있는데……, 아유 전 모르겠어요. 나이 마흔이 넘도록 아버지가 대는 생활비로 살았대요. 그 아버지 속이 어땠겠어요? 최 사장은 미국으로 유학 갔다가 눌러앉은 케이스예요. 1년 전에 아버지가 돌아가셔서 무송빌딩을 상속받았어요. 그 뒤로 청수에 남은 거죠. 어차피 직업도 없는데 미국으로 돌아갈 이유가 없잖아요."

양혜란은 말문이 터졌는지 이야기를 술술 풀어냈다. 지 형사는 양혜란에게 커피를 권했다. 그녀의 긴장을 풀어 주고자 지 형사가 대접한 커피였다.

"최현성 씨의 부친이 1년 전에 사망했다고요? 사인이 뭡니까?"

지 형사는 지나가는 투로 물어보았다. 질문 내용이 심각할수록 대수롭지 않게 묻는 것이 지 형사의 버릇이다. 지 형사가 판단하건대 양혜란은 질문자의 태도에 영향을 많이 받는 유형이었다.

"최무송 사장님은 교통사고로 돌아가셨어요. 헉……."

가사도우미는 돌연 말을 끊고는 손바닥으로 입을 가렸다. 지 형사가 놀란 눈으로 가사도우미를 보았다.

"왜 그러십니까?"

"최무송 사장님은 뺑소니 교통사고로 돌아가셨어요. 그럼 전 건물주도 살해당한 걸까요?"

"교통사고로 위장한 살인 사건이란 말씀입니까?"

이번에는 지 형사가 놀랄 차례였다. 과연 양혜란이 헉 소리를 내며 소스라칠 만했다.

"최무송 사장님은 매우 인자한 분이었어요. 그런 분을 누가 죽이려 들겠어요? 제가 잘못 생각한 걸 거예요."

말은 그렇게 해도 양혜란의 안색은 급격히 어두워졌다. 아버지와 아들이 1년을 사이에 두고 변사한 것은 매우 이상한 일이었다.

"양 선생님, 전 건물주와 친분이 깊으셨나 봅니다."

"저는 오랫동안 그 댁에서 일했어요. 최무송 사장님 참 좋은 분이었는데…… ."

가사도우미의 눈이 아련해졌다. 같은 고용주라도 아버지와 아들에 대한 평가는 하늘과 땅처럼 달랐다.

55세의 양혜란은 나이보다 족히 5년은 젊어 보이는 외모에 옷차림 역시 세련되었다. 지 형사는 고운 용모의 가사도우미를 바라보며 속으로 엉뚱한 상상을 했다. 부유한 건물주와 미모의 가사도우미 사이에서 벌어지는 로맨스라…… . 만약 양혜란과 최무송이 남녀 관계였다면? 멋대로 상상의 나래를 펼치던 지 형사는 양혜란의 목소리에 퍼뜩 정신을 차렸다.

"최무송 사장님이 살아 계실 때만 해도 저는 날마다 그 댁에 갔어요. 남자 혼자 사는 집에 일거리가 뭐 그리 많겠어요? 다 저를 배려해 주신 거죠. 제 형편이 어려운 걸 아시고는 조금이라도 더 벌게 해 주려고 매일 부르신 거예요. 집에는 아무나 들일 수 없는데, 저는 믿는다고 하시면서 가족처럼 친절하게 대해 주셨어요."

"최현성 씨는 아버지만 못했습니까?"

"아유, 말도 마세요. 스바라시 이 사장님이 도와주지 않았으면 저는 바로 해고당했을 거예요. 그 넓은 펜트하우스 일을 일주일에 두 번 오전 중으로 마치래요. 남자 혼자 산다고 해도 할 일이 얼마나 많은데요. 덕분에 급료도 대폭 삭감됐고요. 당장에라도 때려치우고 싶었지만 저는 받아들일 수밖에 없었어요. 목구멍이 포도청인데 어쩌겠어요."

지 형사의 머리가 빠르게 회전했다. 그는 범인 자리에 양혜란을 놓아 보았다. 급료 삭감은 살인 동기로 다소 약하지만, 양혜란이 고용주의 갑질에 이를 갈았다면? 지 형사는 양혜란이 최현성의 음료에 독을 넣는 장면을 상상해 보았다.

그는 양혜란을 찬찬히 관찰했다. 갈색으로 염색한 웨이브 단발을 느슨하게 묶은 그녀의 목선이 아름다웠다. 귀 옆으로 흘러내린 머리카락 몇 올이 세련미를 풍긴다. 자연스러워 보이지만 연출한 느낌도 난다. 한마디로 양혜란은 여성적 매력이 시들지 않은 여자였다. 최현성이 양혜란을 성적으로 희롱했다면? 살인은 강한 동기로만 벌어지는 범죄가 아니다. 우발적 살인도 종종 일어난다. 하지만 최현성은 독살되었다. 독살은 우발적인 범죄가 아니다. 기회 면에서 보자면 양혜란은 제1 용의자였다.

지 형사는 청수경찰서로 발령받은 지 불과 몇 개월이 되지 않았다. 1년 전에 일어났던 뺑소니 사건은 당연히 알지 못한다. 지 형사는 최무송 사건을 다시 검토해 봐야겠다고 마음먹었다.

"최무송 씨의 부인은요? 부인은 살아 계신가요?"

"부인은 미국에 있어요. 최무송 사장님과 이혼한 지 오래됐고요. 아들 공부 때문에 모자가 미국으로 건너갔는데……, 그 과정에서 부인이 바람이 났던가 봐요. 외도 사실을 알게 된 최무송 사장님이 부인한테 이혼을 요구하셨어요. 물론 부인은 이혼에 동의했고요."

지 형사는 집안 사정을 속속들이 알고 있는 가사도우미가 고마웠다. 양혜란은 수다 본능도 강한 타입이어서 조금만 부추겨도 이야기가 줄줄 쏟아졌다. 고용주에 대한 의리를 지킨답시고 조개처럼 입을 다물고 있으면 난감하기 이를 데 없다.

"최무송 씨는 기러기 아빠 생활까지 했지만 결혼은 실패로 끝이 났군요."

"눈에서 멀어지면 마음도 멀어지는 법이죠. 한번 해외로 나가면 돌아오고 싶지 않은가 보더라고요."

"넓은 땅에서 자유롭게 살고 싶은가 보죠."

미국에서 사는 것이 자유로운 삶인지는 모르겠으나 지 형사는 입에서 나오는 대로 말해 보았다. 가족은 부대끼며 살아야 한다는 소신을 지닌 그였기에 그저 맞장구를 친 것뿐이다.

"양 선생님, 최현성 씨의 사생활에 관해 아는 내용이 있습니까?"

양혜란의 눈이 반짝거렸다. 가사도우미는 고용주의 내밀한 사생활을 알 수밖에 없는 위치다.

"형사님, 집에 여자가 드나들었는지 알고 싶다는 말씀이죠?"

역시 양혜란은 말이 통하는 여자였다.

"최 사장 침실에는 별도의 비상문이 달려 있어요. 여자들은 비상문으로 들락거리니 저야 알 수 없죠. 침실 청소도 허락을 받아야만 할 수 있고요."

"침실 청소를 허락을 받고 한다고요?"

"그렇죠. 그런데 최 사장이 사람 부리는 데는 철저해서 청소를 못 하게 한 적은 없었어요. 안에 여자가 있으면 나중에 오라고 해요."

최현성의 호화로운 침실이 지 형사의 머릿속에 그려졌다. 욕실과 화장실, 간이주방이 딸렸고 화재를 대비한 비상문까지 달려 있었다. 침실에서 외부로 바로 나갈 수 있는 구조였다.

"다만……."

가사도우미에게 남은 말이 있는 듯했다.

"양 선생님, 사소한 거라도 좋으니까 빠짐없이 말씀해 주세요. 작은 단서가 사건 해결의 실마리가 되기도 하니까요."

지 형사는 간곡하게 부탁했다. 아버지에 이어 아들 건까지 미제로 빠진다면……, 담당 형사로서 상상조차 하기 싫은 결말이다.

"이런 얘기까진 하고 싶지 않았는데요."

지 형사의 호기심이 부풀어 올랐다.

"비밀은 지키겠습니다. 마음 푹 놓으셔도 됩니다."

"실은 제가……."

"어서 말씀해 보세요."

지 형사는 애가 달았다.

"형사님이 최 사장의 사생활을 알고 싶어 하시니까 말씀드리는 거예요."

양혜란은 또다시 뜸을 들여 지 형사의 애를 태웠다. 지 형사는 입꼬리를 억지로 끌어 올려 미소를 지어 보였다.

"두 달 전쯤인가? 제가 청소하려고 침실 문을 노크했는데, 안에서 부스럭거리는 기척이 들리데요. 감이 딱 오더라고요. 뭔가 있다 싶었죠. 저는 방문에 귀를 갖다 댔어요. 아니나 다를까, 안에서 여자 소리가 나더군요. 최 사장은 나중에 오라고 소리를 질렀고요. 저는 밖으로 뛰어나가 비상계단으로 갔어요. 옥상 쪽에 몸을 숨기고 비상문을 지켜봤죠. 5분쯤 지나니까 여자 하나가 비상문을 열고 나오더라고요."

양혜란은 단숨에 말하고는 긴 숨을 토해 냈다. 속 이야기를 풀어놓아 한결 편안해진 표정이다.

"그 여자가 누구였습니까?"

"말해도 되려나?"

양혜란은 또 망설였다. 지 형사는 한층 더 애절한 눈빛을 쏘았다.

"그 여자는 미용실 정 원장이었어요."

양혜란은 비밀을 공유한 사람답게 친밀감을 담아 말했다.

"최현성 씨와 미용실 원장이 사귀는 사이였습니까?"

"그랬으니까 최 사장 침실에서 나왔겠죠. 그날은 미용실 원장을 봤지만……."

양혜란의 가슴이 크게 들썩였다. 비밀 정보를 방출하자니 흥분이 된 모양이다.

"또 누가 왔었습니까?"

"실은 염색방 하 사장도 봤어요."

양혜란의 입이 시원하게 열렸다. 미용실 원장은 이혼녀고 염색방 사장은 유부녀라고 한다. 라이벌이자 단짝인 두 여자는 최현성에게 경쟁적으로 추파를 던진 것 같았다. 최현성의 침실에는 과연 몇 명의 여자가 드나들었을까? 역시 치정살인? 독살은 여자들이 선호하는 살해 방법이기도 하다.

"양 선생님, 다른 여자를 보신 적은 없었습니까?"

지 형사가 재차 질문했다. 양혜란은 더는 모른다면서 도리질을 했다.

"제가 본 건 두 사람뿐이었어요. 펜트하우스엔 일주일에 두 번 가는 게 고작이라."

"양 선생님, 더 해 주실 말씀은 없습니까?"

"형사님, 최 사장이 좋아했던 사람은 따로 있었어요."

양혜란이 약간 으스대는 투로 말했다. 지 형사는 그녀가 귀여운 구석이 있다고 생각했다.

"그게 누굽니까?"

"고운내과 윤 원장이요. 윤 원장은 미혼인 데다 정말로 예쁘게 생겼거든요. 남자라면 누구라도 반할 만큼 아름다운 여자예요. 그런데 윤 원장은 콧대가 높아서 최 사장이 들이대도 꿈쩍도 안 하더라고요."

"그래서 어떻게 됐습니까?"

"윤 원장이 거절하니까 최 사장이 졸렬하게 나간 것 같더라고요. 임대료를 올리겠다고 엄포를 놨대요. 개업의도 예전 같지 않아서 경쟁이 심하다고 들었어요. 고운내과는 무송빌딩에서 자리를 잡았는데 다른 데로 옮기긴 어렵잖아요. 평소에도 최 사장은 임대차계약에 불만이 많았어요. 아버지가 물러 터져서 세입자들한테 휘둘렸다면서 불평을 늘어놨었죠."

"임대료가 그렇게 싼가요?"

양혜란이 어깨를 으쓱했다.

"무송빌딩 임차인들은 대부분 오래된 사람들이에요. 한 건물에 오래 있다는 건 그만큼 조건이 좋다는 뜻 아니겠어요?"

양혜란은 세상 돌아가는 이치를 아는 여자였다. 지 형사는 새삼스럽게 그녀를 보았다. 무송빌딩 임차인들을 일일이 만나 이야기를 들어 보아야 한다. 최현성이 임대료를 올리고자 했다면 임차인들의 감정이 좋을 리 없었다.

"양 선생님은 최현성 씨가 왜 죽었다고 생각하십니까?"

"그걸 제가 어떻게 알겠어요? 형사님, 저를 의심하시는 거예요? 시체를 발견한 사람이 저라서 너무 걱정돼요."

가사도우미는 본인의 처지를 잘 이해하고 있었다. 시체 발견자는 의심을 받게 마련이다.

"양 선생님, 참고인 진술 감사했습니다."

지 형사는 참고인에 방점을 두며 양혜란에게 감사를 표했다. 그는 형사의 표정을 지우고 친절한 이웃의 미소를 지어 보였다. 가사도우미의 안색이 한결 밝아졌다. 지 형사는 해야 할 일들을 머릿속으로 챙기며 가사도우미를 돌려보냈다.

# 스바라시

부검감정서를 기다리는 동안 청수경찰서 강력 1팀 형사들은 각자 할 일들을 부여받았다. 지택근 형사는 파트너 황정현 형사와 무송빌딩을 찾았다. 무송빌딩은 청수시의 부촌 흥천구에 위치했다. 흥천구 중에서도 노른자위 지역으로 사람들의 왕래가 잦고 거리 풍경도 생기가 넘쳤다.

지하 4층, 지상 10층의 무송빌딩은 대놓고 드러내지 않는 우아함을 갖춘 건물이었다. 은은한 크림색의 대리석 외관은 세련미를 풍기면서도 주변 경관과 잘 어우러졌다. 지 형사와 황 형사는 건물 안으로 뚜벅뚜벅 걸어 들어갔다. 자연석으로 마감한 내부 벽체가 중후한 느낌을 주었다. 고급스러운 내외장재도 자랑거리지만, 무송빌딩의 가장 큰 장점은 공실 없는 알짜 건물이라는 점이었다. 지하층은 주차장으로 이용되었고, 1층부터 9층까지는 임대 업소, 10층은 펜트하우스로 사장 최현성이 거주했던 공간이다.

1층에는 일식 오마카세와 헤어숍, 치킨집과 약국, 여성복점, 한정식집, 중국요리점, 커피숍 등이 입점해 있었다. 여성복점 문 앞에 외출 중이라는 메모가 붙어 있다. 주인 없는 가게에 붙은 메모지가 쓸쓸한 느낌을 자아냈다. 종업원 없이 운영하는 1인 숍의 특성상 어쩔 수 없는 일이리라. 치킨집은 부부가 영업했는데, 주문받으랴 치킨 튀기랴 옆에서 보기에도 정신이 없었다. 형사들이 말을 걸 형편이 아니었다.

여성복점과 치킨집을 뒤로 미룬 채 두 형사는 일식 오마카세 스바라시의 목재 문을 힘주어 열었다. 오후 3시부터 5시까지 브레이크타임임을 알리는 팻말이 출입문에 매달려 있었다. 브레이크타임이라……, 탐문을 벌이기에 최적의 시간 아닌가. 지 형사는 조짐이 좋다고 멋대로 해석했다. 그는 낙천적인 사고체계를 가진 인물이었는데, 팍팍한 형사 생활을 견디는 데 많은 도움이 되었다.

"고객님, 지금은 재료 준비 시간입니다."

중저음의 남자 목소리가 두 형사를 맞았다. 황 형사가 조리대로 걸어가 셰프 복장을 한 중년 남자에게 신분증을 제시했다.

"최현성 씨 사망 건으로 잠시 여쭙겠습니다. 협조 부탁드립니다."

남자의 표정이 순간적으로 굳었다. 황 형사의 우람한 체격에 위압감을 느낀 탓일까? 그렇다고 하기엔 남자의 체구도 꽤나 건장했다. 하긴 형사들과 대면하는 것만으로도 경기를 일으키는 사람들이 있기는 하다.

"제가 도움이 될지 모르겠습니다만⋯⋯."

남자가 불안한 자세로 대답을 쥐어짰다. 남자는 매우 청결한 인상으로 새하얀 셰프 복장이 잘 어울렸다. 타고난 요리사라는 느낌이 들었다. 남자의 이름은 이상섭, 55세로 처와 남매를 둔 가장이었다.

지 형사와 황 형사는 카운터 좌석에 앉았다. 형사들이 의자를 권해도 이상섭은 장승처럼 뻣뻣이 서 있을 뿐 앉으려 하지 않았다. 서서 일하는 직업이어서 기립 자세를 유지하는 걸까? 과도하게 경직된 이상섭의 태도가 지 형사의 신경을 건드렸다. 형사의 의심병이 스멀스멀 피어올랐다. 유독 긴장하는 이유가 뭘까? 식당 안을 둘러보던 황 형사도 미심쩍은 눈길을 던졌다.

"무송빌딩에서 오래 영업하셨으면 전 건물주 최무송 씨를 잘 아시겠네요."

지 형사는 이상섭의 긴장을 풀어 주고자 전 건물주를 언급했다.

"최무송 사장님이요?"

이상섭이 깜짝 놀라며 되물었다. 예상했던 질문이 아니어서 더욱 놀란 듯했다. 긴장을 풀어 주고자 했던 지 형사의 의도가 빗나갔다. 이상섭의 어깨에 힘이 바짝 들어갔다.

"최무송 사장님에 대해선 왜 물으십니까?"

"전 건물주가 뺑소니 교통사고로 돌아가셨다는 얘길 들었습니다."

"최무송 사장님처럼 좋은 분이 그런 사고를 당했다니……."

가사도우미에 이어 오마카세 사장까지 똑같은 말을 한다. 과연 최무송은 평판이 좋은 인물이었던 것 같다.

"이상섭 사장님, 9월 21일 목요일 저녁부터 22일 금요일 오전까지의 행적을 알려 주십시오."

"지금 저를 범인으로 의심하는 겁니까?"

이상섭의 얼굴이 하얗게 질렸다. 뭐 켕기는 구석이라도 있나? 지 형사는 속마음을 숨긴 채 무심한 어조로 대꾸했다.

"변사 사건 수사의 일반적인 절차입니다."

황 형사는 어느새 카운터석 뒤로 돌아가 이상섭의 옆에 서 있었다. 벽에 진열된 일본 전통주를 구경하는 것처럼 보였지만, 이상섭의 동요 여부를 가까이에서 살피려는 의도된 행동이다. 사람들은 다양한 이유로 거짓말을 하는데, 신체 반응은 말보다 정직한 법이다. 이상섭은 탁상 달력을 짚어 가며 찬찬히 대답했다.

"9월 21일 목요일 저녁 10시에 영업을 마치고 귀가했습니다. 22일 금요일 오전 10시경 식당으로 출근했습니다."

"식당과 집이 가깝습니까?"

"승용차로 20분가량 걸립니다. 집은 망현동입니다. 번화가를 찾다 보니 홍천구에 식당을 열게 됐습니다."

"식당은 혼자 운영하십니까?"

"서빙하는 여직원이 한 명, 설거지를 도와주는 아주머니가 한 분 계십니다. 많이 바쁠 땐 아내가 나와서 거들기도 하고요."

"그런데 직원분들이 안 보입니다."

지 형사는 휑한 식당 안을 휘둘러보았다.

"두 사람 모두 외출 중입니다."

"장사는 잘됩니까?"

"직원들 월급 주고 먹고살 정도의 수입은 됩니다."

이상섭의 목소리가 점점 안정되어 갔다. 일반적인 질문이 이어지자 마음이 놓인 모양이다.

"최현성 씨를 마지막으로 보신 것은 언제입니까?"

이상섭의 얼굴 근육이 미세하게 떨렸다. 그는 조그만 자극에도 반응을 보이는 사람이었다. 이상섭은 숨기는 재주를 타고나지 못한 것 같았다. 그가 손등으로 입 주변을 문질렀다. 지 형사의 눈에는 입술이 떨리는 것을 감추기 위한 행동처럼 보였다.

"실은 9월 21일 밤 10시가 되기 직전 최 사장이 식당으로 왔습니다."

"최현성 씨가 영업 종료 시간에 왔다는 말씀입니까?"

"저는 뒷정리를 하고 있었습니다. 최 사장은 저녁을 먹지 못했다면서 식사를 주문했습니다. 직원들은 이미 퇴근한 뒤였고요."

"그래서 어떻게 하셨습니까?"

"스바라시는 예약제로 운영됩니다. 예약도 없이 마감 시간에 나타나 식사를 주문하는 사람은 없습니다."

이상섭의 미간 주름이 깊어졌다.

"저는 회덮밥을 만들어 주겠다고 했습니다. 그런데 최 사장은 코스대로 요리를 내놓으라며 막무가내로 우기더군요. 결국 자정 가까이 돼서야 최 사장의 식사 시중이 끝났습니다."

"건물주란 참 대단한 존재군요."

침묵을 지키던 황 형사가 툭 한마디를 던졌다. 황 형사는 어느 틈에 지 형사의 옆자리에 앉아 있었다. 체구는 곰 같아도 동작은 족제비처럼 날쌘 황 형사였다.

"아무리 건물주라도 그런 갑질을 하다니……, 듣는 제가 더 화가 납니다."

지 형사는 마치 자기 일처럼 성을 냈다. 공감은 때로 사람의 마음을 열게 하는 마법을 부리기도 한다. 역시나 이상섭의 입에서 술술 말이 쏟아져 나왔다.

"그 정도는 약과입니다. 최 사장은 거의 매일 스바라시에서 공짜 식사를 했습니다."

"이 사장님, 그런 행동을 눈감아 주신 이유가 있습니까?"

"임대료가 낮게 책정됐으니 공짜 밥을 먹겠다고 하더군요."

"임대료가 그렇게 쌉니까?"

임대료 이야기는 심심하면 튀어나왔다. 최현성은 건물 세입자들과 임대료 문제로 갈등을 겪은 것 같았다.

"전 건물주 최무송 사장님은 마음이 넉넉한 분이었습니다. 돈보다는 인간관계를 중히 여기셨죠. 시세보다 싼 임차료로 장기 계약을 해 주셨어요. 덕분에 식당도 자리 잡고 단골도 많이 생겼는데……."

이상섭은 진중한 남자였다. 그가 과도하게 동요한 이유는 그러한 성격에 기인했는지 모른다. 갑질을 당했다는 이유만으로 살인을 저지를 수 있을까?

지 형사의 추리가 시동을 걸었다. 건물주의 갑질에 화가 치솟아 우발적으로 죽였다면 그 방법이 틀렸다. 독살은 철저한 계획범죄다. 게다가 최현성은 집에서 죽었다. 그렇다면 이런 가정은 어떨까? 최현성이 음식을 포장해 갔다면? 이상섭이 독을 넣은 음식을 싸 주었다면? 그러나 지 형사는 이내 머리를 가로저었다. 펜트하우스에서 포장된 음식은 발견되지 않았다.

지 형사와 황 형사는 이상섭에게 고맙다는 인사를 한 뒤 스바라시에서 나왔다. 처음에 긴장했던 모습과 달리 이상섭은 문 앞까지 따라 나와 형사들을 배웅했다.


# # 리노헤어숍 (1)

다음 차례는 리노헤어숍이었다. 가사도우미 양혜란에게 들은 정보가 있는 터라 지 형사는 살짝 긴장이 되었다. 그가 유리 벽면을 통해 들여다보니 열기구에 머리를 넣은 손님이 한 명 앉아 있을 뿐 업장은 텅 비어 있었다. 황 형사가 유리문을 살그머니 열었다. 문에 매달린 풍경 종에서 딸랑 경쾌한 소리가 났다.

"어서 오세요."

안쪽에서 고음의 여자 목소리가 들려왔다.

"지금 샴푸 중이니까 잠깐만 기다려 주세요."

칸막이로 막힌 샴푸실은 안이 들여다보이지 않았다. 두

형사는 대기 의자에 얌전히 앉았다. 열기구 속의 중년 여자가 형사들에게 흘깃 시선을 주더니 이내 흥미를 잃었는지 무릎 위의 잡지로 눈길을 떨어뜨렸다.

머리를 수건으로 감싼 젊은 여자가 샴푸실에서 나와 손님용 의자에 앉았다. 뒤를 이어 원장으로 보이는 여자가 엉덩이를 흔들며 걸어 나왔다. 원장은 형사들을 향해 환하게 미소 지었다. 마치 조명을 켠 것처럼 그녀의 얼굴이 화사해졌다.

"두 분 커트하시게요?"

40대로 보이는 원장은 덩치가 큰 여장부 스타일의 여자였다. 그녀는 와인색으로 염색한 머리를 멋지게 틀어 올렸다. 통통한 얼굴에 정감 가는 인상이다. 황 형사가 원장에게 다가가 신분증을 보여 주었다.

"어머나, 형사님들이시네. 최 사장 사건 때문에 오셨구나."

원장의 목소리 톤이 올라갔다. 오마카세 사장과는 정반대로 미용실 원장은 쾌활한 성격이었다. 그녀는 형사들을 만난 게 처음이라면서 흥분한 기색을 감추지 않았다.

"형사님들 피곤하실 텐데 비타민 음료 드세요."

원장은 차가운 음료 두 병을 형사들에게 내밀었다. 그러고는 능숙한 손놀림으로 여자 손님의 젖은 모발을 말리기 시작했다. 그녀는 거울 앞에 앉은 여자를 향해 호들갑스럽게 말을 걸었다.

"어때요, 언니? 컬 잘 나왔죠?"

원장은 손님의 대답도 기다리지도 않고 이번에는 형사들 쪽으로 고개를 돌렸다.

"형사님들, 최 사장 정말 안됐죠? 건물주면 뭐하겠어요? 그렇게 허망하게 가는 것을……. 인생 참 허무하다니까요."

원장은 형사들을 향해 슬픈 표정을 지어 보였다. 그녀는 손님과 형사들에게 번갈아 말을 걸었는데, 상대에 따라 카멜레온처럼 낯빛이 바뀌었다. 또한 두 손은 잠시도 쉬지 않고 탱글탱글한 컬을 살려 내기에 바빴다.

원장은 최현성의 죽음을 슬퍼하는 것 같지 않았다. 말은 안됐다고 하면서도 어조는 남의 일처럼 가볍다. 최현성의 침실에서 나오는 것을 봤다는 가사도우미의 증언이 지 형사의 뇌중을 맴돌았다. 애인이 죽었는데도 감정이 생기지 않는다? 이유가 뭘까?

"형사님, 사람의 앞날은 한 치 앞을 모르나 봐요. 건물 상속받고 1년 만에 비명횡사할 줄 누가 알았겠어요? 젊은 건물주라고 다들 부러워했었는데……. 죽고 나면 건물주가 무슨 소용이겠어요."

"어머나 언니, 지금 드라이로 펴면 컬 다 풀어져요. 오늘은 가볍게 말리는 정도로만 할게요. 컬이 이렇게 짱짱한데 금세 풀리면 아깝잖아요. 내일은 물로만 샴푸하세요. 언니

같은 손상 모에 컬 이렇게 잘 나오기 어렵다고요. 우리 집 약이 고급이기도 하지만, 파마 실력만큼은 청수에서 제가 최고 거든요. 스물두 살에 자격증 따고 올해로 20년 차랍니다."

지 형사는 원장의 나이가 마흔두 살인 것을 알게 되었다. 과연 원장은 입담도 손놀림도 경력 20년 차다웠다. 지 형사는 원장에게 따로 시간을 내줄 수 있는지를 물었다.

"퇴근하고 염색방 사장이랑 한잔하기로 했어요. 같은 건물에 염색방 차린 게 괘씸하지만 어쩌겠어요? 다 먹고 살자고 하는 짓인데. 형사님들도 그때 오세요. 우리 같이 마시면서 얘기해요."

참고인 진술은 귀찮더라도 한 사람씩 듣는 것이 도움이 된다. 지 형사는 원장의 제안을 거절했다.

"퇴근 후 한잔은 두 분이서 오붓하게 드시고요. 저희는 원장님 한가한 시간에 다시 오겠습니다."

"그럼 형사님, 오전 중에 오세요. 아무래도 오전에 손님이 뜸하니까요."

그새 미용실에는 손님이 두 명이나 더 들어왔고, 다들 원장의 수다에 귀를 쫑긋 세운 채였다. 도무지 질문힐 상황이 아니었다. 지 형사는 스마트폰을 꺼내 시간을 확인했다. 오후 4시 30분이다. 지금쯤 염색방도 바쁜 시간대일까? 지 형사는 염색방 사장부터 만나 보기로 마음먹었다.

# 물들임염색방

엘리베이터를 타고 2층에서 내리니 정면에 염색방이 보였
다. 물들임염색방이란 상호가 정겨웠다. 문을 열자 풍경 종
에서 요란스러운 소리가 났다. 미용실에 달렸던 것과 비슷
한 종류인데 소리가 좀 더 컸다. 어쩌면 황 형사가 과도하게
힘을 준 탓일지도 모른다. 소파에 앉아 선잠을 자던 여자가
벌떡 일어났다. 푸른빛이 감도는 은회색 머리칼을 쇼트커트
한 도회적인 느낌의 여자였다. 큰 키, 늘씬한 몸매에 세련
된 헤어스타일까지, 미인이라기보다 멋지다는 인상이었다.

"어서 오세요."

황 형사가 찾아온 용건을 말하자 여자의 얼굴에 실망한 기
색이 스쳤다. 성업 중인 미용실과 달리 염색방에는 손님이
한 명도 없었다.

"저는 건물주 죽음과 아무 관련이 없어요."

염색방 사장은 싫은 티를 노골적으로 팍팍 냈다. 쌀쌀한
표정과 말투에서 찬바람이 쌩쌩 불었다. 그녀는 수다쟁이
미용실 원장과는 판이하게 달랐다. 수사상 필요한 절차라고
몇 번이나 설득한 뒤에야 그녀는 형사들에게 의자를 권했
다. 염색방 사장의 이름은 하민정, 40세의 유부녀로 센 언
니 스타일의 여자였다.

"방금 리노헤어숍에 다녀온 참입니다만."

지 형사가 입을 떼자 하민정의 표정이 돌변했다. 그녀의 인상이 매섭게 구겨졌다.

"선아 언니가 뭐라고 해요? 그날 내가 최 사장을 만났다고 하던가요? 그 언니 말은 곧이곧대로 믿으면 안 돼요."

그날 최현성을 만났다고? 그날이라면 사건 당일? 지 형사는 큰 물고기가 올라올 거라는 예감이 들었다. 그는 두근거리는 가슴을 진정시키며 질문할 말을 골랐다. 이럴 때는 무작정 찔러 보는 것이 상책이다.

"헤어숍 원장님 말씀은 다르던데요."

"내가 그럴 줄 알았다니까. 그날 밤 최 사장을 만난 건 제가 아니라 선아 언니라고요."

지 형사가 던진 미끼를 하민정이 덥석 물었다. 지 형사는 침을 꼴깍 삼켰다. 상대에게서 유의미한 진술을 끌어내는 것은 오로지 형사의 능력이다.

"헤어숍 원장과 최현성 씨가 그날 밤에 만났군요."

지 형사는 그날 밤에 방점을 두면서 못을 박듯 말해 보았다.

"그렇다니까요. 선아 언니가 엘리베이터에 타는 걸 봤어요. 엘리베이터는 10층 펜트하우스에서 멈췄고요. 어머나……."

하민정이 말을 멈추고 숨을 훅 들이켰다. 사안의 중대성을 뒤늦게 깨달은 듯하다.

"9월 21일 밤 정선아 원장이 펜트하우스에 갔습니까?"

10층 펜트하우스에는 CCTV가 설치돼 있지 않았다. 엘리베이터 안의 CCTV는 형사들이 분석 중이다. 하민정의 홀쭉한 뺨이 더욱 창백해졌다. 지 형사는 틈을 주지 않고 몰아붙였다.

"하민정 사장님, 사실대로 말씀해 주셔야 합니다."

"9월 21일 밤 11시 50분경 선아 언니가 펜트하우스로 올라가는 걸 봤어요."

"하 사장님은 왜 그때까지 건물에 남아 계셨죠?"

"선아 언니랑 실내포차에서 한잔하던 중이었어요. 한창 기분 좋게 마시고 있는데, 선아 언니 폰으로 톡이 오더라고요. 선아 언니는 톡을 읽더니 서둘러 술자리를 끝냈고요. 나 참, 선아 언니가 뭐라고 핑계를 댄 줄 아세요? 딸이 빨리 오라고 톡을 보냈다는 거예요. 딸이랑 사이 나쁜 걸 뻔히 아는데. 거짓말인 걸 단박에 눈치챘죠. 게다가 말이 안 되는 게, 집에 가는 사람이 화장실에서 양치를 하고 와요? 최 사장한테 온 톡이 분명했어요."

지 형사는 세 사람의 삼각관계에 관해 묻고 싶었지만, 아직은 때가 아니라고 판단했다. 9월 21일 밤 정선아가 펜트하우스로 올라갔다는 사실이 중요했다.

"저는 선아 언니 뒤를 밟았어요. 제가 최 사장 마누라도 아닌데 뭐라고 따질 입장은 아니잖아요. 예상대로 선아 언니는 무송빌딩으로 들어가더군요. 선아 언니가 탄 엘리베이터는 10층에서 멈췄고요."

정선아가 최현성과 밤을 보냈다고? 엘리베이터에 CCTV가 설치돼 있으니 진위 여부는 어렵지 않게 가릴 수 있다. 지 형사의 머리가 복잡하게 돌아갔다. 정선아가 최현성을 독살했다면 살해 동기는? 최현성이 양다리를 걸친 데 대한 보복? 역시 치정살인? 치정 동기 범인들은 매우 잔혹하게 범행을 저지르는 경향이 있다. 지 형사가 본 정선아는 살인을 실행한 사람이라고는 믿을 수 없을 만큼 천연덕스러운 모습이었다.

"정선아 씨와 최현성 씨가 사귀는 사이였습니까?"

"선아 언니가 일방적으로 최 사장한테 추파를 던졌어요. 여자가 들이대는데 싫다고 거부할 남자가 있을까요? 게다가 선아 언니 꽤나 매력적이잖아요. 정작 본인은 자기 매력을 모르고 있는 것 같지만요."

내내 비방하다가 마무리는 칭찬으로 끝을 맺는다. 이 여자의 진심은 무엇일까? 하민정과 정선아는 애증 관계일까? 지 형사는 하민정의 이야기를 들으며 고개를 갸웃거렸다.

"9월 21일 밤부터 22일 오전까지 하민정 사장님의 행적은 어떻게 되십니까?"

황 형사가 하민정의 알리바이를 물었다. 하민정이 황 형사에게 곱지 않은 시선을 던졌다. 그러나 그녀의 대답은 형사들의 호기심을 자극하기에 충분했다.

"저는 선아 언니가 나올 때까지 비상계단에 앉아 기다릴 작정이었어요."

"왜죠? 정선아 씨가 엘리베이터를 탈 수도 있잖아요."

"제가 비상계단을 이용하니까 선아 언니도 그러리라 단순하게 생각했던 것 같아요."

"왜 정선아 씨를 기다린 거죠?"

하민정이 땅이 꺼져라 한숨을 내쉬었다.

"모르겠어요. 술기운이 올라서 그랬는지 그때는 그렇게 해야만 할 것 같았어요. 펜트하우스까지 쫓아가기는 했는데, 벨을 누르고 쳐들어갈 용기는 나지 않더라고요."

"하 사장님, 사생활에 간섭할 의도는 없지만 수사상 필요한 질문이니 양해 바랍니다. 그래서 어떻게 됐죠?"

"저는 비몽사몽으로 비상계단에 앉아 있었어요. 그런데 들어간 지 얼마 되지도 않아서 선아 언니가 후다닥 뛰쳐나오는 거예요. 선아 언니는 머리끝까지 화가 난 것 같았어요. 그때가 자정을 넘긴 시간이었어요. 선아 언니가 너무 빨리 나와서 제가 시간을 확인했거든요."

정선아가 바로 나왔다면 최현성의 사망 시간과 맞지 않는다. 최현성은 9월 22일 오전 8시경에 사망한 것으로 추정되었다.

"정선아 씨가 화가 많이 났었다고요?"

귀가 솔깃한 정보였다. 그러나 지 형사는 수첩을 펼쳐 들기가 망설여졌다. 하민정이 진술에 부담을 느낄까 우려해서다. 다행히 황 형사가 하민정의 등 뒤에서 열심히 받아 적고 있었다.

"선아 언니는 씩씩거리면서 비상계단을 내려갔어요."

"정선아 씨가 당신을 보지 못했습니까? 비상계단에 앉아 있었다면서요?"

"옥상 쪽으로 몸을 숨기고 있어서 선아 언니는 못 봤을 거예요."

지 형사의 머릿속에 비상계단의 구조가 그려졌다. 펜트하우스의 옥상 일부는 야외 테라스로 설계돼 있었다.

"정선아 씨가 떠난 뒤 펜트하우스에 가셨습니까?"

"들어가 봐야 좋은 일이 생길 것 같지 않았어요. 전 집으로 돌아갔어요."

"9월 22일 새벽, 하민정 사장님은 최현성 씨와 만나지 않았다는 거네요."

"그렇죠. 전날 낮에 만나기는 했지만요."

"전날 낮에 만났다고요?"

"9월 21일 오후에 최 사장이 여기로 왔었어요."

하민정은 지 형사의 표정을 살피더니 서둘러 덧붙였다.

"새치 염색하러 왔어요. 제 실력이 선아 언니보다 낫다고 최 사장은 여기서만 염색했거든요. 하긴 우리 집 약이 고급이긴 하죠. 선아 언니는 장삿속이 보통 아니거든요."

라이벌답게 상대를 폄하하기를 잊지 않는다.

"어머나, 형사님!"

하민정이 돌연 놀란 표정으로 부르짖었다.

"왜 그러십니까?"

"그럼 선아 언니가 최 사장을 죽인 거예요?"

"아직은 모릅니다."

하민정은 가슴을 쓸어내리더니 하마터면 범인으로 몰릴 뻔했네, 라며 안도했다.

"무슨 말씀이죠?"

"그날 밤 펜트하우스에 들어가지 않아서 다행이라고요."

말은 그렇게 해도 하민정이 펜트하우스에 들어갔는지의 여부는 알 수 없다. 지 형사와 황 형사는 하민정에게 고맙다는 인사를 한 뒤 염색방을 빠져나왔다.

# # 무송약국 (1)

다음 순서는 약국이었다. 상호가 건물명과 같은 무송약국이다. 약국에 들어서니 젊은 여 약사가 손님에게 복약 지도를 하고 있었다. 약사는 기다려 달라는 눈빛을 형사들에게 보냈다. 손님은 곧 떠났다. 황 형사가 약사에게 다가가 신분증을 보여 주었다.

"최현성 씨 사망 건으로 몇 가지 여쭤보려고요. 시간 괜찮으십니까?"

"네, 뭐든 물어보세요."

약사의 이름은 김수나로 나이는 27세였다. 김수나는 통통한 볼, 귀여운 이목구비에 동그란 안경을 낀 명랑만화에서 막 튀어나온 것 같은 여자였다. 바가지 모양으로 동그랗게 자른 머리칼에 고불고불 컬이 살게 웨이브 파마를 했다. 마치 콜리플라워를 머리에 덮어쓴 것 같은 모양새다. 독특한 헤어스타일이지만 그녀에겐 찰떡처럼 어울렸다. 얼굴도 동안인데 음성은 더욱 앳돼 약사보다는 알바생이라고 하면 딱 맞을 것 같았다.

"김 약사님, 최현성 씨는 어떤 사람이었습니까?"

지 형사는 도입 부분을 생략한 채 단도직입적으로 물었다. 언제 손님이 들어와 방해를 받을지 몰라 초조해졌기 때문이다. 김수나는 귀여운 코에 주름을 잡으며 생각에 잠겼다.

"저는 그분에 관해 잘 알지 못해요. 건물주와 임차인의 관계였을 뿐 별다른 교류가 없었어요."

"최현성 씨가 임차인들한테 갑질을 많이 했다고 하던데, 김 약사님도 피해 보신 일이 있습니까?"

김수나가 양배추 머리를 살짝 기울였다.

"돌아가신 분을 나쁘게 말할 수도 없고……."

"변사 사건 수사입니다. 협조 부탁드립니다."

"형사님, 최 사장님은 자살한 게 아닌가요? 그런데 수사를 한다고요?"

김수나가 의아하다는 듯이 물었다.

"왜 자살했다고 생각하시죠?"

"저는 신변을 비관한 음독자살인 줄 알았어요."

"신변 비관이요? 건물주가 왜 신변을 비관합니까?"

"그건 환자 개인정보라……."

김수나가 곤란하다는 듯 집게손가락을 머리에 갖다 댔다. 김수나는 고민하는 자세를 취한 것이지만, 지 형사의 눈에는 동그랗게 부푼 솜사탕에 나무젓가락을 꽂은 것처럼 보였다.

"최현성 씨의 건강이 좋지 않았습니까?"

새로운 정보 출현으로 지 형사의 심장이 거세게 날뛰었다. 황 형사 역시 기대에 찬 눈빛을 보냈다.

"......."

"최현성 씨는 이미 사망했습니다. 사망자의 개인정보는 의미가 없습니다. 협조 부탁드립니다."

김수나의 망설임은 길지 않았다. 그녀는 합리적인 판단을 하는 사람이었다.

"최 사장님은 아픈 데가 많았어요. 거의 매일 고운내과에서 진료를 받았죠."

40대 초반인데 건강이 좋지 않았다고? 방탕한 생활 탓에 건강을 잃은 걸까? 아무리 그래도 음독자살을? 김수나의 추정은 지나친 감이 있었다. 치료도 포기할 정도로 중병에 걸렸던 걸까?

"처방약의 강도가 점점 세져서 종합병원에서 검진을 받아보라고 최 사장님께 조언을 드렸어요."

"최현성 씨의 반응은 어떻던가요?"

"알아서 할 테니까 상관 말라고 하시던데요."

"최현성 씨가 정말로 그렇게 대답했어요? 염려해 주는 사람한테 할 소리는 아닌 것 같군요."

"최 사장님은 나름의 기준이 있더라고요."

"나름의 기준이요?"

김수나가 쓴웃음을 지었다. 그녀의 귀여운 얼굴에 냉소적인 표정은 어울리지 않았다. 지 형사는 김수나의 대답이 궁금해졌다.

"최 사장님은 서울대를 선호하셨어요."

"네? 갑자기 서울대가 왜 나오죠?"

"서울대 나온 의사 말만 듣겠다고 하시더라고요. 고운내과 원장님이 서울대 출신이거든요. 그래서 제가 하는 말은 무시하겠다는 거예요."

"약사님 기분이 많이 상하셨겠습니다."

"저는 크게 괘념치 않았어요. 사람마다 평가 기준이 다르니까요."

김수나는 씩씩하게 대답했다. 야무지게 앙다문 입술을 보니 그만한 일에 기죽을 여자는 아니었다.

"김 약사님, 최현성 씨를 마지막으로 보신 게 언제죠?"

"돌아가신 날이 9월 22일이니까……, 전날인 9월 21일 오후에 최 사장님이 약국에 들렀어요. 고운내과 처방전을 들고 오셨죠. 저는 처방전대로 약을 조제해 드렸고요."

"약사님, 이 기계는 뭡니까?"

조제실에서 황 형사의 목소리가 들렸다. 황 형사는 어느새 조제실에 들어가 있었다. 그는 소리도 내지 않고 움직이는 기막힌 재주를 가졌다. 김수나가 뒤를 돌아보았다.

"아, 그건 자동조제기예요."

조제실 안쪽에 성인 키 높이만 한 자동조제기가 설치돼 있었다.

"무송약국은 자동조제기가 필요할 정도로 조제 건수가 많습니까? 아, 요즘은 자동조제기가 대세죠?"

약국 규모가 크지 않았기에 지 형사의 입에서 무심코 튀어나온 질문이었다.

"환자 수가 많아서라기보다 조제 오류를 줄이기 위해 설치했어요. 조제 손님들이 몰리면 저 혼자 버거울 때가 꽤 많아요. 직원을 채용하는 것보다 비용 절감도 되고요. 물론 설치할 때 초기 비용이 발생하지만요. 빠르게 조제하고 고객과의 대면 시간을 늘리는 것도 좋잖아요."

김수나의 똑 부러진 설명을 듣고 나니 과연 그렇구나 싶었다. 자동화기기는 생활 전반에 파고들었지만, 수사는 여전히 발품을 파는 게 정석이다.

"9월 21일 최현성 씨가 약국에 들렀을 때 특별한 일은 없었습니까? 기억에 남는다든가 뭐 그런 거요."

동그란 안경 속 김수나의 눈이 가늘어졌다. 열심히 기억을 떠올리는 표정이다.

"최 사장님은 몸에 힘이 없다고 하셨어요. 만성피로에 구토와 설사, 복부 경련까지 난다고 했어요."

"지병이 있었던 겁니까?"

"딱히 병이 있는 건 아닌데……, 뭐라고 해야 하나? 몸 전체가 약해진 느낌이었어요."

"42세면 젊은 편에 속하는데 시름시름 앓았다는 말씀입니까?"

"무절제한 생활이 원인이 아니었나 싶어요."

"김 약사님은 최현성 씨의 사생활에 관해 아는 내용이 있습니까?"

김수나의 얼굴이 굳어졌다. 사망자의 사생활을 언급하는 것이 불편한 모양이다. 그러나 그녀는 곧 씩씩한 표정으로 돌아왔다.

"최 사장님은 자주 폭음을 하셨어요. 여성 편력이 심하다는 소문도 돌았고요."

"최현성 씨가 임차인들한테 갑질을 했다는 소문이 들리던데요."

"최 사장님은 임차인들의 업소를 제집처럼 이용했어요."

"건물 안에서 쇼핑을 했다는 말씀입니까?"

"쇼핑을 하면 왜 싫어하겠어요? 돈을 내지 않으니까 갑질이 되는 거죠. 예를 들면 이런 식이에요. 약을 받아 가면서 지갑을 가져오지 않았다고 말해요. 돈은 다음에 주겠다고 하죠. 그러면서 입을 싹 씻는 거예요. 제가 돈을 달라고 하면 임대료도 싸게 내면서 그깟 약값이 대수냐며 화를 냈어요."

"무송빌딩 임차인들은 전부 그런 식으로 당했습니까?"

"학원이나 회사는 해당 사항이 없으니까 그나마 괜찮았을 거예요. 학원 중에서도 본인이 이용할 수 있는 곳에서는 그런 행동을 했고요. 2층 필라테스 학원에서는 공짜 수업을 받았다는 얘길 들었어요. 체력이 안 따라 줘서 중도에 포기했지만요."

"여성 편력이 심하다는 소문은 누구한테 들었습니까?"

"약국에 있으면 이런저런 소문을 듣게 돼요. 언제 누구한테 들었는지는 기억나지 않지만요."

과연 최현성은 평판이 나쁜 사람이었다. 그에 관해 좋게 말하는 사람은 없는 걸까?

"김 약사님, 약국 임대료가 그렇게 싼 편입니까?"

"돌아가신 최무송 사장님이 편의를 많이 봐주셨어요. 다른 건물에 비해 임차료가 저렴해서 무송빌딩엔 오래된 임차인들이 대부분이에요."

지 형사는 김수나의 양배추 머리에 시선을 고정한 채 그녀의 말에 귀를 기울였다.

"최 사장님이 약국에 자주 오시니까 점점 걱정이 되더라고요. 그래서 고운내과 윤 원장님께 여쭤본 적이 있어요. 최 사장님 건강이 염려스럽다고요."

"고운내과 원장은 뭐라고 하던가요?"

"윤 원장님도 정밀검진을 받아 보라고 조언하셨대요. 그랬더니 최 사장님이 뭐라고 한 줄 아세요?"

"서울대 나온 분이 조언했으니까 받아들였답니까?"

지 형사가 알 리 없는 물음이었지만 그렇게 대답해 보았다.

"대학병원 의료진 중에 서울대 출신 의사가 몇 명이나 되겠어? 서울대 나온 윤 원장이 내 옆에 있는데 뭐가 걱정이야? 이러더래요. 돈에 대한 집착은 강하면서 자기 몸은 챙기지 않는 게 이상하긴 했어요."

서울대를 선호하면서 종합검진은 거부한다? 지 형사는 최현성의 심리를 이해하기 어려웠다.

"그래서 어떻게 됐습니까?"

"구토나 설사, 만성피로는 숙취 증상과 비슷해서 윤 원장님도 지켜보기로 한 것 같아요. 본인이 싫다는데 억지로 대학병원에 끌고 갈 수도 없잖아요."

"최현성 씨가 병증이 심해져 자살을 했다는 건가요?"

"제 의견일 뿐이에요."

그때 약국 문이 열리고 젊은 남자가 처방전을 펄럭거리며 들어왔다. 김수나가 웃는 낯으로 고객을 반겼다. 지 형사는 그녀의 미소가 싱그럽다고 생각했다. 두 형사는 또 오겠다는 말을 남기고 약국 문을 나섰다.

"황 형사, 내친김에 내과 원장까지 만나 보는 게 좋겠지?"

"그게 좋겠는데요."

황 형사는 착한 후배답게 선배의 말에 선뜻 동의했다.


# 고운내과

2층부터 5층에 걸쳐 내과, 안과, 정형외과, 피부과 등 각종 진료과 의원들이 모여 있었다. 지 형사는 고운내과의 출입문을 열었다.

"어서 오세요."

접수대에 앉아 있던 여직원이 반갑게 형사들을 맞았다. 황 형사가 직원에게 다가가 신분증을 제시하고 용건을 설명했다. 여직원은 원장에게 물어보겠다면서 자리에서 일어났다. 지 형사는 실내를 둘러보았다. 규모가 크지는 않았지만, 흰색으로 통일된 내부가 깔끔하고 산뜻했다. 환자가 두어 명 대기 의자에 앉아 있었다.

여직원이 원장실에서 나왔다. 그녀는 먼저 온 환자들을 진료한 뒤에 만나겠다는 원장의 답변을 전했다. 대기하던 환자들이 진료를 마치고 돌아갔다. 그새 환자가 두 명 더 들어왔지만, 원장은 약속대로 형사들을 불렀다.

진료실 문을 열자 젊은 여자 원장이 의자에서 일어났다. 늘씬하게 키가 큰 원장은 눈이 확 뜨일 정도의 미인이었다. 하얗고 매끄러운 피부에 윤기 나는 까만 생머리를 하나로 묶었다. 검은 머리와 흰 피부, 순백의 가운이 천상의 조화를 이루었다. 두 형사는 홀린 듯 원장을 바라보았다. 선이 고운 이목구비와 단아한 자태까지 결점을 찾을 수 없는 완벽한 아름다움이었다. 지성과 미모를 겸비했다는 찬사가 딱 들어맞는 여자였다. 원장의 이름은 윤고운, 나이는 34세였다.

윤고운은 우아한 동작으로 형사들에게 소파를 권했다. 그녀는 커피포트에서 커피를 따라 두 형사와 자신의 앞에 놓았다. 하얀 머그잔에서 진한 커피 향이 피어올랐다. 황 형사가 코를 벌름거렸다.

"형사님들, 수사하느라 고생 많으시죠. 따뜻한 커피 좀 드세요."

매력적인 외모만큼이나 아름다운 음성이 윤고운의 입에서 흘러나왔다. 미혼의 황 형사는 넋을 잃고 윤고운을 쳐다보았다. 황 형사의 시선이 윤고운의 일거수일투족을 따라다녔다. 보다 못한 지 형사가 정신을 차리라는 의미로 후배의 발을 슬그머니 밟았다.

아아악, 고요한 진료실에 황 형사의 비명이 울려 퍼졌다. 비명 소리가 워낙 커서 지 형사는 쥐구멍에라도 들어가고 싶어졌다. 덩칫값도 못 하는군, 지 형사는 황 형사를 흘겨 보았다.

"지 형사님, 왜 발을 밟으세요? 너무 아프잖아요."

눈치라곤 눈을 씻고도 찾아볼 수 없는 황 형사가 볼멘소리 를 냈다. 윤고운이 의아한 눈빛을 두 형사에게 보냈다. 지 형사는 썰렁해진 분위기를 무마하고자 곧장 본론으로 들어 갔다.

"윤 원장님, 최현성 씨의 건강이 좋지 않았습니까? 무송 약국 김 약사님한테 들었는데요."

지 형사는 정보의 출처를 명확히 밝히는 편이 좋다고 판단 했다. 약사에게 이미 들었으니 숨기지 않아도 된다는 의미 였다. 윤고운은 역시 눈치가 빨랐다.

"최 사장님은 만성질환에 시달리셨어요."

"대학병원에서 검사를 받아야 할 만큼 심각한 상태였습니 까?"

"나이에 비해 혈압도 높고 복부 비만이 심했어요. 최 사장 님은 만성피로와 복통 등을 호소하셨는데, 병증이 꾸준히 지속되는 건 아니고 호전과 악화를 반복했어요. 저는 생활 습관을 개선하면 좋아질 수 있다고 판단했어요."

윤고운은 잠시 사이를 두더니 지 형사를 향해 질문을 던 졌다.

"형사님, 시신은 부검 절차를 거치게 되나요?"

윤고운의 눈이 진지한 빛을 띠었다.

"현재 부검 결과를 기다리는 중입니다."

"부검 결과가 나온다고 해도 음독인지 독살인지 판정할 수 있는 건 아니잖아요."

"본인이 독약을 구입한 흔적을 찾지 못하면 독살이 맞지 않겠습니까?"

"형사님은 독살이라고 생각하세요?"

윤고운의 시선이 지 형사를 집요하게 좇았다. 형사의 눈에서 뭔가를 읽어 내려는 의도일까?

"제 의견은 중요치 않습니다. 형사는 증거를 따라갈 뿐이니까요. 혹시 최현성 씨한테 식품 알레르기 증상은 없었습니까? 예를 들어 아나필락시스 같은 초급성 알레르기 반응 말입니다."

윤고운은 천천히 고개를 저었다.

"그런 병력은 들은 바 없습니다. 매일 어떤 음식을 드시는지 여쭤보기는 했지만요. 구토나 설사, 복통을 일으키는 성분이 특정 음식에 포함돼 있기도 하니까요."

"최현성 씨는 뭐라고 대답하던가요?"

"저녁은 매일 스바라시에서 드신다고 하더군요."

스바라시라면 오마카세 식당이다. 최현성의 갑질에 분노

하던 이상섭의 얼굴이 지 형사의 눈앞에 그려졌다. 이상섭이 음식에 독을 섞는 방식으로 보복한 걸까? 최현성이 만성질환에 시달렸던 원인이 이상섭이 제공한 음식 때문이라면? 그렇다면 시름시름 아팠던 이유가 설명된다. 하지만……, 지 형사의 추리는 이 대목에서 막혔다. 이상섭은 동기와 기회 면에서 독살이 가능하다. 다만 최현성이 집에서 죽었다는 사실이 걸림돌이다. 바로 효과가 나타나지 않는 독이 존재하기는 할까?

"최 사장님은 건물 안 다른 식당들도 자주 이용했다고 하시더군요."

윤고운이 덧붙여 말했다.

무송빌딩에는 치킨집, 한정식집, 칼국수 전문점, 이탈리안 레스토랑, 중화요리점, 태국요리점 등등의 식당이 입점해 있었다. 최현성은 매 끼니를 무송빌딩에서 해결했다. 그들 중 누군가가 음식에 독을 탔다면? 매일 조금씩 먹은 독에 중독돼 죽은 것이라면?

지 형사는 미용실에서 마셨던 비타민 음료를 떠올렸다. 건물주가 방문하면 세입자 입장에선 뭐라도 대접을 하게 마련이다. 세입자가 독이 든 음료를 제공했고, 최현성이 그것을 집에 가져가서 마셨다면? 그러나 최현성의 집에서는 독이 든 음료나 물잔, 술잔 등은 발견되지 않았다. 지 형사의 추리는 한 걸음도 더 나아가지 못하고 제자리를 맴돌았다.

"윤 원장님, 9월 21일 저녁부터 22일 오전까지의 행적은 어떻게 되십니까?"

"저는 9월 21일 오후 6시, 진료가 끝나자마자 귀가했습니다. 9월 22일은 오전 9시에 출근했고요. 독신이라 알리바이를 증명해 줄 사람은 없습니다. 그래도 무송빌딩과 오피스텔 CCTV에 제 모습이 찍혔을 테니 시간 증명은 될 거예요."

"실례되는 질문이지만, 최현성 씨가 윤 원장님께 추근거렸다는 소문을 들었는데요."

지 형사가 어렵사리 던진 질문에 윤고운은 한숨으로 답을 대신했다.

"최 사장님은 방약무인한 분이었어요."

윤고운은 최현성에 대한 자신의 감정을 숨김없이 드러냈다. 솔직담백한 윤고운의 성품이 그녀가 말한 문장에 고스란히 묻어났다. 지 형사는 윤고운에게 점점 더 호감을 품게 되었다. 그것은 아름다운 외모 탓만은 아니었다. 그녀의 올곧은 성품이 마음에 들었기 때문이다.

"최 사장님은 상대의 마음은 아랑곳하지 않고 자신의 기분만 알아 달라는 어린아이 같은 분이었어요. 거절을 거절로 받아들이지 않으니 정말 난감했어요."

"최현성 씨에 관해 더 해 주실 말씀은 없습니까?"

"무송빌딩에서 최 사장님을 좋아했던 임차인은 없을 거예요. 저 역시 최 사장님을 혐오했어요."

"호오……."

황 형사가 옆에서 탄성 비슷한 소리를 내질렀다. 윤고운의 말에 공감해 저도 모르게 나온 탄성이었다. 윤고운은 남자를 매혹시키는 마력을 지닌 여자였다. 최현성이 막무가내로 들이댔던 이유를 알 것도 같았다.

"그런 인간이라면 저라도 죽이고 싶었을 겁니다."

탄성에 이어 황 형사의 넋 빠진 음성이 들려왔다. 아무리 공감한다 한들 형사의 입에서 나올 소리는 아니었다. 지 형사는 한 번 더 후배의 발을 밟아야 하나 망설여졌다.

"1년 전까지만 해도 무송빌딩은 더할 수 없이 평화로웠어요. 그때로 되돌아갈 수 있다면 얼마나 좋을까요? 최무송 사장님이 돌아가시고 난 뒤부터 이 건물엔 불행의 그늘이 드리웠어요."

윤고운은 침울한 표정으로 하소연했다.

"전 건물주에 관해 이야기를 좀 들려주시겠습니까?"

지 형사는 머그잔을 들었으나 커피는 한 방울도 남아 있지 않았다. 반면 황 형사는 윤고운에게 정신이 팔려 커피에는 손도 대지 않았다.

"최무송 사장님은 인생철학이 확고하신 분이었어요. 한번 맺은 인연을 소중히 여기셨죠. 그분은 입버릇처럼 말씀하셨어요. 나는 무송빌딩에 공실이 없는 것으로 만족한다, 내게 임대료는 큰 의미가 없다, 내 건물에서 영업하는 사람들은 내 가족이나 다름없다, 라고요."

윤고운은 진심으로 전 건물주를 존경하는 것 같았다.

"최무송 사장님은 형편이 어려웠던 스바라시 사장님을 도와주시려고 공짜나 다름없는 계약을 맺으셨어요. 스바라시 사장님은 보답이라도 하듯 최무송 사장님께 날마다 저녁 식사를 대접하셨고요. 전 두 분을 보면서 사람 사는 정을 느꼈어요. 제 마음까지 따뜻해지는 흐뭇한 광경이었죠."

"고운내과도 임대료가 저렴합니까?"

"첫 개원한 의사가 돈이 있을 리 없죠. 제 사정을 들으신 최무송 사장님은 파격적인 조건으로 계약을 체결해 주셨어요. 제가 이만큼 자리를 잡은 것도 다 최무송 사장님 덕분이에요. 최무송 사장님은 가족 같은 분이었어요. 얼굴 볼 때마다 잘하고 있다면서 제게 힘을 북돋아 주셨죠."

윤고운의 눈에 진한 그리움이 내비쳤다. 전 건물주가 훌륭했던 탓에 최현성의 악행이 더욱 도드라졌던 것일까?

"형사님, 최무송 사장님을 죽인 범인을 잡아 주세요. 경찰은 아직도 범인을 잡지 못하고 있어요."

똑똑, 작게 노크 소리가 들리고 진료실 문이 열렸다. 여직원의 상기된 얼굴이 문틈으로 들어왔다.

"원장님, 대기하는 환자들이 많습니다."

지 형사는 미안하다고 말하면서 소파에서 일어났다. 그제야 정신이 돌아온 황 형사는 식은 커피를 단숨에 들이켰다.

"윤 원장님, 뭐든 생각나는 게 있으시면 언제든지 연락 주십시오."

지 형사는 윤고운에게 명함을 내밀었다. 윤고운은 문 앞까지 따라 나와 형사들을 배웅했다. 대기실에는 환자들이 꽤 많이 모여 있었다. 지 형사는 젊은 의사가 실력이 대단한 모양이라고 속으로 감탄했다.


고운내과를 나오자, 황 형사가 참았던 말을 주르륵 쏟아냈다.

"지 형사님, 태어나서 저렇게 예쁜 여자는 처음 봤습니다. 저런 여자와 결혼하는 남자는 무슨 복을 타고났을까요?"

"어때? 황 형사가 한번 대시해 볼래?"

"지 형사님, 오르지 못할 나무는 쳐다보지 않는 게 상책입니다."

지금까지 정신 줄 놓고 쳐다보던 사람이 누군데? 지 형사는 황 형사를 놀려 주고 싶었으나 한편으론 그가 안쓰럽기도 했다. 덩치는 산만 해도 어린아이 같은 천진한 심성을 지닌 황 형사였다. 황 형사는 꾀부리지 않는 성실함에 힘든 일도 우직하게 해내는 사나이 중의 사나이였다.

"황 형사가 어때서 그래? 내 눈에는 윤고운보다 자네가 더 멋진데."

선배의 칭찬이 싫지만은 않은지 황 형사가 웃음 띤 얼굴로 뒷머리를 긁적였다. 윤고운과 동갑인 서른넷이지만, 황 형사에겐 막냇동생 같은 순진함이 있었다.


# 청수경찰서 (2)


국과수로부터 부검 결과가 전달됐다. 최현성은 장기와 조직이 심하게 손상돼 명백한 독극물 중독이라는 소견이었다. 약 독물 검사를 실시했으나 독물의 종류를 밝혀내는 데는 실패했다. 부검을 해도 검출되지 않는 독을 먹고 사망했다? 강력 1팀에 긴장감이 감돌았다.

강력 1팀 형사들이 최현성의 펜트하우스를 샅샅이 뒤졌지만, 독극물은 발견되지 않았다. 최현성의 컴퓨터나 휴대전화에서도 단서는 나오지 않았다. 최현성은 독을 구입하기는 커녕 비슷한 내용의 검색조차 하지 않았다. 형사들의 심중은 독살 쪽으로 기울 수밖에 없었다. 최현성은 십 대 초반 미국으로 건너갔다가 1년여 전 귀국한 탓에 국내에선 인간 관계라고 할 만한 것이 없었다.

"무송빌딩 임차인들 말고는 최현성한테 원한을 가질 만한 사람들이 없어."

수사회의 중에 강력 1팀장이 단정적으로 못을 박았다.

"9월 21일 23시 50분경 미용실 원장 정선아가 10층 펜트하우스에 내린 것이 엘리베이터 CCTV에 찍혔습니다."

"염색방 사장 하민정의 목격 진술과도 일치합니다."

형사들이 앞다투어 수사 결과를 보고했다.

"정선아는 펜트하우스에서 20분가량 머물다가 돌아갔다면서? 최현성의 사망 추정 시간은 어떻게 되지?"

"9월 22일 08시 무렵입니다."

"정선아가 돌아간 뒤에도 최현성은 살아 있었다는 거군."

강력 1팀장이 짜증스러운 어조로 말했다. 용의자가 특정되기는커녕 독의 종류도 밝혀내지 못했으니 기분이 좋을 리 없었다.

"대체 뭘 먹인 거죠? 효과가 서서히 나타나는 독이 있을까요?"

지 형사가 풍성한 곱슬머리를 쓸어 올리며 답답함을 토로했다. 사건이 풀리지 않을 때면 그는 유독 머리카락에 손이 많이 갔다. 문득 양배추 머리 김수나가 떠올랐다. 그녀도 손가락으로 머리카락을 배배 꼬는 버릇이 있었다.

"미용실 정선아가 음료나 술에 독을 타서 먹였다면 증거가 남지 않도록 병이나 잔을 챙겨 갔을 겁니다."

"정선아는 평소 큰 가방을 들고 다녔다고 합니다. 증거물을 감쪽같이 빼돌릴 수 있어요."

"문제는 정선아가 나간 뒤로 최현성이 무려 8시간 동안 살아 있었다는 사실입니다."

"침실 테이블이 어질러져 있었지만 식기류에서 독은 검출되지 않았습니다."

강력 1팀 형사들이 자유롭게 의견을 교환했다.

"염색방 하민정에 의하면, 정선아는 화가 난 채로 펜트하우스에서 뛰쳐나갔다고 합니다."

"정선아는 뭐라고 해?"

강력 1팀은 정선아를 경찰서로 불러 참고인 조사를 마쳤다.


경찰서에 출석한 정선아는 위축되지 않은 당당한 태도를 보였다. 이십 년간의 사회생활이 그녀를 단단하게 단련시킨 것 같았다.

"지 형사님, 무송빌딩 세입자들 중에서 유독 저만 경찰서로 부른 이유가 뭐죠? 제가 용의자인가요?"

"형사들이 방문할 때마다 헤어숍에 손님이 많았잖습니까? 손님들 앞에서 진술을 받을 수도 없고……, 형사들의 고충도 이해해 주십시오."

한가한 오전 시간에 찾아가도 미용실에는 손님이 끊이지 않았다. 몇 번이나 허탕을 치다 보니 정식으로 출석 요구를 하는 편이 낫겠다 싶었다. 더욱이 정선아는 살아 있는 최현성을 본 마지막 목격자였다.

"9월 21일 23시 50분경 최현성 씨의 펜트하우스에 가셨죠? 엘리베이터의 CCTV로 확인했습니다. 집 안에서 무슨 일이 있었는지 빠짐없이 말씀해 주십시오."

"저는 숨길 게 하나도 없어요. 염색방 하 사장과 술을 마시던 중에 최 사장한테서 톡이 왔어요. 펜트하우스에 들르라는 내용이었죠."

"하민정 씨한테는 집에 갈 거라고 거짓말을 하셨다죠?"

"그게……, 우린 삼각관계였어요. 그 망할 놈이 양다리를 걸쳤다고요. 상황이 그런데 최 사장 만나러 간다고 민정이한테 어떻게 말해요? 민정이가 상처받을 게 뻔한데, 저는 그런 말은 할 수 없어요."

정선아는 최현성에게 대놓고 망할 놈이라는 표현을 썼다.

"하긴 민정이는 유부년데……, 그 애도 문제가 크긴 하네요."

"펜트하우스에서 무슨 일이 있었습니까?"

"최 사장이 와인을 권하더군요. 우린 침실에서 와인을 마셨어요. 저는 최 사장한테 감정이 상해 있던 참이라……, 그 인간이랑 염색방에서 한바탕 붙었거든요. 평생 그렇게 모욕적인 말은 처음 들어 봤어요."

정선아는 상처 입은 여자의 비참함을 숨김없이 드러냈다.

"할 말이 있다면서 펜트하우스로 오라고 하길래 저는 최 사장이 사과를 하려는 줄 알았어요. 염색방에서는 내가 지나쳤다, 진심이 아니었다, 미안하다, 그런 유의 말들을 기대했죠. 그런데……."

정선아는 감정이 북받쳐 더 말을 잇지 못했다. 정선아의 눈에 물기가 비쳤다. 염색방에서의 해프닝은 탐문을 통해 이미 알고 있었기에 지 형사는 그녀가 느꼈을 모멸감이 능히 짐작되었다. 지 형사는 정선아가 감정을 추스를 수 있도록 기다리는 편이 좋겠다고 판단했다.

"최 사장은 이미 취한 상태였어요. 와인을 홀짝이면서 시시껄렁한 농담을 몇 마디 지껄이더니 은근슬쩍 제 옷을 벗기려 드는 거예요. 아무리 별 볼 일 없는 관계라도 사람 사이에 예의라는 게 있잖아요. 상처를 줬으면 사과를 하는 게 우선이죠. 사람을 얼마나 무시했으면……, 저는 그 망할 놈한테 천 원짜리 한 장 받지 않았다고요. 건물주라고 유세만

떨 줄 알았지, 돈 한 푼을 안 썼어요. 하도 재수가 없어서 냅다 밀어 버리고 그 집구석을 뛰쳐나왔죠."

"최현성 씨를 밀어 버렸다고요?"

황 형사가 끼어들었다. 정선아는 아차 싶었는지 황급히 설명을 덧붙였다.

"제가 나올 때까지 최 사장은 아무 이상 없었어요. 술에 취하긴 했지만 침실 소파에 편안히 앉아 있었다고요."

"최현성 씨가 붙잡지 않던가요?"

"붙잡을 사람이면 그런 모욕적인 말도 안 했겠죠. 남의 감정 따위 아랑곳하는 인간이 아니에요. 오로지 제 욕망만을 채우려 들죠."

"정선아 원장님, 최현성 씨를 죽이겠다는 말을 여러 번 하셨습니까?"

"화가 머리끝까지 났는데 무슨 말인들 못 하겠어요? 염색방에서 한바탕 붙은 일로 건물 안에 소문이 쫙 퍼졌더라고요. 어머 지 형사님, 그 말 때문에 절 부르신 거예요? 화가 나서 한 말이지 진짜로 죽이겠다는 뜻은 아니었어요."

"대문을 이용하지 않고 침실 비상문으로 나간 이유는 뭡니까?"

CCTV를 피하기 위해 정선아가 의도적으로 한 행동인지 알아볼 필요가 있었다.

"특별한 이유는 없어요. 저는 침실에 머물렀고 비상문이 가까우니까 그쪽으로 나간 것뿐이에요."

"하지만 이상한데요. 대문으로 들어갔으면 신발은 현관 쪽에 벗었을 것 아닙니까?"

이 대목에서 정선아는 살짝 얼굴을 붉혔다.

"그건……, 벗은 신발을 들고 침실로 가는 게 버릇이 돼 놔서……, 아침에 나갈 때 비상문 쪽이 사람들 눈에 덜 띄고 편하거든요."

이번에는 정선아 쪽에서 질문을 던졌다. 그녀의 표정이 자못 심각했다.

"지 형사님, 최현성은 독살된 게 맞나요?"

"그렇습니다. 뭐 짚이는 점이라도 있습니까?"

"제가 마지막 목격자로군요. 그래서 부른 거고요."

정선아는 본인의 처지를 정확히 이해하고 있었다. 동기와 기회, 죽여 버리겠다는 협박 등 그녀는 유력한 용의자였다.

"정선아 원장님, 최현성 씨한테 원한을 가진 사람이 있었 을까요?"

정선아가 억지웃음을 지었다.

"모르긴 해도 무송빌딩 세입자들 대부분이 최 사장을 싫 어했을걸요."

정선아의 표정에 의미심장한 뭔가가 스쳤다. 그녀는 하고 싶은 말이 있는 것이다.

"정 원장님, 사소한 거라도 좋으니까 남김없이 말씀해 주십시오."

그러나 정선아는 입술만 깨물 뿐 쉽게 입을 열지 않았다. 평소의 그녀답지 않았다.

"대단한 건 아닌데요. 세입자들 중에서 유독 최현성을 싫어했던 사람들이 있을 것 같아서요."

"그게 누굽니까?"

"무송빌딩 세입자들은 대부분 좋은 조건으로 임대차계약을 맺었어요. 전 건물주가 그리 해 주신 거죠. 그런데 그중에서도 특별 대우를 받은 사람들이 있었어요."

"특별 대우요? 그 사람들이 누굽니까?"

지 형사의 시선이 정선아의 입술에 고정되었다. 형사가 고대하던 대답이 정선아의 입에서 흘러나왔다.

"스바라시, 커피조아, 고운내과, 무송약국, 네 곳이에요."

"그 업소들이 특혜를 받은 이유를 아십니까?"

"제가 아는 건 전 건물주와 친분이 깊다는 정도예요. 최 사장 입장에선 계약을 해지할 수도 없고 눈엣가시나 다름없었겠죠. 업소 네 곳이 최 사장의 표적이 된 건 사실이에요."

"최현성 씨가 고운내과에 자주 들렀다고 하더군요."

최현성과 연인 관계였던 정선아가 어떻게 받아들일지 몰

라 지 형사는 조심스러웠다. 그러나 정선아는 의외로 쿨한 반응을 보였다.

"날마다 인사불성으로 술을 퍼마시는데 몸인들 남아나겠어요. 몸이 좋지 않다는 핑계로 윤 원장 보러 간 거겠죠. 남자치고 윤 원장한테 반하지 않을 목석이 있을까요? 최 사장은 독신인 데다 건물준데 미녀 의사한테 들이대고 싶었겠죠. 결국 저랑 하 사장만 우습게 됐어요."

정선아는 심각한 자기혐오에 빠진 것 같았다.

"딸아이와 사이만 틀어지지 않았어도 그 인간과 엮일 일은 없었는데. 종일 일하고 집에 들어가도 마음 붙일 곳이 없었어요."

정선아의 눈언저리가 붉어졌다. 그녀는 눈물이 터지지 않도록 간신히 붙들고 있는 것이다. 지 형사는 단단한 갑옷 아래 숨겨진 그녀의 여린 속살을 보아 버린 느낌이 들었다.

제1 용의자 정선아는 알리바이가 명확했다. 정선아가 주고 간 독약을 최현성이 8시간 후에 먹었다는 증거를 잡기 전에는 그녀를 붙잡아 둘 수 없다. 지 형사는 정선아를 집으로 돌려보냈다.

# 유니크필라테스

무송빌딩 2층에 입점한 유니크필라테스는 깔끔한 내추럴 화이트 톤으로 통일된 모던한 공간이었다. 큰 기구들이 배치된 스튜디오 내부는 널찍했는데, 입구 쪽에는 사람이 아무도 없었다. 안쪽 개인 레슨 공간에서 기구와 소도구를 이용해 운동하는 수강생들이 몇 명 눈에 들어왔다. 간접조명을 넣은 커다란 거울이 인상적이었다.

"실례합니다."

황 형사가 큰 덩치에 어울리지 않게 허둥거리며 관계자를 불렀다. 레깅스와 손바닥만 한 상의를 착용한 여자 수강생들 여섯 명이 운동 중이었다. 그녀들이 동작을 취할 때마다 몸매는 물론 근육과 골격의 움직임이 훤히 드러났다. 황 형사가 당황한 까닭이다. 눈 둘 곳이 마땅치 않았던 두 형사는 채광 좋은 창으로 눈길을 돌렸다.

수강생들의 자세를 교정해 주던 여자 강사가 형사들에게 눈인사를 건넸다. 강사는 칸막이가 된 휴게 공간으로 두 형사를 안내했다. 그녀는 원장 겸 강사라고 자신을 소개했다. 35세의 장인주는 필라테스 강사답게 탄력 있고 균형 잡힌 몸매의 소유자였다. 그녀는 건강미의 표본 같은 여자였다.

지 형사는 최현성 사망 건 때문에 들렀다고 방문 목적을 설명한 뒤 염색방에서의 다툼을 목격했는지를 물었다. 건물주의 이름을 듣는 순간, 장인주의 반듯한 이마에 균열이 일었다. 최현성에 대한 감정이 좋지 않은 듯했다. 장인주 같은 건강 미인을 호색한 최현성이 가만 놔뒀을 리 없었다.

　"염색방에서 소동이 났던 날은 또렷이 기억해요. 강사들 퇴근시키고 저 혼자 수강생들을 지도하고 있었는데요. 갑자기 밖에서 고성이 들리더군요. 2층 업소들이 마감했을 시간이라 저는 덜컥 무서운 느낌이 들었어요. 그래서 건물 경비원한테 연락부터 했어요. 그리고 밖으로 나갔더니 염색방에서 싸우는 소리가 들리데요. 유리창으로 들여다보니까 건물주랑 헤어숍 원장, 염색방 사장이 한데 모여 다투고 있었어요. 세 사람이 삼각관계인 건 진즉에 알았지만 터질 게 터졌구나, 그렇게 생각했죠. 내용을 들어 보니 남이 끼어들 문제는 아니더라고요. 그 사람들이 하도 시끄럽게 싸우니까 회사에서 야근하던 사람들까지 전부 밖으로 나왔어요. 건물주의 돼먹지 못한 인성이야 익히 알고 있었지만, 그날 보니까 더 정나미가 떨어지더라고요."

　"최현성 씨가 뭐라고 하던가요?"

　"남의 가슴에 대못을 박는 막말이라 제 입으로 옮기고 싶지 않아요."

　"헤어숍 원장이 최현성 씨를 죽이겠다는 말을 했습니까?"

장인주는 작은 소리로 네, 라고 대답했다.

"몸싸움까지 벌일 태세여서 경찰에 신고하자는 사람들도 있었어요."

"그래서 신고하셨습니까?"

"사람들이 지켜보고 있으니까 최 사장도 폭력을 휘두르진 못하더라고요."

"건물주의 갑질에 피해를 입은 업소가 많던데 여기는 어땠습니까?"

지 형사는 슬쩍 화제를 바꾸었다. 장인주와 최현성의 관계를 알아보기 위함이었다. 장인주는 한숨부터 길게 내쉬었다.

"필라테스 학원은 비껴갈 거라고들 해서 안심하고 있었는데 그게 아니었어요. 최 사장이 필라테스를 배워 보겠다면서 스튜디오에 나오기 시작한 거예요. 여강사들이 최 사장을 지도했는데 저질 농담을 하질 않나, 신체 접촉을 하질 않나……, 강사들 사이에서 원성이 자자했어요. 수강료 결제를 요구하면 차일피일 미루기만 하고요. 결국 제가 최 사장을 맡을 수밖에 없었죠. 남자 수강생은 드물어서 1대1 지도로 결정하고 20회 선결제를 요청했어요. 20회는 해야 효과를 보기 때문이죠. 최 사장은 맛보기로 몇 번 해 본 뒤에 돈을 지불하겠다고 하더군요. 하는 수 없이 저는 수업부터 진행했어요."

말을 하면서 장인주의 언성이 조금씩 높아졌다. 건물주의 만행을 되짚다 보니 분노 게이지도 덩달아 상승하는 모양이다. 최현성은 이미 고인이 됐는데도 그녀의 화는 쉽게 사그라지지 않았다. 장인주의 격앙된 목소리가 휴게 공간을 울렸다.

"필라테스의 특성상 강사가 수강생의 자세를 교정해 주는 일이 많아요. 강사와 수강생의 몸이 가까워지기 마련이죠. 그런데 지도를 할 때면 최 사장의 숨결이 귓가에 훅 끼치는 거예요. 그때마다 저는 소스라치게 놀라 황급히 몸을 뺐어요. 최 사장은 재미있다는 듯 낄낄거렸고요. 제 몸을 핥듯이 훑어보는 최 사장의 음흉한 눈빛이 아직도 생생해요. 마치 시선으로 강간을 당하는 느낌이었어요. 정말 소름 끼치는 인간이지 뭐예요."

장인주는 노골적으로 혐오감을 드러냈다. 최현성에 대한 반감을 기준으로 용의자를 추린다면 장인주도 강력한 후보자일 것이다.

"그래서 최현성 씨가 수강료를 지불했습니까?"

"그 사람은 필라테스를 배울 목적으로 온 게 아니었어요. 저는 최 사장의 몸에 손을 대지 않고 설명과 시범으로만 수업했어요. 최 사장도 점점 흥미를 잃었는지 금세 나가떨어지데요. 그깟 수강료가 대수겠어요? 스튜디오에 나오지 않는 것만 해도 감지덕지죠. 최 사장이 스튜디오에 발을 들이는 순간, 수업 분위기가 흐트러져요. 수강생들의 불만도 이만저만이 아니었고요."

"최현성 씨가 스튜디오에 발길을 끊었다니 그나마 다행이었겠군요."

"웬걸요. 그 사람 집요한 구석이 있어서 걸핏하면 찾아와 밥을 먹자, 술을 마시자며 생떼를 썼어요. 제가 유부녀임을 밝혔는데도 상관하지 않았어요. 정말 징그러운 인간이었어요. 걸핏하면 싼 임차료를 들먹이는 통에 마음대로 내치지도 못하겠더라고요. 사실 주변 건물에 비해 임차료가 많이 저렴하거든요."

누구에게나 한결같다는 점에서 최현성은 일관성이 있는 인물이었다. 황 형사가 장인주에게 사건 당일의 알리바이를 물었다. 물론 확인을 해 봐야겠지만 그녀는 범행과는 무관한 인물로 보였다. 장인주는 스튜디오 문밖까지 형사들을 배웅해 주었다. 수강생들이 기다리는데도 그녀는 부득부득 따라 나왔다.

"형사님, 범인은 헤어숍 원장이 맞죠?"

장인주는 주변을 살피더니 작은 소리로 지 형사에게 물었다. 그녀의 단정적인 말투에 형사들이 더 놀랐다.

"왜 그런 말씀을 하시죠?"

"건물에 소문이 파다하게 퍼졌어요. 최 사장이 죽던 날 밤 헤어숍 원장이 펜트하우스에 함께 있었다면서요?"

"아직 범인은 밝혀지지 않았습니다."

지 형사는 단호한 어조로 아니라고 못을 박았다. 정선아가 곤란한 처지에 놓일 수도 있겠다는 염려가 일었다. 지 형사가 부정했지만 장인주는 믿지 않는 눈치였다. 그녀는 무섭다는 듯 상체를 한 번 부르르 떨더니 스튜디오 안으로 모습을 감췄다.


# 착한치킨


지 형사와 황 형사는 1층 치킨집에 들러 사장의 진술을 들었다. 치킨집은 삼십 대의 젊은 부부가 운영했는데, 최현성은 주로 전화를 걸어 배달을 시켰다고 한다. 바쁘다고 손사래를 치는 남자 사장을 붙들고 겨우 몇 마디를 나눴다.

"치킨이랑 생맥주 가격이 얼마나 된다고 그걸 외상으로 달아 놓으라는 거예요. 현금이 없다는 건 이해해요. 그런데 건물주가 신용카드 한 장 없다는 게 말이 돼요? 정말이지 재수 없는 인간이었어요."

남자 사장이 흥분해서 외쳤다.

"돈도 안 주는데 주문을 왜 받아 줬습니까?"

지 형사는 짐짓 그렇게 말해 보았다. 남자 사장의 인상이 험악하게 구겨졌다.

"형사님은 임차인의 처지를 몰라서 그래요. 매달 꼬박꼬박 월급 나오니까 우리 같은 영세업자의 사정을 모르는 거예요. 영세 자영업자한테 건물주는 하늘과 같은 존재라고요. 게다가 월세가 다른 건물보다 싼 건 사실이니까요."

남자 사장은 지 형사에게 쏘아붙였다. 지 형사는 젊은 사장에게 머리를 숙일 수밖에 없었다.

"그나마 치킨은 자주 시키지 않아서 괜찮았죠. 스바라시 사장님이 제일 피해가 컸어요. 날마다 비싼 술과 요리를 먹어 대는 데다 갖은 갑질을 다 했어요. 스바라시 여직원이 마누라랑 친해서 전부 얘기해 줬어요. 최현성 그 인간, 여자만 보면 성희롱을 하는 통에 건물 여직원들이 고소하겠다고 벼르고 있었어요."

두 형사는 사건 당일 부부의 행적을 물어본 뒤 착한치킨을 뒤로하고 여성복점으로 발걸음을 옮겼다. 탐문 결과 최현성은 언제 살해당해도 이상하지 않은 인물이었다. 지 형사는 임차인들이 공모해서 최현성의 음식에 독을 넣는 장면을 상상해 보았다.

# 핑크바이올렛

착한치킨 옆은 여성복 전문점 핑크바이올렛이었다. 핑크
바이올렛은 상호에 걸맞게 매장 곳곳이 핑크와 보랏빛으로
아기자기하게 꾸며져 있었다. 최현성이 여성복 매장에까지
마수를 뻗치진 않았겠지. 사장이 여성이라는 점이 마음에
걸렸지만, 지 형사는 왠지 그랬으면 좋겠다고 바라는 심정
이 되었다.

사망자에게 우호적인 1인을 기대하며 지 형사는 꽃으로
장식된 목재 문을 열었다. 문을 열자 입김을 불어 가며 대형
거울을 정성껏 닦고 있던 여사장이 뒤를 돌아보았다.

삼십 대 후반의 여자 사장은 건물주의 이름을 듣는 순간 미
간에 내 천 자 주름부터 잡았다. 이어 고인을 향한 험담이 끝
도 없이 펼쳐졌다. 빨간 립스틱을 바른 그녀의 입술이 바지
런히 움직였다. 지 형사의 기대가 와르르 무너졌다. 건물주
의 죽음을 애도하는 임차인은 무송빌딩에 존재하지 않았다.

"정말 지긋지긋했어요. 그 인간 죽어서 속이 다 후련하다
니까요."

"최현성 씨를 싫어하는 이유라도 있습니까?"

지 형사는 시치미를 뚝 떼고 물어보았다. 여사장의 붉은
입술이 아메바 모양으로 일그러졌다.

"그 인간이 우리 숍에 와서 뭐라고 한 줄 아세요? 이런 싸구려 옷들 팔아서 임대료나 제대로 내겠냐? 다음 계약 때 보자. 임대료 왕창 올릴 테니까 능력 없으면 건물에서 짐 빼라. 이참에 고가 브랜드로 싹 바꾸는 건 어떠냐? 싸구려 옷집이 1층에 있으면 건물 수준 떨어진다. VIP 고객 맞으려면 업소 수준부터 올려야 한다."

여사장은 지 형사를 붙들고 끝도 없이 수다를 늘어놓았다. 어쩌면 그녀에겐 수다 떨 상대가 필요했는지 모르겠다. 지 형사는 추임새도 넣고 맞장구도 쳐 가며 열심히 여사장의 기분을 맞춰 주었다.

"형사님, 저는요. 제 옷들에 자부심이 강하답니다. 파는 사람이 자부심이 없으면 그 옷을 사 입는 고객들은 뭐가 되겠어요? 백화점 옷들이 대단한가요? 백화점에서 판매한다는 이유만으로 가격이 몇 곱절씩 뻥튀기되는 옷들이 얼마나 많은데요. 저는 고퀄리티 옷들이 아니면 받아 오지도 않아요. 한 벌 한 벌 발품을 팔아 가며 정성껏 골라 오는 옷들이란 말이에요. 저는 우리 숍 옷을 멋지게 차려입고 거리를 활보하는 고객들을 상상해요. 그분들이 데이트를 하건 중요한 사람을 만나건 제 옷을 입고 일이 잘 풀렸으면……, 저는 날마다 그렇게 기원해요."

지 형사는 여사장의 옷에 대한 가치관이나 그 밖의 불필요한 정보들을 과도하게 습득했다. 무료하게 상체를 비트는 황 형사의 진력난 모습이 지 형사의 시야에 들어왔다. 지 형사가 헛기침을 하자 황 형사가 얼른 알아채고 여사장의 알리바이를 물었다. 여사장은 흔쾌히 알리바이를 대 주었다.

"사장님, 최현성 씨와 관련해서 더 해 주실 말씀은 없습니까?"

질문만 던지면 대답이 콸콸 쏟아지니 편한 점도 있었다.

"왜 없었겠어요? 그 인간 펜트하우스에 놀러 오라면서 저한테 얼마나 추근거렸는데요. 등 뒤에서 껴안지를 않나, 엉덩이를 만지질 않나, 그래도 저는 못된 손을 걷어 내는 정도에서 그쳤어요. 경찰에 고소하면 일이 커지잖아요. 월세도 싼데 건물주 심기 거슬려서 좋을 일도 없고요. 그저 똥 밟았다 치고 소금 한 바가지 퍼붓는 상상을 하며 꾹 참았죠."

"소금 뿌리는 상상을 해요?"

"형사님도 참, 진짜로 소금을 뿌리면 미관상도 좋지 않고 귀찮게 청소도 해야 되잖아요. 저는 합리적인 사람이랍니다."

여사장이 코를 울리며 흥흥 웃었다. 탐문을 하면 할수록 최현성에 대한 혐오감만 늘어 갈 뿐이었다.

# 청수경찰서 (3)

"지 형사님, 최현성이 유독 괴롭혔다는 업소 네 곳이 신경 쓰여요."

탐문을 마치고 경찰서로 돌아가는 중에 운전대를 잡은 황 형사가 말문을 열었다. 말수가 적은 황 형사가 굳이 언급한 것을 보면 꽤나 마음에 걸렸던 듯하다.

"전 건물주와의 친분 때문이겠지. 그래서 파격적인 조건 으로 계약을 해 줬던 거고."

"어떤 친분 관계면 그런 계약을 맺죠? 계약서 확인해 보니 까 전 건물주가 일방적으로 혜택을 준 계약이던데…….."

황 형사는 이해가 가지 않는 듯 머리를 갸웃했다.

"지 형사님은 미용실 정선아가 범인이라고 생각하세요?"

"글쎄."

"정선아는 동기가 약하지 않습니까? 최현성을 죽여서 얻 는 이득이 없어요."

"그렇긴 하지."

"최현성이 양다리를 걸쳤다는 이유로 살인을 했을까요? 정선아는 무모한 사람이 아닙니다. 잃을 것이 많은 사람입 니다."

황 형사는 시선을 앞에 둔 채로 열심히 의견을 피력했다.

"무송빌딩에서 최현성을 싫어하는 사람들이 대부분이지만, 살인이라는 행위를 놓고 보면 동기가 약하단 말입니다. 최현성을 죽여야 될 결정적인 동기가 없어요. 최현성이 죽어도 금전적으로 득을 볼 사람도 없고요."

"황 형사, 의도가 뭐야? 하고 싶은 말이 있는 것 같은데?"

"뒷조사를 해 보고 싶습니다."

"뒷조사?"

"최현성이 유독 괴롭혔다는 업소 네 곳을 집중적으로 파보는 겁니다."

"뭐가 나올까?"

"가만있는 것보다야 낫겠죠."

황 형사는 특유의 뚝심으로 느긋하게 대꾸했다. 전방을 주시하는 황 형사의 옆모습이 믿음직스럽게 느껴졌다.


강력 1팀은 용의자 6명을 추려 동기와 기회 면에서 그들의 용의점을 따져 보았다. 여타의 임차인들은 알리바이가 명확하고 혐의점이 없어 용의자 군에서 배제되었다. 최현성의 사망 시간은 9월 22일 08시로 추정되었다.


1. 정선아(헤어숍 원장, 42세): 이혼녀이며 중학생 딸이 있음. 살아 있는 최현성을 본 마지막 목격자로 기회 면에서 용의

점 높음. 약효가 늦게 나타나는 독약을 먹였거나 독약 캡슐을 최현성에게 주었을 가능성이 있음.

2. 하민정(염색방 사장, 40세): 뇌졸중 환자인 남편과 고등학생 아들이 있음. 9월 22일 새벽, 최현성의 펜트하우스에 들어가지 않았다고 주장하지만 입증되지 않음.

3. 이상섭(오마카세 사장, 55세): 처와 남매를 둔 가장. 최현성에게 공짜 식사를 제공하는 등 갑질을 많이 당했음. 음식에 독을 탔을 가능성이 있으나 약효가 늦게 나타나야 하는 등 트릭이 필요함.

4. 김정숙(커피숍 사장, 61세): 독신. 알바생들 문제로 최현성에게 피해를 많이 입었음. 최현성의 음료에 독을 탔을 가능성이 있으나 약효가 늦게 나타나야 하는 등 트릭이 필요함.

5. 윤고운(내과 원장, 34세): 미혼. 최현성이 매우 추근거렸음.

6. 김수나(약사, 27세): 미혼. 최현성을 독살할 동기가 다소 미약. 최현성에게 받은 피해가 다른 용의자들에 비해 적음.

"9월 22일 새벽 정선아의 알리바이는 입증됐나?"

강력 1팀장은 당장에라도 정선아를 연행하라고 명령을 내릴 사람처럼 의심을 가득 담은 어조로 물었다.

"정선아는 9월 22일 00시 10분쯤 펜트하우스를 나왔다고 진술했습니다."

브리핑을 담당한 형사가 대답했다.

"바로 집으로 돌아갔대?"

"최현성과 다투는 바람에 화도 식힐 겸 거리를 걸었다고 합니다. 걷다가 택시를 타고 귀가했답니다."

"집에는 몇 시에 들어갔는데?"

"9월 22일 01시 지나서입니다. 아파트 CCTV에 찍혔습니다."

"펜트하우스에서 나온 건 CCTV에 찍혔나?"

"정선아가 나온 비상계단 쪽은 CCTV가 없습니다."

"최현성의 사망 추정 시간은 9월 22일 08시잖아. 정선아는 범인이 아니야."

브리핑을 맡았던 형사가 말문이 막혔는지 입을 다물고 서 있었다.

"정선아가 독약 캡슐을 최현성한테 주고 갔다면요? 숙취 해소제나 비타민제라고 속였다면 최현성이 아침에 약을 먹었다고 해도 이상하지 않습니다."

지 형사가 조심스럽게 의견을 개진했다.

"그렇다고 해도 입증할 수가 없잖아. 정선아가 독을 입수한 증거를 찾기 전에는 소용없어."

입증할 수 없다는 점이 지 형사가 내놓은 가설의 최대 난

점이었다.

"염색방 하민정도 의심스럽습니다. 정선아가 펜트하우스에서 나가는 것을 보고 바로 귀가했다고 했는데, 집에는 9월 22일 01시가 훌쩍 넘어 도착했습니다. 어쩌면 정선아가 돌아간 뒤 펜트하우스에 들어갔을지도 모릅니다."

"질투심이 폭발해 최현성을 독살했다고? 하민정도 정선아와 마찬가지야. 사망 추정 시간에 알리바이가 있잖아."

강력 1팀 형사들의 어깨가 축 처졌다.

"용의자 6명의 통신 수사는 어떻게 됐지?"

"특별한 내용은 없습니다. 휴대전화와 PC를 압수 수색하지 않는 한 증거를 잡을 수 없을 겁니다."

"그 정도론 영장 안 나와."

팀장은 범죄 혐의의 소명이 부족하다고 말하고 싶은 것이다.

"팀장님, 업소 네 곳이 전 건물주로부터 특혜를 받았다고 합니다."

황 형사가 탐문 결과를 보고했다. 팀원들의 시선이 일제히 황 형사에게 쏠렸다.

"스바라시, 커피조아, 고운내과, 무송약국, 이상 네 곳이 공짜나 다름없는 임대료로 장기 임대차계약을 맺었습니다."

"이유가 뭔지 알아봤어?"

"전 건물주와의 친분 때문이라고 하는데요. 전 건물주는 1년 전 뺑소니 교통사고로 사망했습니다."

"아직도 뺑소니 범인을 잡지 못했다면서?"

"교통범죄수사팀에서 맡았는데 현재까지 미제입니다."

"전 건물주와 현 건물주, 아버지와 아들이 1년을 사이에 두고 변사한 것이 수상하지 않습니까?"

강력 1팀 형사들이 웅성거렸다. 두 건의 살인? 형사들의 사고는 동일한 회로를 따라 움직였다.

"건물은 누가 상속받게 되지?"

"최현성은 미혼입니다. 이대로라면 미국에 있는 어머니가 상속받게 됩니다. 그런데 미국 어머니와 연락이 되지 않습니다."

"용의자들은 금전적으로 이득을 얻는 사람이 없잖아."

의문은 제자리에서 맴돌았다. 금전 목적이 아니라면 동기는 치정? 원한? 복수? 강력 1팀은 수사의 초점을 어디에 맞춰야 할지 몰라 난감했다. 수사 회의는 공전을 거듭했다.


# 무송약국 (2)

지 형사와 황 형사는 약사 김수나에게 자문을 구하기 위해 무송약국으로 향했다. 파스와 진통제를 사러 왔던 손님이 나가 버리자 김수나는 한가해졌다. 오후 네 시, 배 속이 출출한 시간이다. 김수나는 커피포트 전원을 켰다. 그녀는 귀여운 캐릭터 접시에 초코칩쿠키를 소복이 담았다. 쿠키와 초콜릿은 김수나가 매우 사랑하는 간식이자 동글동글한 몸매를 만든 원흉들이기도 했다. 그러나 김수나는 식욕을 억제하고 싶은 의사가 추호도 없었다. 식욕은 그녀를 지탱하는 힘이자 앞으로 나아가게 만드는 원동력이었다.

"안녕하세요? 김 약사님."

황 형사가 우렁찬 목소리로 씩씩하게 인사를 건넸다. 풀방구리에 쥐 드나들 듯 무송빌딩을 들락거리다 보니 두 형사는 김수나와 친근한 관계가 되었다. 황 형사는 어느새 김수나와 싱거운 농담을 주고받는 사이로 발전했다. 지 형사가 들어 보면 썰렁하기 짝이 없는 농담인데도 둘은 까르르 웃음을 터트리고는 했다.

어떤 환경에서도 사랑은 싹틀 수 있겠구나, 지 형사는 혼자 그렇게 생각했다. 살인 사건을 매개로 싹튼 사랑…….
그러나 김수나는 용의자군에 상정된 사람이다. 강력형사가 용의자와 연애를 하다니 있을 수 없는 일이다. 지 형사는 두 사람의 애정 수위가 높아지면 곧바로 제재에 들어가리라 마음먹었다. 이거 수사하기도 힘든데 연애 감시자 역할까지 떠맡게 되었군. 지 형사는 속으로 투덜거렸다.

"김 약사님, 문의 사항이 있는데요."

"네, 뭐든 물어보세요."

김수나가 상냥하게 미소 지었다.

"김 약사님, 효과가 늦게 나타나는 독약이 있을까요?"

"네?"

지 형사의 밑도 끝도 없는 질문에 김수나의 눈이 동그래졌다.

"몸속에서 천천히 녹는 캡슐 안에 독을 넣으면 효과가 늦게 나타나지 않을까 하고요."

김수나는 그제야 알았다는 듯 빙그레 웃었다.

"서방형 캡슐을 말씀하시는 거군요."

"김 약사님, 서방형 캡슐에 관해 설명 좀 해 주시겠습니까?"

"그럼요. 서방형이란 한꺼번에 유효 성분이 나오지 않게 설계된 제형으로 장시간에 걸쳐 서서히 약물이 방출돼요."

"서방형 캡슐에 넣은 독을 먹으면 8시간 후에 죽을 수도 있겠군요."

"이론적으론 그렇지요. 8시간 후에 녹는 캡슐을 구해야 한다는 난점이 있지만요."

"그런 캡슐을 구할 수 있을까요?"

"공 캡슐은 구하기 어렵지 않아요. 다만 8시간 후에 녹는 서방형 캡슐을 구할 수 있을지는 의문인데요."

"약업계에 종사하는 사람들이라면 가능하겠죠?"

"아무래도 그렇겠죠. 직접 만들 수도 있지 않을까요? 지형사님, 굳이 서방형 캡슐에 넣지 않더라도 최 사장님이 그 시간에 약을 먹었을 수도 있잖아요."

"맞습니다. 숙취 해소제라고 속였으면 아침에 먹을 수밖에 없었겠죠."

"지 형사님, 장용캡슐도 있어요. 위가 아닌 장에서 작용하도록 만들어진 캡슐이에요. 강산인 위산에는 녹지 않고 알칼리성인 장액에만 녹는 거예요. 위보다는 장까지 가는 시간이 기니까 약효가 늦게 나타나지 않을까요?"

"그런 방법도 있겠군요."

"지 형사님, 어디까지나 이론적인 거예요. 8시간 후에 녹는 캡슐에 독을 넣어 실험해 볼 수는 없으니까요."

김수나는 드립커피 세 잔을 내렸다. 달콤 쌉싸름한 커피 향이 지친 형사들의 코에 스며들었다. 김수나는 커피와 초코칩쿠키를 형사들에게 대접했다. 막 내린 커피와 달달한 쿠키, 김수나의 친절까지 더해지자 형사들의 피로가 말끔히 사라졌다.

"지 형사님, 범인은 누구예요? 저한테만 살짝 말씀해 주시면 안 돼요? 비밀은 꼭 지킬게요."

김수나의 어조가 은근해졌다. 지 형사가 깜짝 놀라 고개를 드니 김수나는 망울망울한 눈으로 그를 바라보고 있었다.

"범인 윤곽 벌써 나온 거 아니에요? 우리나라 형사님들 실력이야 세계 최고잖아요."

지 형사는 시원하게 대답해 줄 수 없는 현실이 안타까웠다. 수사는 여전히 뿌연 안갯속을 헤매고 있었다.

"범인이 누군지 알면 이러고 다니겠습니까?"

"지 형사님, 헤어숍 정 원장님이 범인 아니에요? 범인은 특정됐는데 증거가 없어서 검거 못 한다던데."

"아직 확실하게 밝혀진 것은 없습니다."

황 형사는 대화에 끼어들지 않고 커피만 홀짝이고 있었다.


# 리노헤어숍 (2)


"어머나 이 사장님, 어서 오세요. 커트하시게요?"

정선아 원장은 문 쪽을 향해 반가운 웃음을 날렸다. 오전 10시, 막 영업을 시작한 참이다. 방금 미용실에 들어온 사람은 스바라시의 사장 이상섭이다.

"이 사장님, 모닝커피 한잔하실래요?"

"모닝커피 좋죠. 한 잔 주십시오."

정선아는 커피머신에 전원을 넣고 출근길에 사 온 크루아상을 푸른 꽃이 수놓인 사각 접시에 보기 좋게 담았다. 꽃으로 가득한 핸드메이드 접시는 정선아가 좋아하는 영국 버얼리 제품이다. 마치 푸른 꽃밭 위에 크루아상을 흩어 놓은 것 같다. 정선아는 들판 위에 소풍 보자기를 펼친 기분이 들었다. 정선아의 입꼬리가 스르륵 올라가며 흡족한 미소가 지어졌다. 음식에 어울리는 멋스러운 식기는 정선아가 유일하게 사치를 부리는 품목이다. 그녀는 프랑스산 필론의 머그컵에 뜨거운 커피를 따랐다. 바쁜 일과를 시작하기 전 느긋하게 즐기는 커피 한 잔의 여유……, 정선아의 힐링 타임이다.

모락모락 김이 피어오르는 커피와 먹음직스러운 크루아상을 앞에 두고 두 사람은 테이블에 마주 앉았다.

"이 사장님, 크루아상 좀 드셔 보세요. 막 구운 빵이라 신선해요. 제가 출근하면서 사 온 거예요."

"네, 고맙습니다. 잘 먹겠습니다."

이상섭은 머리를 숙여 감사를 표하고는 탐스러운 크루아상을 한입 베어 물었다. 이어서 그는 뜨거운 커피를 후후 불어 마셨다.

"호오, 맛있는데요. 블랙커피에 크루아상이라 멋진 조합이군요."

"이 사장님, 크루아상 넉넉히 사 왔으니까 많이 드세요."

이상섭은 초승달 모양의 크루아상을 잘도 먹었다. 매일 요리를 하는 직업을 가진 탓일까? 그래서 남이 대접해 주는 음식이 맛있게 느껴지는 건지도 모른다.

"이 사장님, 제가 참고인 조사받으러 경찰서에 갔다 왔잖아요."

잡담을 나누던 두 사람의 화제가 자연스럽게 최현성 사건으로 넘어갔다. 이상섭의 시선이 정선아의 입술에 꽂혔다.

"어머나 이 사장님, 많이 시장하셨나 보다. 이 집 크루아상 맛있죠? 사과도 좀 깎을까요?"

소복하게 쌓였던 크루아상이 전부 사라진 걸 보고 정선아가 일어서며 말했다.

"사과는 됐습니다. 빨리 가서 장사 준비해야죠. 잘 먹었습니다."

정선아가 서둘러 커트 채비를 했다.

"이 사장님, 이쪽으로 앉으세요."

이상섭이 손님 의자에 앉자 정선아는 능숙한 손길로 망토 커버를 씌우고 머리카락에 물을 뿌렸다. 정선아에게 머리를 맡긴 이상섭은 편안한 표정을 짓더니 이내 눈을 감았다. 정선아는 이상섭의 취향을 잘 아는지 묻지도 않고 척척 가위질을 해 나갔다. 찰칵찰칵 가위질을 하는 빠른 손놀림과 더 불어 그녀의 입도 부지런히 움직였다. 이상섭의 감은 눈꺼풀이 그녀의 목소리에 반응해 이따금씩 움직였다. 마치 깨어 있다는 것을 증명이라도 하듯.

"경찰 수사가 꽉 막혔나 보더라고요. 훈남 형사가 어깨 떨어뜨리고 다니는 모습이 안쓰러워 제가 제보한 거 있죠. 왜 그 곱슬머리 형사 있잖아요. 그 형사 덥수룩한 머리 볼 때마다 제 손이 다 근질근질하다니까요. 부스스한 머리 예쁘게 정돈해 주고 싶어서요. 커트만 잘해도 한결 인물이 살 텐데. 아차, 내가 무슨 얘길 하다 말았지?"

정선아는 커트 빗 끝으로 자신의 머리를 톡톡 두드렸다. 하다 만 이야기가 영 떠오르지 않는 모양이다. 그녀는 말을 하다가 주로 삼천포로 빠지곤 해 중심을 잡아 줄 사람이 반드시 필요했다.

"지 형사한테 제보했다고 하셨습니다."

보다 못한 이상섭이 정선아를 도와주었다.

"아아, 맞다. 지 형사가 수사에 어려움이 많다면서 사소한 것까지 말해 달라고 애원을 하더라고요. 그래서 제가 제보했어요. 최 사장이 유독 괴롭혔던 업소들이 있었다고요. 스바라시도 최 사장한테 엄청 당했잖아요. 그래서 그런지 이 사장님 안색이 달라졌어요. 다크서클도 없어지고 한결 편안해 보이세요. 마음이 편해지니까 인물까지 사네요. 이 사장님, 거울 좀 보세요. 제 말이 맞죠?"

정선아가 정면 거울을 가리키며 이상섭의 어깨를 살짝 두드렸다. 이상섭은 눈을 가늘게 뜨고 거울 속의 정선아를 응시했다. 이상섭의 눈꺼풀이 미세하게 떨렸다. 그러나 가위질에 여념이 없던 정선아는 그의 시선을 눈치채지 못했다.

"지 형사한테 뭐라고 제보하셨다고요?"

"최 사장이 유독 괴롭혔던 업소들이 있다고 했어요."

"그런 데가 있었습니까?"

이상섭은 마치 남의 일처럼 물었다.

"어머나, 이 사장님이 제일 고생하셨잖아요."

"저는 그렇다 치고. 저 말고 또 있었다는 겁니까?"

"이 사장님, 정말 몰라서 물어보시는 거예요?"

정선아는 어이가 없다는 표정을 짓더니 무슨 생각이 났는지 의미심장하게 웃었다. 그녀의 어조가 은밀한 분위기를 풍겼다.

"제가 비밀 하나 알려 드릴까요? 최 사장이 그 업소들을 괴롭혔던 이유를 저는 알 것도 같아요."

"네?

"전 건물주와 관련된 일이에요. 후후후."

"최무송 사장님과 관련된 일?"

"그렇다니까요. 호호호."

정선아는 웃음으로 말끝을 얼버무렸다. 그녀의 바지런한 손은 어느새 커트를 마치고 스펀지로 머리카락을 털어 내는 중이었다.

"그 비밀이라는 게 뭡니까?"

이상섭이 거울 속의 정선아를 응시하며 물었다.

"어머나 이 사장님, 맨입으론 안 되죠. 술 한잔 사 주시면 또 몰라도."

이상섭은 대꾸하지 않고 거울만 뚫어지게 보았다.

"다 됐어요, 이 사장님. 스타일 마음에 드시는지 한번 보세요."

정선아는 이상섭에게 손거울을 건네고, 뒷모습을 볼 수 있도록 의자를 뱅그르르 돌려 주었다.

"볼 필요도 없습니다. 정 원장님 솜씨야 청수에서 최고죠."

"어머나 대한민국에서 최고는 아니고요?"

칭찬을 받고 기분이 좋아진 정선아가 까르르 소리 높여 웃었다. 이상섭은 손거울을 돌려주며 정선아와 눈을 맞췄다. 그의 입가에 잔잔한 미소가 떠올라 있었다.

"정 원장님, 이번 주 내로 스바라시에 한번 오시겠습니까? 제가 정식으로 초대하겠습니다. 커피와 크루아상에 대한 답례라고 해도 좋고요. 제가 정성껏 모시겠습니다. 스바라시에 꼭 들러 주세요."

갑작스러운 식사 초대에 정선아의 눈이 두 배로 커졌다. 그녀는 뜻밖의 횡재가 영 믿기지 않는 눈치였다.

"이 사장님, 제가 술 사 달라고 해서 그러시는 거예요? 농담으로 한 말이니까 신경 쓰지 마세요."

"아닙니다. 순수한 의도로 식사 대접을 하고 싶어서 그럽니다."

이상섭이 한 번 더 권하자 그제야 실감이 나는지 정선아의 뺨이 분홍빛으로 물들었다.

"어머나 이 사장님, 오늘 크루아상 사 오길 잘했네요. 호호호."

이상섭은 빙그레 웃고 있더니 상냥하게 덧붙였다.

"염색방 하 사장님과 함께 오셔도 됩니다. 미리 연락만 해 주시면 언제라도 좋습니다."

"어머, 고맙기도 해라. 하 사장과 같이 가면 저야 좋죠. 당장 전화해야지."

그러더니 정선아는 스마트폰을 어디 두었는지 모르겠다면서 한바탕 수선을 피웠다.

"천천히 하십시오. 허허허."

이상섭이 사람 좋은 웃음으로 화답했다.

# # 무송약국 (3)

지 형사와 황 형사는 오늘도 어김없이 무송빌딩으로 출근했다. 두 형사는 3층부터 9층에 입점한 회사, 의원, 학원 등을 돌며 탐문을 벌이려는 계획을 세워 두었다. 두 형사가 나란히 엘리베이터를 향해 걸어가는데, 김수나의 양배추 머리가 통로에서 불쑥 튀어나왔다. 오늘따라 양배추 머리가 더욱 부푼 것 같았다.

"지 형사님, 황 형사님, 잠깐 들어오시겠어요? 제가 알아낸 게 있는데요."

김수나는 드립커피까지 내려놓고 형사들을 기다린 모양이다. 그녀는 머그잔과 스콘 접시를 형사들 앞에 가지런히 놓았다. 맛있어 보이는 딸기잼도 함께였다.

"형사님들, 막 사 온 스콘이에요. 스콘에 딸기잼 발라 먹으면 얼마나 맛있는지 몰라요. 제가 딸기잼 발라 드릴까요?"

김수나는 형사들의 대답도 기다리지 않고 스콘에 딸기잼을 바르기 시작했다. 그녀는 큼직한 스콘에 딸기잼을 듬뿍 발라 두 형사 앞에 하나씩 놓았다.

"갓 구운 따끈따끈한 스콘이에요. 제가 빵순이라 단골 빵집이 있는데요. 매일 출근하면서 빵을 사 온답니다. 오늘은 새 빵 나오는 시간에 딱 맞춰 갔어요."

아침도 먹는 둥 마는 둥 집에서 뛰쳐나온 형사들에겐 눈물나게 고마운 환대였다. 지 형사와 황 형사는 스콘과 커피를 맛있게 먹고 마셨다. 김수나는 흐뭇한 표정으로 형사들을 지켜보다가 접시가 깨끗이 비워지자 비로소 입을 열었다.

"저번에 지 형사님이 서방형 캡슐에 관해 물어보셨잖아요. 그래서 독이 늦게 작용하는 사례가 없나 찾아보다가 일본에서 일어난 살인 사건을 알게 됐어요."

지 형사가 반색하며 마지막 남은 커피를 목구멍으로 꿀꺽삼켰다.

"실제로 그런 사건이 있었습니까?"

"길항작용을 이용하는 거예요."

"길항작용이라……?"

지 형사가 의아한 듯 중얼거리자 김수나가 친절하게 해설을 덧붙였다.

"길항작용은 생물체 내의 현상에서 두 개의 요인이 동시에 작용할 때 서로 효과가 상쇄되는 것을 말해요."

"그렇군요."

"투구꽃에서 추출한 아코니틴이란 물질이 있어요. 복어독인 테트로도톡신과 아코니틴은 서로 반대되는 효능을 가지고 있어요. 테트로도톡신은 신경세포의 나트륨 통로를 차단

하는 반면 아코니틴은 개방하는 역할을 해요. 그래서 둘을 함께 복용하면 독이 작용하는 시간이 늦어져요. 독을 먹고 바로 죽는 게 아니라 한두 시간 뒤에 죽는 거예요. 일본에서 길항작용을 이용해 아코니틴의 독효를 1시간 40분이나 지연시켜 경찰 수사를 미궁에 빠뜨린 사건이 있었어요."

김수나는 의기양양하게 말했다. 독효가 늦게 나타나는 사례를 찾아내 수사에 도움을 주고자 노력한 모양이다. 지 형사는 열심히 설명하는 김수나에게 고마움을 느꼈다.

"약효를 더 지연시킬 순 없습니까?"

"아쉽게도 그래요. 기껏해야 한두 시간 정도 지연시킬 수 있대요."

"8시간은 무리겠죠?"

"부검할 때 아코니틴이나 테트로도톡신 성분이 검출됐는지 확인해 보면 되겠죠. 죄송해요, 지 형사님. 별로 도움이 되지 못했죠?"

최현성의 혈액에서 테트로도톡신이 검출됐다는 통보는 받지 못했다. 그러므로 길항작용을 이용한 독살은 아니다.

"아닙니다, 김 약사님. 크게 도움이 됐습니다. 덕분에 길항작용을 이용한 살인 사건도 알게 됐고요."

"김 약사님, 커피와 스콘 맛있게 먹었습니다."

황 형사가 김수나에게 꾸벅 머리를 숙였다. 고맙다는 인사를 하는 것뿐인데도 그의 낯은 빨갛게 물이 들어 있었다.

지 형사는 황 형사의 팔을 잡아끌고 서둘러 무송약국을 빠져나왔다. 청춘 남녀의 눈에서 불꽃이라도 튈까 심히 염려되었기 때문이다.

# 3

두 번째
변사 사건

# 스바라시 (1)

 스바라시의 포렴이 살포시 젖혀졌다. 젖혀진 포렴 사이에서 기대에 찬 두 얼굴이 나타났다. 헤어숍 정선아와 염색방 하민정이다. 두 여자는 사이좋게 팔짱을 낀 채 식당으로 들어왔다. 최현성이 살아 있을 때와는 사뭇 다른 모습이다. 잡아먹을 것처럼 으르렁거리던 두 여자가 간이라도 빼 줄 사이처럼 죽고 못 사는 단짝이 되었다. 하긴 그녀들의 관계는 당최 종잡을 수 없어 사람들을 아리송하게 만들고는 했다.

 이상섭이 두 사람을 알아보고 웃는 낯으로 인사를 건넸다.

 "두 분 어서 오십시오. 이쪽으로 앉으세요."

 이상섭은 카운터석 정중앙에 정선아와 하민정을 앉혔다. 셰프가 요리하는 모습을 눈앞에서 볼 수 있는 제일 좋은 자리다.

 "이 사장님 마음 변하실까 봐 얼른 왔어요. 호호호."

 정선아가 살집 좋은 몸을 흔들며 큰 소리로 웃었다. 정선아는 초대를 받자마자 하민정에게 연락했고, 둘은 퇴근 시간에 맞춰 스바라시를 찾은 것이다. 스바라시의 디너 코스는 만만치 않은 가격인데 초대를 받았으니 두 여자의 기분이 좋을 만했다.

"두 분을 모시니 제가 더 영광입니다. 식사가 두 분 마음에 드셨으면 좋겠습니다."

이상섭은 예의를 갖춰 말한 뒤 두 여자 앞에 물티슈를 놓아 주었다.

"어머나 이 사장님, 고맙습니다. 하하하. 호호호."

정선아와 하민정이 동시에 웃음을 터트렸다. 이상섭은 에피타이저로 야채죽과 샐러드를 내었다. 여직원 김미나가 장국을 날랐다.

"이 사장님, 소주랑 맥주도 몇 병씩 주세요. 술값은 저희가 계산할게요."

정선아가 주당다운 면모를 드러내며 호기롭게 술을 주문했다.

"아, 제가 술을 깜박했군요. 두 분 구보다 만쥬 드시겠습니까?"

정선아가 함박 같은 미소를 지으며 크게 손사래를 쳤다.

"이 사장님, 저희 양심 있는 여자들이랍니다. 둘 다 주량이 말술인데 구보다 만쥬처럼 비싼 술 마셨다간 스바라시 거덜 날걸요. 비싼 일본 술 마셔 봐야 맛도 몰라요. 저희는 소맥으로 충분해요."

"맞아요. 소맥이 좋아요."

옆에서 하민정이 맞장구를 쳤다. 김미나가 소주와 맥주를 넉넉히 가져오자 정선아는 번개 같은 손놀림으로 폭탄주 두 잔을 제조했다. 소문난 주당답게 관록이 느껴지는 솜씨였다. 두 여자는 스바라시의 번영과 이상섭의 건강을 기원하며 잔을 들었다. 초대해 준 이상섭에게 고마움을 표시하려는 의도였다.

이상섭은 명란을 가운데 넣은 세모꼴의 계란말이를 두 여자 앞에 놓았다. 계란말이에 눈길을 빼앗긴 두 여자가 동시에 탄성을 질렀다. 명란계란말이는 여자들이 특히 좋아하는 메뉴이기도 하다.

"어머나 예쁘기도 해라. 아까워서 이걸 어떻게 먹지?"

말은 그렇게 했지만 계란말이 4개는 두 여자의 입속으로 흔적도 없이 사라졌다. 앙증맞은 계란말이의 아쉬움을 뒤로하고 이어진 코스는 나스덴가쿠다. 나스덴가쿠는 구운 가지에 된장 소스를 바르고 오븐에서 한 번 더 익혀 낸 요리다. 가지 위에 치즈 가루를 뿌려 고소함을 더했다. 가지 역시 여자들이 좋아하는 식재료다. 정선아가 소맥 한 잔을 시원하게 들이켜더니 야들야들한 가지 살을 젓가락으로 집어 올렸다. 나스덴가쿠는 부들부들하게 구워진 가지 살에 달짝한 소스를 더해 특유의 풍미를 준다.

　오마카세의 최대 장점은 귀빈처럼 대접받는 느낌을 준다는 데 있다. 두 여자는 연신 감탄사를 연발하며 요리와 술을 먹고 마셨다.

　드디어 메인 요리를 낼 차례가 되었다. 이상섭은 큰 접시에 멋지게 플레이팅된 모둠 사시미를 내었다. 정교하게 칼집을 낸 사시미가 조명 아래 반짝거렸다. 투명한 생선 살이 싱싱한 자태를 뽐냈다. 이상섭은 회의 종류마다 친절하게 설명을 덧붙였다. 정선아와 하민정의 입에서 경탄이 흘러나왔다.

　"이 사장님 덕분에 입이 호강하네요. 정말 환상적인 맛인데요."

　"아아, 너무 맛있어요."

　폭탄주를 비워 내는 속도만큼 접시 위의 사시미도 빠르게 사라졌다.

　"혀 위에서 바다의 향이 느껴져."

　홀린 듯 사시미를 탐닉하던 하민정이 기분 좋은 한숨을 내쉬었다. 정선아가 맥주를 추가 주문했다.

　"요리가 훌륭하니까 술이 한없이 들어가네. 우리 끝까지 달려 볼까?"

　정선아의 뺨이 발갛게 홍조를 띠었다. 반면 하민정은 술을 꽤 마셨는데도 얼굴색 하나 변하지 않았다. 이상섭은 가이모노 사시미를 두 여자 앞에 놓았다. 가이모노는 어패류를 뜻한다. 문어와 키조개, 멍게, 소라, 전복, 우니를 한 접시에 조화롭게 담았다. 술기운이 돌자 여자들의 목청도 덩달아 높아졌다.

"언니, 참고인 조사받은 얘기 좀 해 봐. 형사가 뭐래?"

김에 싼 우니를 야무지게 씹으며 하민정이 정선아에게 물었다. 하민정은 정선아의 잔이 빌 때마다 눈치껏 술을 채웠다. 염색방에서 싸웠던 일 따위 이미 우주 밖으로 날려 보낸 모양이다. 정선아가 슬쩍 이상섭의 눈치를 살폈다. 이상섭은 테이블 손님들에게 낼 초밥을 쥐느라 여념이 없었다. 정선아의 음성이 낮게 가라앉았다.

"최현성은 독살된 게 확실하다는데. 형사들이 무송빌딩 임차인들을 의심하는 것 같아."

"누가 어떤 방식으로 최 사장을 독살했다는 거야? 음료나 음식에 미리 독을 타 놨다는 건가?"

"최현성은 건물 안 업소들을 도는 것이 일과였어. 식당은 물론이고 일반 업소도 음료 정도는 제공했겠지. 효과가 늦게 나타나는 독을 썼으면 누구라도 최현성을 독살시킬 수 있어."

"그런 독이 있어?"

"마약이 담긴 캡슐을 사람이 삼킨 채로 운반한다는 기사를 읽은 적이 있어. 캡슐이 얼마나 단단하면 내장 안에서 터지지 않고 견디겠어? 중국 세관에서 있었던 일인데, 수상한 아프리카 남성을 붙잡아 X-레이를 찍었더니 몸속에 마약 캡슐이 100개나 들어 있더래. 남자는 사흘에 걸쳐 코카인이 든 캡슐을 배설했고. 얼마나 강력한 캡슐이면 사흘 동안 터지지 않았겠어?"

"어머나 언니, 별걸 다 안다. 혹시 언니가?"

하민정의 눈이 크게 벌어졌다. 그녀의 크게 뜬 눈에 의심의 빛이 어렸다. 정선아가 하민정의 팔을 찰싹 때렸다.

"애도 참, 내가 왜 그런 짓을 해?"

"하긴. 그런데 언니, 최 사장이 독약 캡슐을 먹을 이유가 없잖아."

"공짜라면 사족을 못 쓰는 그런 인간쯤 속이는 건 일도 아니야. 몸에 좋은 약이라고 둘러대면 그만이지."

"하긴 최 사장이 공짜를 밝히긴 했었지."

하민정이 두렵다는 듯 긴 두 팔로 어깨를 감싸 안았다. 그녀는 오늘도 근사하게 차려입었는데, 쇄골 라인이 드러나는 딱 붙는 셔츠에 와이드 팬츠가 날씬한 허리선을 강조하며 세련미를 풍겼다.

"스시 나왔습니다."

이상섭은 스시 접시 두 개를 두 여자 앞에 가지런히 놓았다. 그는 왼쪽부터 먹으라고 친절하게 일러 주었다. 광어지느러미, 캐비어를 고명으로 올린 학꽁치, 단새우와 우니 스시다.

"이 사장님, 스시가 정말 먹음직스럽네요. 윤기가 좔좔 흘러요."

정선아가 감탄했다. 하민정은 손뼉까지 쳐 가며 기쁨을 표시했다. 그녀는 이상섭의 동정을 슬쩍 살피더니 정선아에게 물었다.

"언니, 형사들은 누굴 의심해?"

하민정의 표정이 심각해졌다.

"최현성이 심하게 괴롭혔던 업소가 몇 군데 있어."

"그럼 그 업소들 중에서?"

정선아는 바로 대답하지 않고 이상섭 쪽으로 눈길을 주었다. 이상섭은 새로 들어온 카운터석 손님들을 응대하고 있었다.

"그 업소들 중 하나에서 최 사장을 독살했다는 거야?"

하민정이 한 옥타브 올라간 목소리로 물었다. 술에 취해 조심성이 사라진 것이다. 정선아가 입술에 손가락을 세우며 조용히 하라고 주의를 주었다. 김미나가 두 여자 앞에 가자미찜을 놓고 사라졌다.

뒤를 이어 도미머리조림이 나왔다. 살이 많은 도미 머리를 간장 양념으로 졸였다. 뭉근하게 졸여진 무와 당근에서 깊은 풍미가 느껴졌다.

"언니, 궁금해 죽겠어. 어서 얘기 좀 해 봐."

"형사가 나를 의심해서 별수 없이 찔러 줬지."

"언니가 제보했구나."

"쉿."

이상섭이 김이 모락모락 오르는 튀김 접시를 내어 주었다. 왕새우와 연근, 쑥갓을 바삭하게 튀겼다. 정선아는 소주를 잔에 따랐다. 배가 너무 불러 맥주는 더 마시고 싶지 않았다. 정선아가 주위를 둘러보았다. 카운터석 왼편에는 초로의 남자가 구보다 만쥬 병을 기울이고 있었고, 오른편에는 이십 대의 젊은 커플이 즐겁게 대화를 나누는 중이었다. 테이블석도 손님들이 속속 들어와 자리를 메웠다. 이상섭의 손길은 더욱 바빠졌다.

"그럼 형사들이 언니에 대한 의심은 거두었겠네."

"지 형사가 내 말을 듣더니 깜짝 놀란 눈치였어. 전 건물주랑 모종의 관계를 맺은 업소들이 있다고 알려 줬지."

"나가사끼짬뽕입니다."

이상섭이 두 여자 사이에 끼어들었다. 드디어 식사 순서가 된 것이다. 김이 피어오르는 나가사끼짬뽕은 유혹적인 냄새를 풍겼다.

"어머나, 맛있겠네요. 잘 먹겠습니다."

정선아가 이상섭에게 머리를 조아렸다. 해산물을 고명으로 올린 하얀 짬뽕은 맛이 무척 좋았다. 김미나가 후식이 담긴 쟁반을 들고 왔다. 선명한 녹색의 말차아이스크림과 하얀 모나카, 붉은 자몽이 접시에 담겨 있었다. 이상섭은 시간 구애받지 말고 마음껏 술을 마시라면서 건새우튀김과 견과류를 내어 주었다.

"아무리 배불러도 아이스크림은 못 참지."

하민정은 모나카 위에 말차아이스크림을 얹어 크게 한입 베어 물었다.

"아아, 맛있다. 언니 덕분에 과식했네. 살 많이 쪘겠다. 내일은 종일 굶어야겠어."

"너한테 뺄 살이 어디 있다고 엄살이야? 하여간 날씬한 것들이 더 난리라니까."

정선아가 하민정의 날렵한 턱 선을 부러운 듯 바라보았다. 두 여자는 건새우튀김과 견과류를 안주 삼아 주거니 받거니 소주를 마셨다.

"언니, 범인은 고운내과 윤 원장일까?"

"윤 원장이 왜?"

"언니도 참, 머리 좀 써라. 의사니까 독약에 대해 잘 알 것 아냐."

"약이라면 약사도 잘 알 텐데."

"최 사장이 김 약사도 괴롭혔나? 그래 봐야 약값을 떼어 먹는 정도였을 텐데. 하긴 김 약사도 꽤 매력 있긴 하지. 그 호색한이 귀여운 약사 아가씨를 가만뒀을 리 없잖아. 성추행을 했을까? 혹시 성폭행? 견디다 못한 약사가 독살 을......?"

술에 취한 두 여자는 마음껏 상상의 나래를 펼쳤다.

"실은 내가 알아낸 게 있는데 말이야. 최현성한테도 슬쩍 찔러 줬지."

정선아가 으스대는 투로 운을 뗐다.

"뭔데 그래? 언니 섭섭하다. 최 사장한텐 말했다면서 나 는 왜 따돌려?"

"너랑은 연적이었는데 뭘 말해 줘?"

"두 분 안주 부족하면 말씀하세요. 먹태구이도 해 드릴 수 있습니다."

이상섭이 먹태를 찢는 시늉을 하며 두 여자를 번갈아 보 았다.

"이 사장님, 배가 불러서 더는 못 먹겠어요. 그나저나 식 당이 꽉 찼는데 자리 비워 드려야 되는 거 아니에요?"

"그런 걱정 마십시오. 예약한 손님들 전부 오셨습니다."

두 여자는 술 취한 사람 특유의 과장된 동작으로 감사 인사를 거듭했다. 스바라시의 테이블은 손님들로 가득 찼고, 마침내 이상섭도 한가해졌는지 정선아와 하민정이 내미는 술잔을 받아들었다. 그들의 밤이 깊어 갔다. 길고도 흥겨운 밤이었다.


# 고운내과 (1)

정선아는 밤새도록 구토와 설사에 시달렸다. 스바라시에서 술을 많이 마신 건 사실이지만, 잠을 설칠 정도로 과음하지는 않았다. 그녀는 술에 단련된 체질이었고 인사불성으로 마시는 건 삼가는 편이다. 그런데 왜? 스바라시에서 먹은 음식이 잘못됐던 걸까? 회가 신선하지 않았던 걸까? 아니다. 전날 밤 그녀가 먹은 회는 싱싱했다. 탱탱하고 윤기 나던 생선 살의 식감은 쫄깃함 그 자체였다.

커튼 사이로 화창한 아침 햇살이 방 안을 길게 비췄다. 아침 해가 떴지만 정선아는 침대에서 일어날 기력조차 없었다. 건강한 그녀로선 이해하기 힘든 몸 상태였다. 간신히 몸을 추스른 정선아는 택시를 타고 무송빌딩으로 향했다. 출근하기 위해서가 아니라 고운내과로 가기 위한 외출이다.

강철 체력을 자랑하던 그녀지만 오늘만큼은 일할 엄두가 나지 않았다.

고운내과에서는 바로 진료를 받을 수 있었다. 윤고운은 밤새 수척해진 정선아를 보더니 걱정스러운 표정을 지었다. 그녀는 정선아에게 증세를 말하도록 시키고, 전날 먹은 음식이 무엇이었는지 물어보았다.

"혹시 평소와 다른 음식을 드셨어요?"

정선아의 입술이 일그러졌다. 역시 스바라시의 음식이 문제였을까? 혹시 식중독? 오마카세의 코스 요리에 과하게 흥분해 폭음과 폭식을 한 것은 사실이었다.

정선아는 전날 아침부터 저녁까지 먹었던 음식들을 윤고운에게 알려 주었다. 윤고운은 귀를 기울여 듣고는 이렇게 말했다.

"염색방 하 사장님께 전화를 걸어 보세요. 저녁 식사로 같은 음식을 드셨으면 비슷한 증상이 나타날 수도 있으니까요."

정선아는 하민정에게 전화를 걸었다.

"언니, 웬일이야? 아침부터 전화를 다 하고."

"민정아, 너 몸 괜찮아?"

정선아가 다짜고짜 몸 상태를 캐묻자 하민정은 어리둥절해졌다.

"언니는 숙취가 심해? 나는 아무렇지도 않은데."

"어젯밤 토하거나 배 아프지 않았어? 정말 아무렇지 않은 거야?"

"난 괜찮은데. 왜 그래? 언니는 아픈 거야?"

정선아는 적당히 얼버무린 뒤 전화를 끊고는 윤고운에게 통화 내용을 전달했다.

"스바라시에서 먹은 음식 탓은 아닌가 봐요. 하 사장은 괜찮다고 하네요."

윤고운은 정선아의 활력 징후를 측정하고 채혈을 했다.

"정 원장님, 혹시 특정 식품에 알레르기 있어요?"

윤고운이 정선아에게 조심스러운 어조로 물었다.

"저 알레르기 없는데요. 왜 그런 걸 물어보시는 거예요?"

"혈액 내 히스타민 농도가 높아지면 약한 자극에도 알레르기 증세가 나타날 수 있어요. 평소 즐겨 먹던 음식에도 반응이 일어나기도 해요. 정 원장님, 근래 심하게 스트레스받은 적이 있었나요?"

"제가 스트레스 때문에 아프다는 말이에요?"

"스트레스가 신경계를 교란시켜 면역반응을 과도하게 일으키고 질환을 악화시킨다는 정신신경면역학 이론이 있어요."

정선아의 미간에 깊은 고랑이 생겨났다. 스트레스라면 최고의 스트레스라 할 만한 일을 현재도 겪고 있지 않은가.

"최 사장 독살범으로 제가 의심받고 있잖아요. 남들은 평생 못 겪어 볼 스트레스죠."

윤고운이 수긍한다는 듯 고개를 위아래로 움직였다.

"MAST 혈액검사를 해 볼게요. 소량의 혈액검사로 92종의 알레르기원을 확인할 수 있어요."

윤고운의 수려한 이마에 근심의 기운이 스쳤다. 환자를 염려하는 의사의 진심이 느껴져 정선아는 그나마 마음의 위안을 받았다.

"일단 하루치 약을 처방해 드릴게요. 하루 이틀 경과를 지켜보기로 해요. 내일도 진료받으러 나오시고요."

윤고운은 걱정 어린 투로 말했다.


# 물들임 염색방 (1)

정선아는 접수대에서 처방전을 받아 들고 비틀비틀 고운 내과를 걸어 나왔다. 그녀는 약국으로 가기 전 염색방부터 들러 보기로 했다.

"어서 오세요."

영업 준비를 하던 하민정은 정선아를 보자 화들짝 놀랐다.

"언니, 아침부터 웬일이야? 무슨 일 있어?"

하민정의 표정이 급격히 어두워졌다. 정선아의 안색이 너무 나빴기 때문이다. 하민정은 정선아를 부축해 소파에 조심스럽게 앉혔다.

"언니, 많이 아팠구나. 하룻밤 새 살이 쏙 빠졌네. 병원엔 갔다 온 거야?"

"지금 고운내과에서 오는 길이야. 그런데 너는 괜찮아? 어젯밤에 구토나 설사 안 했어?"

"난 아픈 데 없는데. 언니, 병원에선 뭐라고 해?"

하민정은 숙취조차 없는지 말짱한 얼굴이다. 빈틈없는 메이크업에 머리 손질도 잘돼 있었다. 전날 폭음한 사람답지 않은 완벽한 모습이다.

"식중독은 아닌 것 같고 식품 알레르기에 관해 물어보던 걸."

"언니, 스바라시 음식이 상한 건 아니야. 똑같은 음식을 먹었는데 나는 멀쩡한 걸 보면."

"윤 원장도 내 몸이 문제일 거라고 했어. 장 기능이 약해지면 신체 면역 기능도 저하되는데, 평소 잘 먹던 음식에도 알레르기 반응이 일어날 수 있대. 알레르기 검사받으라고 해서 피 뽑고 왔어. 사흘 정도면 결과를 알 수 있다나 봐."

말하는 것도 힘든지 정선아는 소파에 머리를 기댔다. 평소 정선아의 건강한 모습만 봐 온 하민정은 걱정이 많이 되었다.

"언니, 밥도 못 먹었을 텐데 내가 나가서 죽이라도 사 올 게. 약 먹으려면 뭐라도 배를 채워야지."

정선아는 소파에 축 늘어진 채로 고마워, 라고 힘겹게 말했다. 하민정은 지갑을 챙겨 들고 바람처럼 달려 나갔다. 최현성을 사이에 두고 경쟁을 벌이기도 했지만, 동병상련의 처지인 두 사람은 서로를 잘 이해하는 동지이기도 했다.

하민정이 죽을 사 들고 염색방으로 돌아오니 정선아는 소파에 몸을 묻은 채 깊이 잠들어 있었다. 하민정은 곤히 잠든 정선아를 깨우기가 망설여졌다. 엊저녁 오마카세도 정선아 덕분에 가게 되었다. 하민정의 처지로는 꿈도 꾸지 못할 고급 만찬이었다. 그런데 이상섭은 왜 그런 호의를 베풀었을까? 정선아 말에 의하면 커피와 크루아상을 대접해서 그리 됐다는데, 하민정은 도통 이해가 가지 않았다. 그깟 커피랑 빵 좀 얻어먹었다고 비싼 식사 초대를 한다고? 스바라시의 디너 코스는 매우 고가여서 최현성 때문에 손해가 막심했다는 소문을 들은 적이 있었다.

하민정은 정선아의 어깨를 잡고 살짝 흔들었다.

"언니, 일어나. 내가 죽 사 왔어. 식기 전에 한술 떠 봐. 빈속에 약 먹으면 안 돼."

정선아가 가늘게 눈을 떴다. 눈빛이 게슴츠레하다. 통통하던 볼살이 하룻밤 새 푹 꺼졌다. 해쓱한 얼굴을 보니 말할 수 없이 안쓰러웠다. 하민정은 가슴이 아팠다. 마음대로 아플 수조차 없는 가장의 무거운 짐을 누구보다 그녀가 잘 이해했다.

정선아가 입술을 달싹였다. 고맙다는 말을 하려는 것 같았다. 하민정은 정선아가 먹기 편하도록 죽 쟁반을 당겨 주었다. 죽이 담긴 플라스틱 통에서 김이 모락모락 올라왔다.

"언니, 일부러 흰죽으로 사 왔어. 위장에 자극을 주면 안 될 것 같아서. 자, 따뜻한 물부터 마셔 봐."

하민정은 정선아에게 물컵을 건넸다. 정선아는 물을 한 모금 마시더니 죽을 덜어 달라는 시늉을 했다. 하민정이 빈 그릇을 가져와 흰죽을 덜었다. 정선아는 입맛이 없는지 많이 먹지 못했다. 아무거나 잘 먹던 평소의 먹성과는 사뭇 다른 모습이었다.

"언니, 입맛이 없더라도 조금 더 먹어 봐. 기운 차리려면 잘 먹어야지."

그러나 정선아는 기어코 숟가락을 내려놓았다. 그녀는 숨이 가쁜지 살짝 헐떡거리며 대답했다.

"민정아, 고마워. 집에 가서 약 먹고 푹 자면 나을 거야."

"언니, 오늘은 영업 안 할 거지?"

"어쩔 수 없네. 서 있을 힘도 없으니까."

"언니, 내가 차로 집까지 데려다줄까?"

정선아가 힘없이 웃으며 도리질을 했다.

"장사하는 사람이 가게 비우면 안 되지. 난 택시 타고 가면 돼. 정 아프면 고운내과에서 한숨 자고 갈게."

"그래 언니, 무리하지 말고 푹 쉬어."

정선아는 하민정의 배웅을 받으며 엘리베이터에 올랐다.


# 무송약국 (1)

정선아는 무송약국의 유리문을 힘겹게 열었다. 정선아가 비틀거리며 들어서자 김수나가 놀라서 뛰어나왔다. 김수나는 걱정스러운 기색으로 정선아를 살폈다. 정선아가 대기 의자에 무너지듯 몸을 내맡겼다. 김수나는 처방전을 받아들고 조제실로 뛰어 들어갔다. 정선아는 대기 의자에 앉아 쌕쌕 가쁜 숨을 내쉬었다.

김수나가 조제한 약을 들고 나왔다.

"어젯밤부터 아프신 거예요? 윤 원장님이 뭐라고 하세요?"

정선아는 윤고운에게 들었던 내용을 전하려고 애썼다. 그러나 말이 제대로 나오지 않았다. 빨리 집에 가서 눕고 싶다는 생각밖에 없었다. 김수나가 정선아의 이마를 짚어 보더니 열이 난다고 알려 주었다. 그녀는 약 봉투에서 해열제를 들어 보이며 복약 지도를 찬찬히 해 주었다.

"정 원장님, 제가 택시 불러 드릴게요."

김수나는 택시를 부르고 정선아를 부축해 차에 태워 주었다. 그녀는 기사에게 잘 부탁한다는 당부도 잊지 않았다.


# 정선아의 아파트

약사 김수나가 싹싹한 성격인 건 진즉에 알았지만, 오늘처럼 고마웠던 적은 없었다. 정선아는 김수나가 불러 준 택시를 타고 집으로 돌아왔다. 하민정, 윤고운, 김수나까지, 정선아는 무송빌딩 이웃들에게 가족 같은 푸근한 정을 느꼈다.

"정 많은 이웃들이 있어 외롭진 않구나. 내가 헛살진 않았어."

정선아는 열에 들뜬 소리로 웅얼거렸다. 그녀는 해열제를 삼키자마자 옷도 벗지 못한 채로 침대에 쓰러져 잠이 들었다. 정선아는 달고 긴 잠을 잤다. 밤새 복통에 시달리느라 잠을 설친 데다 병원에 다녀왔다는 안도감이 그녀를 편안한 수면으로 이끌었다.

늦은 오후에야 잠에서 깬 정선아는 몸이 많이 회복된 것을 느꼈다. 배도 아프지 않았고 열감도 없었다. 무엇보다 배가 고프다는 사실이 기분 좋았다. 식욕이 돌아왔다는 것은 병이 나았다는 의미다. 정선아는 의욕이 샘솟았다. 건강해지려면 잘 먹어야겠지. 그래, 배달 음식을 시키자.

정선아는 스마트폰을 집어 들었다. 스마트폰을 손에 들자 손가락이 익숙한 경로를 따라 움직였다. 배달 앱을 켜려던 손길은 어느새 SNS에 접속하고 있었다. 배고픔도 금세 잊었다. 근래 들어 정선아는 SNS에 게시물을 올리는 재미에 푹 빠져 살았다.

'인생 오마카세'라는 제목 아래 스바라시에서 찍은 요리 사진들을 개인 계정에 올렸다. 어제저녁 정선아는 요리가 나올 때마다 일일이 사진을 찍어 두었다. 머릿속에 기발한 아이디어가 스치자 그녀는 빙그레 미소 지었다. 공짜 오마카세에 초대받아 갔는데, 너무 먹어 탈이 났다고 쓰면 더 많은 공감 표를 얻을 것 같았다. 정선아는 약국에서 받아 온 약 봉투를 펼친 뒤 사진을 찍어 올렸다.

그리고 '공짜 좋아하다 탈이 났다. 밤새 배앓이하고 병원에 다녀왔다. 넘어진 김에 쉬어 가도 좋을 듯.'이라고 멘트를 달았다. 그러자 기다리기라도 한 것처럼 여기저기서 '좋아요'와 댓글이 쏟아졌다. 이 맛에 SNS 하는 거지. 정선아는 배달 음식을 시킬 생각도 잊고 소셜 미디어에 푹 빠져들었다.

정선아의 시체가 발견된 것은 이튿날 저녁이었다. 정선아는 오후가 다 되도록 헤어숍에 출근하지 않았다. 걱정이 된 하민정은 정선아에게 전화를 걸었다. 그러나 몇 번을 걸어도 신호만 갈 뿐 정선아는 전화를 받지 않았다. 안절부절못하던 하민정은 퇴근시간이 되자 급하게 차를 몰아 정선아의 아파트로 향했다. 정선아의 집은 몇 번 가 본 적이 있어 잘 알고 있었다.

정선아의 집 대문 앞에 선 하민정은 크게 심호흡을 했다. 마음이 이상하게 불안했다. 전화를 받지 않는 이유를 짐작할 수 없었기 때문이다. 불길한 예감이 스멀스멀 피어올랐다. 윤서가 있으니까 별일 없을 거야, 혼자 사는 것도 아니잖아. 하민정은 스스로를 안심시키려 애썼다. 그러나 가슴은 두방망이질 쳤고 점점 더 강도를 더해 갔다.

윤서가 등교한 다음에 쓰러졌을 수도 있잖아. 그래서 전화를 못 받은 걸까? 벨을 눌러도 반응이 없으면 곧바로 119를 부르자. 하민정은 대문 앞에 선 채로 오만가지 걱정에 시달렸다.

딩동딩동딩동, 하민정은 연달아 도어 벨을 눌렀다. 딩동

딩동딩동, 한 차례 더 눌렀다. 안에서는 여전히 응답이 없었다. 하민정은 대문에 귀를 갖다 댔다. 안쪽에서 희미하게 움직이는 기척이 느껴졌다. 정선아 본인이라면 문을 열어 주지 않을 리 없었다. 기척의 주인공은 윤서임이 분명했다. 하민정은 주먹을 쥐고 대문을 쾅쾅 두드렸다.

"윤서야, 염색방 아줌마야. 전에 아줌마 본 적 있지? 엄마가 출근을 안 해서 걱정돼서 와 봤어. 윤서야, 엄마 집에 계셔? 잠깐 문 좀 열어 볼래?"

쾅쾅거리는 소리가 시끄러웠는지 안쪽에서 윤서의 목소리가 흘러나왔다.

"잠깐만 기다리세요."

딸깍, 대문 열리는 소리가 났다. 하민정은 서둘러 집 안으로 들어갔다. 윤서는 제 방으로 들어가 버렸는지 보이지 않았다. 하민정은 현관에 놓인 신발부터 확인했다. 낯익은 정선아의 단화가 눈에 들어오자 하민정의 입에서 탄식이 터져 나왔다. 하민정은 신발을 벗어 던지고 안방으로 달려갔다. 그러고는 급하게 안방 문을 열어젖혔다. 침대 위에 엎드린 채 누워 있는 정선아가 보였다. 하민정은 정선아가 약에 취해 자고 있다고 생각했다.

"언니, 밥은 먹고 자는 거야?"

그러나 한 걸음 더 가까이 다가간 순간, 하민정은 심장이

멎을 만큼 놀랐다. 그녀는 비명이 터지지 않도록 손바닥으로 입을 틀어막았다. 정선아는 토사물 구덩이에 머리를 박은 채 숨이 끊어져 있었다. 맥을 짚어 볼 필요도 없었다. 정선아가 죽었다는 사실이 명확히 인지되었다. 어제 아침 친근하게 대화를 나눴던 정선아가 오늘 저녁 시체가 되어 누워 있었다. 눈으로 보고도 믿을 수 없는 기막힌 현실이었다.

"언니, 왜 이러고 있어?"

하민정이 울먹이며 정선아에게 말을 걸었다. 그렇게라도 하지 않으면 버티고 서 있지 못할 것 같았다. 하민정은 떨리는 손으로 정선아의 손목을 짚어 맥을 확인했다. 박동이 느껴지지 않았다. 토사물 위에 누워 있는 정선아가 가여웠지만, 현장을 훼손하면 안 될 것 같았다.

흑흑, 하민정의 입에서 울음이 터져 나왔다. 그녀는 엉엉 울면서 119 버튼을 눌렀다. 조리 있게 도움을 요청할 수가 없었다. 사람이 쓰러졌다고, 맥박이 뛰지 않는다고, 빨리 와 달라고 소리쳤지만 상대에게 제대로 전달됐는지 알 수 없었다.

놀람과 안타까움이 해일처럼 휩쓸고 지나자 분노가 화르르 피어올라 빈자리를 채웠다. 정선아의 딸 윤서를 향한 분노였다. 엄마가 이 꼴로 쓰러져 있는데도 방문 한 번 열어 보지 않다니……, 저런 걸 딸이라고. 윤서를 향한 강렬한 적개심이 하민정의 내부에서 뿜어져 나왔다. 어리다는 핑계로 용서될 일이 아니었다.

"언니, 저런 걸 딸이라고 아침부터 밤까지 그 고생을 했던 거야?"

하민정은 오열하며 방바닥으로 무너져 내렸다. 그녀의 여윈 뺨 위로 눈물이 방울져 흘러내렸다.

119 구급대는 빠르게 도착했다. 구급대원 두 명이 들것을 든 채 집 안으로 들어왔으나 이미 시체가 돼 버린 정선아에겐 필요 없는 물건이었다. 정선아의 활력 징후를 체크한 구급대원이 고개를 저으며 일어났다.

"사망한 지 꽤 되셨네요. 이제부턴 경찰에 맡기시면 됩니다."

구급대원들은 경찰에 신고를 한 뒤 지체 없이 떠났다. 하민정은 또다시 시체와 단둘이 남겨졌다. 구급대원들이 들락거리며 집 안에서 한바탕 소란이 벌어졌음에도 윤서는 제 방에서 얼굴을 내밀지 않았다. 귀가를 미루던 정선아의 심정이 이해되었다. 그러나 시간이 흐르면서 윤서에게 향했던 하민정의 적의는 차츰 수그러들었다. 그래 봐야 사춘기의 격랑 속을 헤매는 중2 소녀일 뿐이다. 하민정은 엄마의 갑작스러운 죽음으로 윤서가 받을 상처가 염려되었다. 그녀는 윤서가 어떤 반응을 보일지 몰라 겁이 났다.

하민정은 좁은 거실을 초조하게 서성였다. 경찰은 언제 오는 거지? 이대로 내버려 두고 집으로 돌아가고 싶다는 욕구가 마음 깊숙한 곳에서 솟구쳤다. 또 오지랖을 부려 성가신 일에 휘말리고 말았다. 그러나 또다시 동일한 상황에 처한다면 그녀는 똑같은 선택을 할 것임을 알았다.

"윤서야, 윤서야."

하민정은 더 참지 못하고 윤서의 방문을 두드렸다. 잠이 든 것인지, 이어폰으로 귀를 막은 것인지 윤서의 방은 쥐 죽은 듯 고요했다.

"윤서야, 잠깐만 나와 봐. 아줌마가 할 말이 있어."

하민정이 윤서를 부르고 있는 중에 도어 벨이 세차게 울렸다. 드디어 경찰이 출동한 것이다.

"경찰입니다. 지구대에서 신고받고 나왔습니다."

하민정이 대문을 열자 제복 경찰 두 명이 집 안으로 들어왔다. 제복 경찰들은 하민정의 안내를 받아 정선아의 시신을 확인했다. 그들은 시체 발견 경위를 묻더니 사망자와의 관계, 인적 사항 등을 메모했다. 제복 경관 한 사람이 형사들과 과수팀이 도착하려면 시간이 걸린다면서 양해를 구했다. 하민정은 집으로 돌아갈 수도 무작정 기다릴 수도 없는 난감한 처지가 되었다. 그녀는 거실 소파에 멍하니 앉아 있었다. 더는 눈물도 흐르지 않았다.

엉클어진 실타래처럼 복잡한 하민정의 머릿속에 도움이 돼 줄 한 사람이 떠올랐다. 그는 청수서의 지택근 형사였다. 지 형사로부터 분명 명함을 받았는데……. 그의 명함을 가방 안에 함부로 던져 넣었던 기억이 났다. 하민정은 가방을 한바탕 뒤집어엎고 나서야 명함을 찾을 수 있었다. 그녀는 명함에 적힌 번호대로 또박또박 버튼을 눌렀다. 신호가 가고 지 형사의 듣기 좋은 저음이 스마트폰을 통해 들려왔다.

"지택근 형사입니다."

"지 형사님, 저 염색방 하민정이에요."

"하 사장님, 무슨 일 있으세요?"

"지 형사님, 선아 언니가 죽었어요. 미용실 정선아 원장이 죽었다고요."

"네? 뭐라고요? 정선아 씨가 왜 죽어요?"

지 형사가 한껏 목청을 높였다. 그 역시 어지간히 놀란 모양이다.

"지금 선아 언니 집에 있는데 지 형사님은 안 오세요? 지구대에서 경찰관들이 나오셨는데요. 형사들과 과수팀이 도착할 때까지 기다리라고 하네요."

"하 사장님, 당장 출발하겠습니다. 출동한 경관을 바꿔 주시겠습니까?"

하민정은 휴대전화를 제복 경찰에게 넘겨주었다. 지 형사와 통화하는 경관의 입에서 시체 상태와 현장 보존, 유족 진술 등의 단어들이 어지럽게 흘러나왔다.

지 형사를 필두로 강력 1팀 형사들이 정선아의 집에 도착한 것은 그로부터 30분쯤 후였다. 정선아의 변사는 최현성 사건과 무관하지 않았다. 그런 이유로 강력 1팀에 사건이 배정된 것 같았다. 과수팀이 집 안을 돌아다니며 사진을 촬영하고 증거물을 수집하는 등 바쁘게 움직였다. 정선아는 최현성과 동일한 약물에 의해 독살된 것으로 추정되었다.

10월 25일 오전 11시경 정선아는 귀가했고, 이후로 집 밖에 나가지 않은 사실이 아파트 CCTV에 의해 확인됐다. 집에 방문한 사람도 없었다. 정선아의 사망 추정 시간은 10월 25일 20시 무렵이었다. 정선아의 딸 윤서는 10월 25일 22시경 집에 돌아왔고, 26일 오전 8시에 등교해서 18시 즈음 귀가했다. 정선아는 윤서가 부재중인 때에 사망했다. 그것을 다행이라고 해야 할지는 모르겠으나 윤서의 알리바이는 증명된 셈이었다.

윤서의 진술은 여경이 받았다. 윤서는 감정이 없는 아이처럼 보였다. 엄마가 죽었는데도 눈물 한 방울 흘리지 않았다. 윤서는 면담 내내 스마트폰만 만지작거리고 있었다. 여경은 윤서가 마음의 문을 닫은 이유가 궁금했지만, 소녀의 냉담한 반응에 거부감부터 일었다. 그녀는 윤서의 손에서 스마트폰을 뺏어 멀리 던져 버리고 싶었다.

"윤서야, 엄마가 방에서 나오지 않았는데 이상하다고 느끼지 않았어?"

여경은 최대한 부드러운 어조로 질문을 시작했다. 윤서는 여경과 눈을 맞추려 하지 않았다.

"엄마한테 관심이 없어서요."

여경은 울화가 치밀어 올랐다. 미혼인 여경은 이런 딸이라면 낳지 않는 편이 낫겠다는 참담한 심정이 되었다.

"안방에 들어가 볼 생각은 나지 않았어?"

"……."

윤서의 시선은 여전히 스마트폰에 못 박힌 채였다. 어느 집 개가 짖느냐는 듯한 냉랭한 태도에 여경의 눈살이 찌푸려졌다. 대리기사로 일한다는 윤서의 아빠가 뒤늦게 달려왔다. 윤서는 아빠가 왔는데도 알은척도 하지 않았다. 윤서의 관심은 오로지 스마트폰에만 집중돼 있었다.

윤서의 아빠 여환기는 혐의점이 없었다. 정선아의 사망 추정 시간에 그는 대리기사 영업 중이었으며 전처와의 접점이 없었다. 딸에게 무관심했던 여환기는 전처에게 양육비조차 지급하지 않았다. 전처를 죽여 봐야 그에게 돌아갈 이득이 없었다.

아니, 그렇지 않다. 정선아의 유산은 윤서가 상속받게 되므로 여환기는 딸의 후견인이 되어 재산을 마음대로 운용할 수 있다. 살해 동기는 있으나 알리바이가 명확해 여환기는 용의자군에서 제외되었다.

강력 1팀 형사들은 정선아의 집을 샅샅이 수색했다. 식료품은 물론 집 안에 있는 모든 약품들을 수거해 국과수에 약독물 검사를 의뢰했다.


# 청수경찰서 (1)

강력 1팀은 시체 발견 경위 등을 듣기 위해 하민정에게 경찰서 출석을 요구했다. 10월 26일 저녁, 하민정은 강력 1팀 형사들에게 제대로 된 진술을 하지 못했다. 윤서에 대한 책임감으로 버텼던 것일 뿐, 절친한 지인의 시체를 발견한 충격은 뒤늦게 찾아왔다. 형사들이 들이닥치자 하민정의 정신은 급격히 무너졌다.

하민정에게 진술을 받는 것이 불가능하다고 판단한 지 형사는 후배를 시켜 그녀를 집까지 태워다 주었다. 하민정은 운전대를 잡을 만한 상태가 아니었다.

"윤서는 어떻게 지내고 있대요?"

하민정은 지 형사의 얼굴을 대하자 그 질문부터 던졌다.

"청수시에 외갓집이 있더군요. 윤서는 당분간 외갓집에서 지내겠다고 했습니다."

"윤서 심정이 오죽하겠어요? 센 척해 봐야 중2 여자아이일 뿐인데, 그 앨 생각하면 제 가슴이 다 저려요."

하민정은 윤서 걱정을 많이 했다. 엄마의 마음으로 윤서를 대하는 것이리라. 최현성을 두고 정선아와 다툼을 벌였다는 사실이 믿어지지 않을 정도였다.

"윤서가 일찍 철이 들었다면 얼마나 좋았을까요. 선아 언니는 윤서한테 죄책감을 많이 느꼈어요. 바깥일 하느라 어린 윤서를 돌보미한테 맡겼던 것 하며 이혼해서 아빠 없는 가정을 만든 것 등등, 그런 이유로 윤서가 원하는 건 뭐든 들어주었어요. 제 몸은 부서져라 일하면서도 윤서한텐 제 방 청소조차 시키지 않았어요. 윤서가 저밖에 모르는 아이로 자란 것도 그런 양육 방식 탓이라고 생각해요."

"정선아 씨가 딸 때문에 고민이 많았습니까?"

"여자 혼자 자식 키우는 게 쉽지 않은데, 사춘기 딸은 엄마 마음도 모르고……. 윤서도 지금쯤 후회하고 있을 거예요. 엄마는 오로지 저만 잘되라고 그 고생을 했는데……."

하민정이 가방에서 손수건을 꺼냈다. 어느새 그녀의 눈이 눈물로 촉촉이 젖어 있었다.

"지 형사님, 제가 조금만 빨리 갔더라면 선아 언니는 살 수 있었을지 몰라요. 퇴근 시간까지 기다리느라……, 장사도 안되는 염색방 지킨답시고 늦게 간 거예요. 제가 일찍 갔더라면 언니는 살았을 텐데……. 언니, 미안해. 흑흑흑."

하민정은 손수건을 눈에 댄 채 흐느껴 울었다. 그녀가 슬피 우는 모습을 보고 있노라니 지 형사의 마음까지 아파 왔다.

"하민정 사장님, 그런 염려는 하지 않으셔도 됩니다. 정선아 씨는 10월 25일 20시 무렵 사망했습니다. 10월 26일 하 사장님이 출근하자마자 달려갔더라도 살릴 수 있는 상태가 아니었습니다."

"그래도 제가 일찍 갔더라면……."

하민정은 섧게 울었다. 정선아와 애증의 관계였기에 더욱 죄책감을 느끼는 것 같았다. 지 형사는 하민정의 울음이 잦아들기를 참을성 있게 기다렸다. 이토록 애달프게 울어 주는 사람이 있으니 정선아는 행복한 사람이었다는 생각이 들었다. 마침내 긴 울음의 끝이 났다. 지 형사는 질문을 시작했다.

"하 사장님, 정선아 씨가 신변을 비관하지는 않았습니까?"

"지 형사님, 자살을 염두에 두시는 거예요? 자살은 절대로 아니에요. 선아 언니는 책임감이 강한 사람이었어요. 윤서 혼자 두고 자살할 사람이 절대로 아니에요."

"정선아 씨한테 원한을 가질 만한 사람이 있었을까요?"

"선아 언니한테 그런 사람이 있을 리 없죠. 금전 관계로 얽힌 사람도 없었고, 유일하게 갈등을 겪었던 최 사장마저 죽었으니⋯⋯."

막힘없이 말을 이어 가던 하민정이 갑자기 낭패한 표정을 지었다.

"그러고 보니 제가 선아 언니랑 치정 문제로 얽혀 있었네요. 지 형사님, 제가 용의자라서 경찰서로 부른 건가요?"

시체를 발견했고 죽은 두 사람과 밀접한 관계를 맺었으니 하민정이 용의자인 건 맞았다.

"참고인 진술을 들으려고 하 사장님을 불렀습니다."

그러나 하민정은 지 형사의 말을 믿는 눈치가 아니었다.

"선아 언니가 죽기 전날 몹시 아팠던 게 마음에 걸려요. 저는 선아 언니가 그렇게 많이 아픈 걸 본 적이 없어요. 말술을 마셔도 끄떡없던 사람인데, 그날은 정말로 아픈 것 같았거든요."

하민정의 말은 지 형사에게 매우 의미심장하게 들렸다.

"하 사장님, 10월 24일 스바라시에서 정선아 씨와 저녁 식사를 함께하셨죠? 그날 정선아 씨는 어땠습니까?"

"선아 언니 컨디션 좋았죠. 이 사장이 스바라시에 초대해 줘서 우리 둘 다 기분 최고였어요. 평소보다 술도 많이 마셨는걸요. 안주가 훌륭하니까 술이 술술 넘어가더라고요."

"이상섭 씨가 공짜로 식사 대접을 했다고요? 그런 일이 흔합니까?"

하민정의 홀쭉한 뺨에 냉소적인 미소가 흘렀다.

"저도 깜짝 놀랐지 뭐예요. 지금까지 그런 적이 한 번도 없었거든요. 1인당 25만 원이나 하는 오마카세를 공짜로 대접받다니……, 저는 선아 언니가 이 사장이랑 그렇고 그런 사이가 됐나 의심까지 했다니까요."

"똑같은 요리와 술을 먹었는데 정선아 씨만 탈이 났다는 거군요."

"음식과 술 탓은 아니에요. 제가 멀쩡한 것만 봐도 알 수 있죠. 식재료가 신선하지 않았다면 그때 알아차렸을 거예요."

"하 사장님, 그날 정선아 씨가 무슨 말을 했는지 기억이 나십니까? 평소와 다른 행동을 했다거나 신경이 쓰이는 화제를 언급했다든가 그런 일은 없었습니까?"

지 형사는 꽤나 공들여 설명했는데, 정선아의 언동에 특별한 점이 있었는지를 묻는 것이다. 하민정은 스바라시에서 있었던 일들을 머릿속으로 그려 보았다. 요리가 나올 때마다 들뜬 표정으로 사진을 찍던 정선아의 모습이 가장 먼저 떠올랐다.

"선아 언니는 SNS에 올린다면서 요리 사진을 찍었어요. 언니는 색다른 장소나 특별한 음식을 먹게 되면 일일이 사진을 찍어서 SNS에 올렸어요."

"그렇군요. 정선아 씨와 무슨 대화를 나눴는지 기억나는 대로 말씀해 주시겠습니까?"

"우리가 그날 무슨 대화를 나눴더라?"

하민정은 이마를 손으로 짚은 채 기억을 되살리려고 애를 썼다. 그녀는 정선아에 대한 경쟁심은 모조리 잊은 듯 측은한 속내만 드러냈다.

"저랑 선아 언니의 공통 관심사가 최 사장이다 보니 화제는 자연스럽게 그쪽으로 흘러갔어요. 최 사장은 어떻게 죽었을까? 뭐 그런 얘기들……."

"좀 더 구체적으로 말씀해 주십시오."

"선아 언니는 최 사장이 유독 괴롭혔던 업소들에 관해 언급했어요. 선아 언니가 워낙 마당발이거든요. 오지랖도 넓고 여기저기서 소문도 잘 물어 오고요. 선아 언니는 최 사장에 관해 꽤나 많이 아는 사람처럼 굴더군요."

"뭐라고 했는데요?"

"최 사장이 그러더래요. 아버지가 갖고 있던 부동산이 꽤 많았는데 싹 다 없어졌다고요. 재산이 엉뚱한 곳으로 흘러간 것 같다고 했대요."

"무슨 말이죠?"

매우 구미가 당기는 정보였다. 하민정의 음성이 비밀스러워졌다.

"저는 선아 언니한테 들은 이야기를 전하는 것뿐이에요."

하민정이 뜸을 들이자 지 형사는 애가 달았다.

"어서 말씀해 보세요."

"최 사장이 그러더래요. 아버지가 돈을 제대로 보내 주지 않아서 할 수 없이 귀국했다고요."

"최현성 씨는 아버지의 부고를 듣고 귀국한 게 아닙니까?"

"공식적으론 그렇죠. 실제론 그게 아닌가 봐요."

"그게 무슨 말입니까?"

"선아 언니 말로는 최 사장이 1년 전에 입국해서 아버지를 죽인 것 같다고 했어요. 애초에 뺑소니 교통사고를 당했다는 게 수상하잖아요. 범인은 아직도 오리무중이고요."

정선아는 이미 죽은 최현성의 범행을 왜 숨겼을까? 그녀는 지 형사에게 최현성의 범행에 관해 언급하지 않았다. 어쩌면 정선아는 사건이 확대되는 것을 원치 않았는지 모른다. 사건이 파헤쳐지면 이웃들에게 피해가 간다고 여겼을까? 그녀가 속 시원히 털어놨으면 죽음을 피해 갈 수도 있지 않았을까?

최현성의 출입국 기록을 조회해 볼 필요가 있었다. 입국 시점과 사고 일시를 맞춰 보면 답이 나온다. 그러나 두 시기가 반드시 일치할 필요는 없다. 미국에서 청부살인을 의뢰할 수도 있으니까. 일찌감치 미국으로 건너간 최현성은 아버지에 대한 정도 깊지 않았으리라.

"최현성 씨는 아버지의 재산이 어디로 흘러갔는지 알아냈답니까?"

"그건 듣지 못했어요."

지 형사는 아쉬웠지만 수사를 통해 알아낼 수 있는 부분이었다.

"최 사장은 여자를 병적으로 밝히면서도 진정으로 사랑하는 사람은 만나지 못했던가 봐요. 윤 원장한테도 진심으로 구애한다는 느낌은 받지 못했거든요. 최 사장이 여태 결혼을 안 한 이유를 알 것도 같아요."

지 형사는 호응의 의미로 고개를 끄덕여 주었다.

"최 사장은 사랑을 할 줄 모르는 남자였어요. 사랑을 할 줄 모르니까 사랑을 받을 수도 없죠."

하민정의 미간에 깊은 세로 주름이 새겨졌다. 최현성과 관련된 좋지 않은 기억들을 곱씹고 있는 걸까?

"지 형사님, 무송빌딩은 누가 상속받게 되나요?"

"최현성 씨의 어머니가 미국에 생존해 있는 걸로 압니다만."

"어머나, 그 어머니 횡재했네요. 전 남편의 건물을 상속받다니……, 부러운데요. 인생에서 그 정도 행운은 찾아와 줘야 살맛이 날 텐데요."

하민정은 진심으로 부러워했다. 하긴 누군들 건물주를 부러워하지 않겠는가.

"지 형사님, 선아 언니는 왜 죽은 거예요? 최 사장을 죽인 범인이 선아 언니까지 독살한 건가요? 범인은 어떤 방법으로 선아 언니를 독살한 거죠? 헉……."

하민정은 돌연 말을 멈추더니 손으로 입을 틀어막았다. 그녀의 안색이 창백해졌다. 하민정의 입에서 짧은 비명이 터져 나왔다.

"다음 차례는 전가요? 선아 언니 다음은 제가 죽는 거예요? 범인은 무송빌딩 사람들을 순서대로 죽이려는 걸까요? 어쩌면 범인은 연쇄살인마일지도 몰라요."

하민정이 패닉에 빠진 사람처럼 두려움에 벌벌 떨었다.

"지 형사님, 저한테 무슨 일이 생기면 어떡해요? 아직은 저 죽고 싶지 않단 말이에요. 제겐 돌봐야 될 남편이랑 아들도 있다고요. 경찰에서 신변 보호를 해 주실 수 있나요?"

"위험이 감지되면 당연히 보호를 해 드려야죠."

"지금부터 남이 주는 음식은 절대로 먹지 않을 거예요."

"하 사장님이 딱히 위험하다는 생각은 들지 않습니다만."

"선아 언니한테 닥친 위험은 감지하셨나요? 선아 언니는 왜 지켜 주지 못했죠? 경찰의 임무는 시민을 보호하는 게 아닌가요?"

하민정은 말을 하면서 점점 더 흥분이 되는지 얼굴이 붉게 상기되었다. 건물 관계자가 두 명이나 죽었으니 그럴 만도 하다. 이미 진술은 충분히 받은 터였다. 지 형사는 하민정의 불안정한 심리 상태가 염려되었다.

"하 사장님, 직원을 시켜 댁까지 모셔다드리겠습니다."

"범인이나 빨리 잡아 주세요. 경찰이 할 일은 그것밖에 없어요."

따끔하게 일침을 날린 하민정은 또각또각 구두 소리를 울리며 형사과 사무실을 걸어 나갔다.


# 스바라시 (2)

강력1팀은 정선아가 언급했던 업소 네 곳에 수사력을 집중시켰다. 지 형사와 황 형사는 무송빌딩을 제집처럼 드나들었다. 스바라시가 그들의 첫 번째 목표였다. 황 형사가 이상섭에게 연락해 면담 약속을 잡았다. 스바라시에는 셰프가 한 명뿐이라 손님이 있으면 대화 자체가 불가능했다.

지 형사와 황 형사는 약속 시간에 딱 맞춰 스바라시에 도착했다. 이상섭은 홀로 식당을 지키고 있었다. 차를 내오겠다는 것을 사양하고 두 형사는 카운터 좌석에 나란히 앉았다. 이상섭은 새하얀 셰프 모자를 쓴 채로 조리대 앞에 서 있었다. 풍채는 여전히 당당했으나 표정은 상당히 어두웠다. 그는 정선아의 죽음에서 자유로울 수 없는 입장이다.

"10월 24일 정선아 씨와 하민정 씨한테 저녁 식사를 대접하셨죠?"

지 형사는 인사말을 생략하고 곧장 본론으로 들어갔다. 언제 손님이 들이닥칠지 몰라 마음이 불안했다.

"그렇습니다."

"갑자기 식사 초대를 한 이유가 뭡니까? 하민정 씨 말에 의하면 지금까지 한 번도 그런 일이 없었다고 하던데요. 특별히 친분이 두터운 사이도 아니었고요."

이상섭의 눈이 가늘어졌다. 지 형사의 눈에는 대답에 신중을 기하려는 것처럼 보였다.

"10월 24일 아침 리노헤어숍에 들렀습니다. 셰프는 깔끔한 헤어스타일이 필수여서 전 남들보다 자주 머리를 깎습니다. 그날은 서둘러 나온 탓에 아침을 먹지 못했습니다. 그런데 제 속을 들여다보기라도 한 것처럼 정 원장이 모닝커피를 권하더군요. 저는 고맙게 받아들였습니다. 정 원장은 막 내린 커피와 말랑한 크루아상을 대접해 주었습니다. 온종일 요리하느라 손에 물 마를 일 없는 저로선 정 원장의 친절이 눈물 나게 고맙더군요. 문득 정 원장한테 식사 초대를 하고 싶어졌습니다. 최현성한테는 허구한 날 공짜 식사를 제공했는데, 같은 건물 이웃에게 밥 한 끼 대접 못 하겠습니까? 혼자 오면 적적할 것 같아 염색방 하 사장과 함께 오라고 권했습니다. 두 사람이 친한 건 진즉부터 알고 있었거든요."

이상섭은 꼬투리를 잡을 수 없는 완벽한 대답을 내놓았다.

"정선아 씨가 스바라시에 다녀간 뒤로 많이 아팠던 사실을 알고 계십니까?"

"알고 있습니다."

"정선아 씨가 왜 아팠다고 생각하십니까?"

"지 형사님, 제 요리에 문제가 있었다는 말씀입니까?"

이상섭이 발끈하고 나섰다. 그의 눈썹 언저리가 불그스레했다.

"이상섭 사장님, 전 건물주 최무송 씨와는 어떤 관계였습니까?"

이상섭은 바뀐 화제에 잠시 당황했으나 곧 반격을 시도했다.

"어떤 관계라뇨? 임대인과 임차인 사이라고 이미 말씀드렸잖습니까? 지 형사님, 임대차계약을 또 언급하는 겁니까? 최무송 사장님은 사정이 어려운 세입자들한테 편의를 많이 봐주셨습니다."

이상섭은 전과 똑같은 답변을 앵무새처럼 늘어놓았다. 아마 몇 번을 물어도 같은 답을 반복하리라.

"이 사장님, 제 가설을 한번 들어 보시겠습니까?"

지 형사의 제안에 이상섭은 어처구니가 없다는 듯 쓴웃음을 지었지만, 이내 고개를 끄덕여 동의를 표시했다.

"전 건물주와 모종의 관계를 맺은 업소들이 있었다. 전 건물주는 그 업소들한테 큰 혜택이 돌아가도록 임대차계약을 체결했다. 전 건물주가 죽고 아들이 새 건물주가 되었다. 아들은 계약에 불만을 품고 그 업소들을 유난히 괴롭혔다."

지 형사는 결론만을 남겨 둔 채로 말을 끊었다. 그러고는 이상섭의 반응을 지켜보았다.

"모종의 관계라는 건 약점을 잡고 있었다는 뜻인가요? 임차인이 건물주한테 무슨 약점을 잡습니까? 가설을 세우는 건 자유지만 저와 무슨 상관이 있는지 알 수가 없군요. 제가 최현성을 독살했다는 증거라도 있습니까?"

이상섭이 강하게 반발했다. 유순한 성격인 줄 알았는데 의외로 강단 있는 면모를 보였다.

"이 사장님, 제 추리를 조금만 더 들어 보세요."

지 형사는 수없이 세우고 허물었던 추리를 이상섭에게 들려주었다.

"최현성 씨와 정선아 씨의 죽음에는 공통점이 있어요."

지 형사는 강한 충격파를 주기 위해 말을 멈추고 한 박자를 쉬었다. 그러나 지 형사의 의도는 이상섭에게 먹혀들지 않았다. 이상섭은 멀뚱멀뚱 지 형사를 보고 있을 따름이었다. 김이 팍 새 버렸지만 지 형사는 계속할 수밖에 없었다.

"최현성 씨와 정선아 씨는 독살되기 전 몹시 아팠다는 공통점이 있습니다. 심하게 아팠던 두 사람은 병원을 찾습니다. 두 사람의 증세는 같았습니다. 우연이라고 하기엔 너무 이상하지 않습니까?"

이상섭은 진지하게 듣고 있었으나 놀란 것 같지는 않았다. 지 형사의 추리가 결말을 향해 달려갔다.

"두 사람이 죽음에 이르는 경로는 같았습니다. 그들은 스바라시에서 식사를 합니다. 식사를 한 뒤 고열과 설사, 복통 등을 호소하며 고운내과를 방문합니다. 고운내과에서 진료를 받고 무송약국에서 처방약을 타 갑니다. 두 사람의 집에서 고운내과 처방약이 발견됐습니다."

"지 형사님, 말하고 싶은 핵심이 뭡니까? 빙빙 돌리지 말고 확실하게 말씀해 주세요. 제가 두 사람의 음식에 독이라도 탔다는 겁니까?"

"현재 형사들이 백방으로 수사력을 펼치고 있습니다. 곧
증거가 잡힐 거라고 확신합니다."

지 형사는 짐짓 큰소리를 쳤다. 그러나 이상섭은 만만한
상대가 아니었다.

"제발 증거가 잡혀 사건이 해결됐으면 좋겠네요. 두 사람
이 독살됐다는 소문 때문에 식당 문 닫게 생겼습니다. 예약
손님들도 뚝 끊겼어요. 이 업계는 입소문으로 먹고사는데
말입니다."

이상섭의 말에서 진심이 느껴졌다. 지 형사는 식당 안을
휘둘러보았다. 손님으로 북적였던 식당이 텅 비어 있었다.
그제야 이상섭의 어두운 낯빛이 이해되었다. 그저 살인에
연루되어 불안해하는 거라고만 짐작했었는데…….

"살인은 스바라시와 고운내과, 무송약국의 경로 안에서
일어났습니다."

"저는 더 할 말이 없습니다."

"좋습니다, 이상섭 사장님. 오늘은 이만 물러나죠. 앞으
로도 협조 부탁드리겠습니다."

지 형사와 황 형사는 아쉬운 발걸음으로 스바라시에서 물
러 나왔다. 형사들의 발목을 잡은 것은 이상섭의 격양된 한
마디였다.

"저는 형사님들만 믿습니다. 이대로라면 스바라시는 문 닫게 됩니다. 빨리 범인을 잡아 주세요."


# 고운내과 (2)

고운내과를 향해 걸어가는 중에 황 형사가 아쉬운 듯 입을 열었다.

"이상섭이 걸려들지 않네요."

"증거를 들이밀지 않는 한 절대 인정하지 않을 거야. 독의 종류도 밝혀내지 못했잖아."

두 형사는 계단을 이용해 2층으로 올라갔다. 고운내과에 는 대기 환자들이 많았다. 내과는 소문의 영향을 받지 않은 것이다. 식당과 의원은 확실히 온도 차이가 있었다. 이미 안면을 튼 접수대 여직원이 형사들에게 알은체를 했다. 황 형사가 용건을 말하자 원장에게 물어보겠다는 답변이 돌아 왔다. 두 형사는 대기 의자에 나란히 앉았다.

"황 형사, 윤 원장한테 정신 팔리면 안 돼. 자네는 강력계 형사야. 여기 왜 왔는지 잊으면 안 된다고."

"네에?"

어리둥절한 표정을 짓던 황 형사가 별안간 웃음을 터트

렸다.

"이봐, 왜 웃어? 내 말이 웃겨?"

"지 형사님, 저번에 발을 밟았던 게 그런 의미였어요?"

"자네가 눈치 없이 구는 통에 나만 이상한 사람 됐잖아."

"제가 그렇게 이상했나요?"

"형사가 탐문 와서 정신 줄 놓으면 어떡해?"

황 형사의 뺨이 빨갛게 물들었다. 덩치는 산만 한 사람이 수줍어하기는. 지 형사는 황 형사의 그런 천진한 점이 좋았다.

"죄송합니다."

황 형사의 음성은 모깃소리만큼 작았다.

"이봐, 강력계 형사의 진가를 보여 달라고."

"넵, 알겠습니다."

"그런데 황 형사, 결혼은 안 해? 혹시 데이트할 시간이 없어서 못 하는 거야?"

"지 형사님도 참, 저를 좋아하는 여자가 없어서 못하는 거죠."

"여자들이 뭘 몰라도 너무 모르네. 이런 진국을 못 알아보다니."

지 형사와 황 형사가 잡담을 나누고 있는데 접수대 여직원이 다가와 원장실로 들어가라고 알려 주었다. 지 형사는 벌떡 일어나 대기 환자들을 둘러보았다. 윤고운이 환자들을 제치고 형사들을 먼저 만나 주는 모양이다. 환자가 기다린 다는 핑계로 면담을 빨리 끝내려는 꼼수일까?

"이거 바쁘신데 죄송합니다."

진료실 문을 열자마자 지 형사는 너스레부터 떨었다. 윤 고운은 한결같은 미소로 형사들을 맞이했다.

"형사님들 고생 많으셔요. 커피 좀 드시겠어요?"

"괜찮습니다."

지 형사는 대기실을 가득 메운 환자들이 신경 쓰여 즉시 본론으로 들어갔다.

"윤 원장님, 최현성 씨와 정선아 씨가 사망하기 전 두 사람을 진찰하셨는데 증세가 같았죠?"

잔잔한 미소가 감돌던 윤고운의 입가가 경직되었다. 지 형사가 정곡을 찌른 것이다.

"윤 원장님, 의사로서 소견을 말씀해 주세요. 두 사람은 똑같은 병증으로 병원에서 진료를 받았고, 집으로 돌아간 뒤 약속이나 한 것처럼 사망했습니다. 누군가 집에 들어가 독을 먹인 것도 아닙니다. 두 사람은 왜 죽었을까요?"

지 형사는 윤고운의 입에서 어떤 대답이 나올지 궁금했다.

"지 형사님 말씀이 맞아요. 두 분은 구토, 설사, 복통 등 증세가 같았어요."

"그러한 증상의 원인이 무엇입니까?"

어느새 황 형사는 형사의 눈으로 윤고운을 관찰하고 있었다.

"저는 콜히친을 의심하고 있어요."

"콜히친이요?"

지 형사가 의아한 듯 되묻자 윤고운이 친절하게 해설을 덧붙였다.

"콜히친은 통풍 치료에 주로 쓰이는 약물이에요. 백합과 식물에서 추출하는데, 심각한 독성 때문에 저용량으로만 처방하죠. 최현성 사장과 정선아 원장의 병증은 콜히친 때문인 것 같아요."

"누군가 두 사람한테 콜히친을 먹였다는 뜻입니까?"

"안타깝지만 그렇습니다."

지 형사는 윤고운의 단정적인 대답에 놀라지 않을 수 없었다.

"부검을 했는데도 독물의 종류를 알아내지 못했다는 말을 듣고 짐작했습니다. 최현성 사장과 정선아 원장의 혈액에서 콜히친 성분이 검출되는지 검사해 보면 확실하게 밝혀질 거예요."

"윤 원장님 말씀은 이상섭 씨가 두 사람의 음식에 콜히친을 투여했다는 것으로 들리는데요."

"저는 드릴 말씀이 없습니다. 제가 보지 않은 것을 추측으로 말할 수는 없으니까요."

"그렇다면 윤 원장님은 왜 지금까지 입을 다물고 계셨죠?"

황 형사의 날 선 지적이 윤고운을 향해 날아갔다. 젊은 형사의 일침은 신랄했다. 윤고운의 고개가 푹 꺾였다. 윤고운은 떨리는 음성으로 대답했다.

"짐작만 했을 뿐 확신은 할 수 없었습니다."

"그런 말은 통하지 않습니다. 이미 두 사람이 죽었습니다. 윤 원장님은 살인자를 두고 보시겠다는 겁니까?"

황 형사의 힐난이 이어졌다. 지 형사는 하고 싶던 말을 황 형사가 해 주어 속이 다 시원했다. 늦게나마 윤고운이 입을 열어 수사의 물꼬를 터 준 것은 다행이었다. 두 형사는 날듯한 발걸음으로 고운내과를 나섰다.


# 청수경찰서 (2)

강력 1팀은 국과수에 혈액 검사를 의뢰했다. 최현성과 정선아의 혈액에서 콜히친 성분이 검출된다면 이상섭의 집과 식당을 대상으로 압수수색영장을 발부받을 수 있을 것이다.

그의 휴대전화와 컴퓨터도 샅샅이 조사해야 한다. 강력 1팀장의 지휘 아래 형사들은 이상섭을 향한 집중 수사에 돌입했다. 강력 1팀은 이상섭에게 경찰서 출석을 요구했다.

지 형사는 조사실에서 이상섭과 마주 앉았다.

"이상섭 사장님, 경찰서로 모신 이유가 뭔지는 알고 계시죠?"

이상섭은 영문을 모르겠다는 듯 방 안을 두리번거리고 있었다. 뻔뻔하게 오리발을 내미는 피의자들을 하루 이틀 봐온 것이 아니었기에 지 형사는 느긋한 눈길로 이상섭을 관찰했다. 셰프복을 벗은 이상섭은 운동깨나 했음직한 단단한 몸을 지녔다. 키도 컸을 뿐 아니라 떡 벌어진 어깨에서 남자다운 면모가 느껴졌다. 검고 빳빳한 머리칼을 짧게 자른 헤어스타일이 흰 피부와 잘 어울렸다. 셰프라는 직업상 두발 관리에 신경을 쓴다는 그의 말이 문득 떠올랐다. 깔끔하게 면도했지만, 거뭇한 다크서클이 그의 심리 상태를 말해 주는 것 같았다.

지 형사는 이상섭이 만만치 않은 상대라는 것을 잘 알고 있었다. 이상섭과 최무송의 관계만 밝혀내면 그가 무너지는 건 시간문제였다.

"이상섭 사장님, 최무송 씨와는 어떤 관계였죠?"

지 형사는 질문을 던져 놓고 이 물음을 과연 몇 번이나 했던가를 헤아려 보았다. 질문을 받기도 지긋지긋하다는 듯 이상섭의 입에서 신음이 터져 나왔다.

"지 형사님은 제 얼굴만 보면 그것이 묻고 싶어집니까? 똑같은 질문에 더는 대답하지 않겠습니다. 오늘 경찰서로 오면서 변호사를 대동해야 할지 고민했습니다. 순순히 협조하라는 말에 출석하긴 했지만, 변호사 없이 조사를 받아도 되는지 솔직히 염려스럽습니다. 형사들이 제 편이 아니란 사실을 너무나 잘 알고 있거든요."

그 말은 맞았다. 형사들은 피해자 편이지 피의자 편이 아니다.

"아직은 참고인 신분이니까 변호사가 없어도 괜찮습니다. 피의자로 전환되면 그때 선임하세요."

지 형사는 이상섭을 지그시 건너다보았다. 그러나 이상섭은 단단히 물고 늘어지려는 지 형사의 시선을 간단히 회피해 버렸다. 지 형사가 감정이 절제된 어조로 취조를 시작했다. 그는 지금 이상섭을 도발하려는 참이다.

"이 사장님, 제 추리 한번 들어 보시겠습니까?"

"추리를 또요? 좋습니다. 어디 한번 들어 봅시다."

이상섭은 의자 등받이에 상체를 기댄 채 편안한 자세를 취했다.

"당신은 최현성 씨의 식사에 콜히친을 투여했습니다. 아마도 횟수는 한두 번이 아니었겠죠. 마흔두 살의 남자가 시름시름 아팠다는 말을 들었을 때부터 저는 당신이 의심스러웠습니다. 아프게만 하려는 의도였는데 독이 축적되어 그날 죽음에 이르렀는지, 아니면 한 방에 없애려고 투여량을 늘렸는지의 여부는 알 수 없습니다."

이상섭의 눈에 조롱의 빛이 스쳤다.

"최현성 씨는 최악의 임대인이었습니다. 임대차계약의 만기일이 도래하자 당신은 초조해졌겠죠. 스바라시는 청수에서 소문난 일식 오마카세라고 들었습니다. 식당은 자리를 잡았는데 최현성 씨는 임대차계약을 갱신하지 않을 가능성이 커요. 갱신을 하더라도 임대료를 대폭 올리겠죠."

이상섭은 흥미로운 이야기라도 듣는 사람처럼 지 형사의 추리에 귀를 기울였다. 가끔은 공감한다는 듯이 고개도 주억거렸다.

"당신은 2018년 이전에 계약을 맺었기 때문에 개정된 상가건물 임대차보호법을 적용받을 수도 없어요. 개정된 법은 10년간 임대 기간이 보장되고 보증금이나 월세도 5% 한도 내에서만 올릴 수 있습니다. 당신은 그 법의 보호를 받을 수 없다는 게 문제죠."

흥, 이상섭이 콧방귀를 뀌었다. 지 형사는 이상섭을 새삼스럽게 보았다. 첫 대면 때의 소심했던 모습은 조금도 남아 있지 않았다. 과연 이 사람의 본성은 무엇일까?

"지 형사님이 임대차계약에 관한 공부를 많이 하셨군요. 지 형사님 말씀이 모두 맞습니다. 처음에 최현성은 건물을 매각하려고 했습니다. 그런데 그것이 여의치 않자 임대료 수입으로 눈길을 돌렸어요. 임차인들이 시세보다 싼 임차료를 내는 것에 최현성은 광분했습니다. 계약을 해지시킬 수 없다는 것을 알고는 임차인들이 제 발로 걸어 나갈 때까지 괴롭힐 궁리를 했어요. 제 계약 기간은 1년도 채 남지 않았습니다. 물론 최현성은 계약을 갱신하지 않았을 테죠."

이상섭의 언성이 점점 높아졌다. 그의 목울대가 거칠게 오르내렸다.

"그런데 지 형사님이라면 고작 그런 이유로 살인을 감행하겠습니까? 살인 동기가 너무 약하지 않습니까? 저는 계약 기간이 끝나면 식당을 뺄 작정이었어요. 스바라시는 장소를 옮겨도 충분히 성공할 수 있는 식당입니다."

"식당을 옮기는 게 쉬운 문제는 아니죠. 시설비에 홍보비 등등 비용이 들어갈 수밖에 없잖아요."

지 형사는 반격을 시도했지만 이상섭에게 뒤통수를 얻어맞은 느낌이 들었다. 동기가 약하다고? 그러나 더 하찮은 동기로도 살인은 벌어진다. 매일 갑질을 당하다 보면 이성이 마비될 수도 있다. 지 형사가 주춤하는 사이 이상섭이 역공에 나섰다.

"제 의견을 말해 볼까요. 지 형사님의 추리는 동기 면에서 매우 취약합니다. 최현성은 그렇다 쳐도 정선아 씨는 왜 죽인단 말입니까? 제가 정선아 씨를 죽일 이유가 뭐죠?"

"당신의 비밀을 알게 된 게 아닐까요? 정선아 씨는 최현성 씨와 연인 관계였기 때문에 비밀을 접할 수 있는 위치였어요. 어쩌면 당신이 최현성 씨를 죽인 사실을 눈치챘을지도 모르죠."

"아아, 이제 알겠어요. 지 형사님의 추리는 소설 같은 거로군요. 사건만 잔뜩 벌여 놓고 뒷마무리가 안 되는 삼류 추리소설 같아요. 지 형사님의 추리를 뒷받침할 증거가 없지 않습니까? 제가 두 사람의 음식에 독을 넣은 증거가 있습니까?"

"증거라면 있습니다."

옆에서 황 형사가 외쳤다. 이상섭은 황 형사 쪽을 흘긋 보았으나 이내 시선을 거두었다. 황 형사까지 상대하고 싶지 않다는 의미인 것 같았다.

"당신이 통풍 때문에 고생했던 병력을 알고 있습니다. 건강보험공단에 당신의 진료 기록을 조회해 봤습니다. 당신은 몇 년에 걸쳐 콜히친을 처방받았습니다. 콜히친은 처방전 없이는 구할 수 없는 약물입니다. 복용하지 않고 모아둔 콜히친을 두 사람의 음식에 섞어 넣은 겁니다."

"그런 걸 정황 증거라고 하지요."

"정황 증거만 가지고도 무기징역을 선고한 판례가 있지요."

지 형사는 이상섭의 말투를 흉내 내어 도발했다. 이상섭이 분노의 콧김을 뿜어냈다. 그러나 지 형사의 도발은 이상섭을 화나게 했을 뿐 그의 살인을 입증하지는 못했다.

"이상섭 사장님, 휴대전화를 임의 제출할 의향이 있습니까?"

지 형사는 내친김에 한 걸음 더 나아가 보았다.

"제가 왜요?"

"당신이 떳떳하다면 제출하지 못할 까닭도 없지 않습니까? 영장을 발부받아 강제로 압수할 수도 있습니다."

"그러면 영장 가지고 오시면 되겠네요."

이상섭의 태도는 단호했다. 수월하게 가 보려 했으나 역시나 실패였다. 그는 법률이 보장하는 방어권도 잘 이해하고 있었다.

"이상섭 사장님, 형사들이 당신의 뒤를 캐고 있습니다. 감추려 해도 진실은 드러나게 마련입니다. 진지하게 반성하는 모습을 보이는 게 좋습니다. 수사에 적극 협조해야 한다는 뜻입니다. 양형 기준에 제시된 감경 요소를 최대한 많이 충족해야 당신한테 유리합니다."

"지금 유도 신문하는 겁니까? 고압적인 분위기를 조성해 임의제출 쪽으로 유도하는 거 맞죠?"

지 형사는 눈앞에 앉은 남자가 임대인의 갑질을 폭로하며 억울해하던 그 사람이 맞는지 의심스러웠다. 건물주의 부당한 처사를 토로하던 소심한 남자는 더 이상 존재하지 않았다.

"스바라시에 CCTV는 몇 대나 설치돼 있습니까?"

황 형사가 이상섭에게 물었다.

"계산대 쪽에 한 대가 설치돼 있을 뿐입니다."

역시나 조리대 쪽은 CCTV가 설치돼 있지 않았다. 그렇다면 목격자는? 하민정은 뭔가를 목격하지 않았을까? 지 형사는 하민정을 만나 보기로 마음먹었다.

"이 사장님, 댁으로 돌아가셔도 좋습니다. 저에게 하실 말씀이 있으면 시간 구애받지 말고 언제든지 전화해 주십시오."

지 형사는 이상섭에게 명함을 내밀었다. 그는 진한 낭패감을 맛보았지만 이상섭을 향해 예의 바르게 머리를 숙였다. 황 형사 역시 이상섭에게 정중히 인사했다.

# 물들임 염색방 (2)

강력1팀은 국과수로부터 최현성과 정선아의 혈액 샘플에서 콜히친 성분이 검출됐다는 통보를 받았다. 수사의 방향은 이상섭으로 모아졌다. 법원에서 압수수색영장을 발부받아 이상섭의 집과 식당을 샅샅이 뒤졌다. 콜히친의 시판 약이 이상섭의 집에서 상당량 발견되었다.

콜히친은 부작용이 극심하나 효과가 뛰어난 대표적 하약(下藥)으로 백합과 식물의 구근에서 추출한 일종의 독성 성분이어서 많은 양을 복용할 경우 비소중독과 비슷한 증세가 나타난다. 두통, 발열, 구토, 설사, 복통, 신부전 증상은 물론 심하면 호흡곤란으로 사망하기도 한다.

이상섭의 뒤를 캐는 형사들로부터 낭보를 기대하며 지 형사와 황 형사는 무송빌딩으로 향했다. 하민정을 만나기 위해서였다.

하민정이 친근하게 인사하며 형사들을 맞았다. 파리만 날리던 전과 달리 염색방은 손님들로 북적였다. 하민정은 중년 여자 손님의 모발에 염색약을 바르는 중이었다.

"손님 많네요."

지 형사는 반가운 마음에 저절로 말이 튀어나왔다. 하민정은 레깅스에 풍성한 셔츠 차림이었는데 모델 분위기가 났다. 셔츠 위로 드리워진 긴 목걸이가 멋스러웠다. 그녀는 언제 봐도 세련되고 감각 있게 차려입었다.

"선아 언니한텐 미안하지만 리노헤어숍이 문을 닫으니까 염색방에 손님이 몰리네요. 결국 죽은 사람만 불쌍한 거예요. 지 형사님, 모처럼 오셨는데 어떡하죠. 서서 대화를 나눌 수도 없고."

하민정은 염색 빗을 흔들어 보였다.

"염색방에 손님이 많은 걸 불평할 수야 없죠. 퇴근 시간에 맞춰 다시 오겠습니다. 시간 많이 빼앗지 않겠습니다."

하민정은 손님이 많아 기분이 좋은지 만면에 웃음을 띤 채 형사들을 배웅했다. 빨리 범인을 잡으라고 형사들을 다그치던 불안정한 모습은 찾아볼 수 없었다. 지 형사와 황 형사가 나오는데, 여자 손님 두 명이 염색방으로 들어갔다. 사람들의 심리란 참으로 희한하다. 불편함을 감수하고라도 사람들이 몰리는 곳으로 발길이 향하는 것이다.

# 무송약국 (2)

지 형사와 황 형사의 발길은 자연스럽게 무송약국으로 향했다.

"안녕하십니까?"

황 형사가 김수나에게 활기차게 인사했다. 중년 남자가 처방약을 조제해서 나간 뒤로 약국에는 손님이 들어오지 않았다. 김수나의 동그란 안경이 조명 아래에서 빛났다. 안경 속 영리해 보이는 눈이 형사들을 응시했다. 형사들의 방문 이유가 궁금해진 것이다.

"황 형사님, 저한테 질문할 내용이 남았나요? 아니면 커피 생각나서 들르신 거예요?"

황 형사의 뺨이 불그스름하게 달아올랐다. 황 형사를 슬쩍 곁눈질한 지 형사가 선수를 치고 나섰다.

"최현성 씨와 정선아 씨의 혈액에서 콜히친 성분이 검출됐습니다. 두 분의 사인은 콜히친 과다 투여입니다."

"두 분 혹시 통풍 환자였나요?"

"그렇지 않습니다."

"콜히친을 투여할 이유라면 통풍 때문일 텐데…… 통증이 심해서 약을 많이 먹은 거 아니에요?"

고개를 젓는 지 형사의 표정이 알 듯 말 듯했다. 김수나는 지 형사를 뚫어져라 응시했다.

"지 형사님, 스바라시를 압수 수색한 것과 콜히친이 관련이 있나요?"

"……."

지 형사가 대답하지 않자 김수나는 황 형사 쪽으로 눈길을 돌렸다.

"제 말이 맞나 보네요. 그건 형사님들이 잘못 아신 거예요. 이 사장님은 그런 일을 벌일 분이 아니에요. 이 사장님이 뭐가 아쉬워서 그런 짓을? 그것도 두 사람씩이나……."

"그렇다면 김 약사님의 의견을 들려주시겠습니까? 콜히친이 어떤 경로로 두 사람의 몸속에 들어갔는지 말이죠."

"지 형사님, 최현성 씨와 정선아 씨의 진료 기록을 조회해 보세요. 두 분이 통풍을 앓았는지도 모르잖아요."

"이미 했습니다. 두 사람은 통풍 환자가 아니었습니다."

"콜히친은 통풍 외에도 가족성 지중해열, 심낭염, 베체트병의 치료에도 사용돼요. 전부 조사해 보셨어요?"

김수나가 다급하게 물었다.

"물론 했습니다."

김수나는 동그랗게 부푼 양배추 머리에 손가락을 넣더니 머리칼을 신경질적으로 움켜쥐었다. 그러고는 머리카락을 비비 꼬며 생각에 잠겼다. 누가 봐도 고민에 빠진 모습이다.

김수나는 이상섭과 친분이 깊은 사이일까? 지 형사는 의아해졌다. 이상섭이 용의자라는 사실이 김수나에게 고민거리일까? 황 형사도 이상하다고 여겼는지 의심 어린 눈길을 던졌다. 김수나가 동요하는 이유가 뭐지? 그녀의 행동엔 신경을 거슬리는 뭔가가 있었다.

"김 약사님, 이상섭 씨 편을 드는 이유를 물어도 되겠습니까?"

황 형사가 참지 못하고 질문을 쏟아 냈다.

"지인이 살인자로 누명을 썼는데 황 형사님은 아무렇지도 않나요? 이 사장님은 제 이웃이에요."

"이상섭 씨 외에는 콜히친이 두 사람의 몸속에 들어간 경로를 설명할 수 없습니다."

"아아, 무서운 일이에요. 우연과 실수가 만나 소름 끼치는 결과를 만들어 낸 거라고요."

"무슨 뜻이죠?"

"분명 두 사람은 콜히친이 필요한 병력이 있었을 거예요. 두 사람한테 같은 병력이 있었던 것은 우연이고 과다 투여한 것은 실수예요. 우연과 실수가 만나 두 사람이 죽게 된 거라고요."

"그건 말이 되지 않습니다. 두 사람한테 공통된 병력 따윈 없었습니다. 있었다고 해도 둘이 같은 실수를 범할 리 없잖아요."

황 형사가 김 약사의 엉뚱한 가설을 일축했다. 그의 뺨에서 홍조는 이미 사라진 지 오래였다. 김수나가 앙증맞게 생긴 이목구비를 일그러뜨렸다.

"모든 불행은 최무송 사장님이 돌아가시면서 시작됐어요. 1년 전만 해도 여기는 평화롭기 그지없는 곳이었어요. 낙원이 따로 없었다고요. 황 형사님, 최무송 사장님의 뺑소니 사건을 조사해 주세요."

김수나의 말에서 진정성이 느껴졌다. 모든 사건의 발단은 전 건물주의 뺑소니 교통사고라……, 지 형사는 김수나의 말에 전적으로 동의했다.


# 물들임 염색방 (3)


두 형사는 영업 종료 시간에 맞춰 염색방으로 갔다. 하민정은 뒷정리를 하고 있었다. 온종일 그녀가 얼마나 바빴는지 쌓여 있는 수건의 양만 봐도 알 수 있었다. 형사들이 들어서자 하민정은 허리를 펴고 양어깨를 주먹으로 두드렸다. 피로가 더께처럼 그녀의 어깨 위에 내려앉아 있었다. 그녀의 뺨이 더 홀쭉해진 것 같았다.

"형사님들 시간 맞춰 오셨네요. 자, 이쪽으로 앉으세요."

하민정은 두 형사에게 소파를 권하고 차가운 건강 음료를 내밀었다. 그녀는 음료 병의 마개를 비틀어 따더니 단숨에 들이켰다.

"휴, 점심은커녕 물 한 잔 마실 틈도 없었네요."

"손님들이 그렇게 많았습니까?"

"지금까지 발걸음도 안 하던 손님들이 한꺼번에 몰리는가 봐요. 정신없이 바빴지만 마음만은 정말 행복해요. 까짓 한 두 끼 거르는 게 대수겠어요. 땀 흘려 버는 돈만큼 떳떳한 건 없죠. 하하하."

하민정은 진심으로 기쁜지 크게 소리 내어 웃었다. 피로에 젖은 얼굴이 만족감으로 빛났다. 생계를 책임지는 가장의 노고가 진하게 느껴지는 장면이었다. 지 형사는 그 모습을 보자 왠지 코끝이 시큰했다. 그는 어느새 무송빌딩 세입자들에게 감정 이입을 하고 있었다.

"하 사장님 피곤하실 테니까 본론부터 말하겠습니다."

"10월 24일 스바라시에서 정선아 씨와 저녁 식사를 했을 때 말입니다. 카운터석 정중앙에 앉았다고 하셨죠?"

"맞아요. 조리대 정면이라 이 사장이 요리하는 모습을 직접 눈으로 볼 수 있었어요."

"그래서 말인데요."

지 형사는 말을 끊고 잠시 숨을 골랐다. 머릿속을 맴도는 말들이 서로 먼저 나가겠다고 아우성을 쳤다.

"그날 이상섭 씨의 일거수일투족을 보셨습니까? 즉, 손을 보셨느냐는 말입니다."

"이 사장의 요리하는 손을 봤냐는 뜻이죠? 역시 지 형사님은 이 사장을 의심하시는군요. 제가 앉았던 자리에서 이 사장의 손까지는 보이지 않았어요."

과연 하민정의 말이 맞았다. 스바라시의 카운터석 테이블은 조리대보다 높아 셰프의 손놀림은 보이지 않는다.

"조리대 정면에 앉았지만 이 사장의 손동작은 보지 못했다는 뜻이네요?"

지 형사의 목소리에 조급함이 묻어났다.

"맞아요."

"하 사장님, 그날 이상섭 씨의 행동에서 이상한 점은 없었습니까?"

"지 형사님, 질문의 요지가 뭐예요? 알고 싶은 내용을 정확하게 말씀해 주세요."

"이상섭 씨가 주위를 살핀다든가 어색한 손놀림을 한다든가 그런 일이 있었는지를 묻는 겁니다."

"이 사장이 선아 언니 음식에 독을 넣었는지를 물어보시는 거잖아요."

하민정이 직격탄을 날리자, 지 형사는 쓴웃음을 지으며 수긍했다.

"그런 일이 있었습니까?"

"죄송해요, 지 형사님. 도움이 되지 못하겠네요. 제가 본

거라곤 이 사장의 상반신이랑 요리 접시를 테이블에 올려 주는 손 정도였어요. 게다가 부어라 마셔라 고주망태가 됐는데 그 정신으로 뭘 볼 수 있었겠어요?"

하긴 목격자를 기대한다는 것 자체가 말이 되지 않았다. 지 형사의 어깨에서 스르르 힘이 빠져나갔다. 눈치 빠른 하민정이 지 형사를 위로해 주었다.

"선아 언니는 최 사장 얘기를 많이 했어요."

"어떤 이야기를 하셨습니까?"

"최 사장이 유독 괴롭혔던 업소들에 관해서요."

"알고 있습니다."

"무송약국은 괴롭히려 해도 약값을 떼어먹는 정도였으니 그나마 나았겠죠."

"무송약국이요?"

"무송약국은 전 건물주 최무송 사장이 매우 총애하던 업소였어요. 건물에 의원들이 많은데 약국 하나 달랑 있잖아요. 그것만 봐도 전 건물주가 얼마나 총애했는지 알 수 있죠. 우린 최 사장이 김 약사를 가만두지 않았을 거라고 떠들었어요. 여자라면 사족을 못 쓰는 바람둥이가 젊고 귀여운 김 약사를 내버려 둘 리 없잖아요."

전 건물주가 매우 총애하던 업소라……. 총애라는 단어가 묘하게 지 형사를 자극했다. 최무송은 왜 그 업소들을 총애했을까? 전 건물주와 업소들은 모종의 관계를 맺었다. 의문의 화살표는 줄기차게 한 방향을 가리키고 있었다.

"아, 방금 뭔가 떠올랐는데요."

하민정은 잡힐 듯 잡히지 않는 기억을 붙들고 있는 것 같았다. 그녀는 주먹으로 테이블을 두드리며 안타까워했다.

"선아 언니가 최 사장한테 무슨 말인가를 찔러 줬다고 했었는데……."

"네? 무슨 말을 했답니까?"

"선아 언니가 그 얘기를 하려고 했을 때 뭔가 방해가 있었어요. 그래서 말을 못 했던 거예요. 그 뒤로는 취해서 아예 잊어버렸고요."

"좀 더 자세히 설명해 주시겠습니까?"

"모르겠어요. 그걸 듣지 못해 너무 아쉽네요. 죄송해요, 지 형사님."

아쉽기로 따지자면 지 형사가 천만 배는 더했지만, 그는 온종일 굶은 하민정을 그만 놓아주기로 했다.

4

결정적 단서

# # 청수경찰서 (1)

"팀장님, 이것 좀 들어 보세요."

황 형사가 최현성의 휴대전화를 조작해 녹음 파일을 재생시켰다. 수상쩍은 대화가 스마트폰에서 흘러나왔다. 최현성과 신원 미상의 남자가 살인에 관련된 이야기를 나누고 있었다. 그들은 공동 목표를 두고 협업하는 사람들처럼 각자 의견을 내 가면서 최선책을 찾아가는 중이었다. 다만 그 목표가 살인이라는 것이 가공할 만했다.

"이게 뭐지?"

강력 1팀장이 화들짝 놀라며 황 형사에게 물었다.

"녹음 파일이 하도 많아서 이제야 확인했습니다."

"증거가 그대로 녹음돼 있네. 상대가 누구야?"

"대포폰입니다."

"그렇다면 그놈?"

"맞습니다."

강력 1팀은 최현성의 통화 기록과 금융 거래를 조사하던 중 유의미한 단서를 포착했다. 최현성에게 가끔 전화를 걸어오는 인물이 있었는데, 번호를 조회해 보니 대포폰이었다. 대포폰을 쓴다는 것 자체가 불법적인 일에 연루됐다는 증거다.

그 인물과의 연락은 대략 1년여 전부터 시작되었다. 그즈음 최현성의 계좌에서 거액이 인출된 사실과 결부하면 살인청부업자가 아닐까 추정되었다. 최현성이 아버지를 죽이려고 고용한 인물일 확률이 높았다.

팀장이 말한 그놈은 대포폰 인물을 지칭한 것이다. 대포폰 인물은 최근까지도 최현성에게 전화를 걸어왔다. 그것은 청부살인을 마친 뒤로도 볼일이 남았다는 뜻이다. 무슨 볼일이 남아서 주기적으로 연락을 취하는 걸까?

"팀장님, 대포폰 인물이 9월 20일에도 전화를 걸어왔습니다. 최현성 사망 이틀 전입니다. 분명히 뭔가 있습니다. 이놈을 잡아야 합니다."

지 형사가 목소리를 높였다.

"대포폰이라면서? 추적할 단서가 없잖아."

"대포폰 인물은 최현성이 죽었다는 사실을 모를 가능성이 높습니다. 전화가 걸려온 주기로 보면 조만간 연락을 해 올 겁니다."

"그래? 무슨 아이디어라도 있어?"

"저와 황 형사가 머리를 짜 봤는데요. 황 형사 친척 중에 연기를 전공한 대학 후배가 있답니다. 황 형사, 팀장님께 말씀 좀 드려."

지 형사는 황 형사에게 바통을 넘겼다. 황 형사는 흠흠 헛기침을 하며 목청을 가다듬었다. 팀장에게 아이디어를 설명하자니 긴장이 된 모양이다.

"팀장님, 제 친척 중에 성우 지망생이 있어요. 연극이나 영화에 단역으로 출연하기도 하고, 책을 낭독해 주는 유튜버 활동도 해요. 그 친구 연기력이 좋아서 책도 정말 재미나게 읽거든요. 목소리 흉내도 잘 내고요. 그 후배한테 최현성의 목소리를 들려줬어요."

"녹음 파일에 들어 있는 최현성의 목소리?"

"그렇습니다."

최현성은 대포폰 인물과의 대화를 전부 녹음해 두었다. 패륜아 최현성이 도움이 되는 경우도 있다니……. 녹음된 내용을 들어 보면 최현성이 청부업자에게 의뢰해 아버지를 죽인 정황이 뚜렷했다. 지 형사는 최현성의 파렴치함에 치를 떨었다.

"황 형사, 후배를 어떻게 이용한다는 거야?"

"대포폰 인물을 밖으로 끌어내려면 이 방법밖에 없습니다. 후배가 최현성의 목소리를 흉내 내는 겁니다."

"후배가 최현성인 척 대포폰 인물한테 전화를 건다는 거야?"

"그렇습니다. 그쪽에서 전화를 걸어올 때까지 기다릴 수도 있고요."

"최현성이 죽었다는 사실을 알고 있을 수도 있잖아."

팀장은 회의적인 반응을 보였다.

"일단은 전화가 걸려오길 기다려 보죠. 기다려도 전화가 오지 않으면 그때 거는 겁니다."

"전화가 걸려오면?"

"만나자고 미끼를 던지는 겁니다. 만날 약속만 정해지면 우리가 잠복해서 놈을 잡으면 되니까요."

"얼굴을 모르잖아?"

"팀장님, 제게 아이디어가 있습니다. 공개된 장소에서 만나기로 하고 놈이 도착할 때쯤 전화를 거는 겁니다. 그때 전화를 받는 인간이 대포폰 인물인 거죠."

황 형사는 열심히 작전을 설명했다.

"그게 잘될까?"

"저는 해 볼 만한 가치가 있다고 생각합니다. 대포폰 인물을 잡아야만 최무송 사건이 해결되지 않겠습니까?"

"좋아, 이번 작전은 황 형사한테 맡기지. 지원이 필요하면 언제든지 얘기해."

강력 1팀장이 전폭적인 지지를 약속했다. 막중한 책임감의 무게를 체감한 듯 황 형사는 튼실한 어깨 근육을 두어 번 실룩였다.


# 무송약국


"김 약사님, 이걸 좀 봐 주시겠습니까?"

지 형사는 휴대전화를 조작해 김수나에게 보여 주었다. 지 형사와 황 형사는 무송약국에서 김수나를 상대하는 중이었다. 전 건물주가 매우 총애하던 업소라는 하민정의 제보를 계기로 지 형사는 무송약국을 눈여겨보게 되었다. 그러자 안 보이던 것들이 눈에 띄기 시작했다.

"이게 뭔데요?"

김수나는 지 형사가 내민 휴대전화를 끌어당기며 물었다.

"돌아가신 정선아 씨의 SNS입니다."

휴대전화에는 정선아가 SNS에 올린 약 봉투 사진이 띄워져 있었다. 정선아가 죽기 전 공짜 요리를 너무 먹어서 탈이 났다고 올린 사진이었다. 팔로잉한 유저의 생애 마지막 사진임을 알 리 없는 팔로워들이 누른 '좋아요'가 씁쓸한 뒷맛을 자아냈다.

지 형사는 약 봉투를 손가락으로 가리켰다. 투명한 약 봉투 안에는 알약이 몇 개인가 들어 있었다. 지 형사가 약 봉투 속의 알약들을 볼펜으로 짚었다. 그는 사진을 확대해 김수나에게 보여 주었다. 그것은 원형의 정제로 영문 이니셜이 찍혀 있었다.

"이 약의 종류가 무엇인지 아시겠습니까?"

김수나는 바로 대답하지 않았다.

"설마 김 약사님이 이 약을 모른다고 하진 않겠죠?"

알약이 들어 있는 약 봉투에는 고운내과, 무송약국이라는 상호와 함께 '저녁'이라고 복용 시간이 인쇄돼 있었다.

"콜히친의 시판 약이네요."

"정답입니다. 김 약사님, 정선아 씨의 내복약에 콜히친이 들어간 까닭을 설명해 주시겠습니까? 정선아 씨는 콜히친을 복용해야 될 통풍이나 가족성 지중해열, 심낭염, 베체트병 환자가 아니었습니다."

"자동조제기가 오작동을……."

김수나의 음성은 떨렸고 문장을 채 끝맺지 못했다.

"김 약사님, 정선아 씨의 조제 내역을 보여 주시겠습니까?"

"그걸 왜요?"

"정선아 씨의 처방전에 콜히친이 들어 있는지 보려고요."

"그런 게 들어 있을 리 없잖아요. 약사는 조제 전에 처방전 검토를 해요. 적응증에 맞는 약인지, 용법 용량은 적정한지, 여러 항목들을 점검해요. 정선아 씨의 경우는……, 음 그러니까……, 자동조제기가 오작동을 일으켜서 엉뚱한 약이 들어간 거예요."

"조제투약 오류를 줄이기 위해 자동화기기를 사용하는 거 아닙니까? 그런데 자동조제기가 오작동을 일으켰다고요? 장비는 약국 전산시스템과 연동돼 있겠죠?"

"당연하죠. 제가 처방전을 검토한 뒤 스캐너에 입력하면 자동조제기가 정제를 분류, 분배, 포장을 완료해 약을 배출해요."

지 형사는 정선아가 사망한 날의 조제기록부를 보여 달라고 재차 요청했다.

"자동조제기가 고장 나서 수리를 맡겼어요."

"언제 수리를 맡겼단 말입니까? 정선아 씨 약을 조제한 날에요? 최현성 씨 때도 자동조제기가 오작동을 일으켰습니까?"

"……"

김수나는 꿀 먹은 벙어리가 되었는지 입을 꼭 다물고 있었다.

"캐니스터에 담겨 있지 않은 약이라 수동조제를 했어요.

수동조제는 흔히 있는 일이에요."

처음에는 기계의 오작동이라더니 이번에는 수동조제를 했다고 변명한다. 김수나는 고불고불한 머리카락을 손가락으로 배배 꼬며 어쩔 줄을 몰라 했다. 안경 속의 눈은 쉴 새 없이 깜빡거렸고 콧잔등엔 땀이 송골송골 맺혔다.

김수나는 약국의 경영 및 조제를 위해 개발된 업무용 프로그램을 사용하고 있었다. 업무용 프로그램을 이용하면 의약품 정보 및 식별 확인부터 처방 조제 관리, 구매 재고 관리, 단순 판매까지 업무의 대부분을 처리할 수 있다. 영장을 발부받으면 기록 확인은 어렵지 않았다.

"기계의 오작동이든 수동조제에 실수가 있었든 결국 약사의 책임입니다. 제가 책임지고 어떤 벌이든 달게 받겠습니다."

김수나가 바닥에 무릎을 꿇었다. 지 형사는 그녀에게 일어나라는 손짓을 했다. 황 형사는 말없이 지켜보고만 있었다.

"정선아 씨와 최현성 씨의 처방약에 콜히친을 넣은 사실을 인정하는 겁니까?"

김수나가 기어들어 가는 목소리로 대답했다.

"실수였어요."

"사람이 두 명이나 죽었습니다. 두 사람 모두 콜히친을 먹고 사망했는데 실수라고요? 그걸 지금 변명이라고 합니까?"

"……."

"김수나 씨, 약국에서 이럴 게 아니라 서로 갑시다."

지 형사와 황 형사는 김수나를 경찰서로 연행했다. 고의든 실수든 사람이 두 명이나 죽었다. 김수나의 피의자 입건은 당연한 수순이었다.


# 청수경찰서 (2)


지 형사와 황 형사는 김수나를 연행했지만, 범행 동기는 여전히 베일에 가려져 있었다.

"콜히친을 투여해 최현성 씨와 정선아 씨를 독살한 이유가 뭡니까?"

경찰서 조사실에서 지 형사는 김수나와 마주 앉았다.

"……."

"김수나 씨, 형사들이 당신 뒤를 캐고 있습니다. 진술을 거부해도 결국은 밝혀지게 돼 있어요."

"지 형사님, 정선아 원장의 약 봉투에 콜히친이 들어간 건 순전히 제 실수예요. 하지만 최현성 사장은 아니에요. 제가 최 사장의 약 봉투에 콜히친을 넣었다는 증거가 없잖아요."

지 형사가 염려하던 문제가 현실로 나타났다. 김수나가

최현성의 약 봉투에 콜히친을 투입했다는 증거가 없었다.

김수나의 컴퓨터와 휴대전화를 압수한 형사들은 디지털 증거 수집에 기대를 걸었다. 스마트폰은 물증의 보고로 위치 정보, SNS 캡처 파일 등 다양한 정보가 숨겨져 있다. 또한 기록을 삭제해 증거를 지운 부분과 시점이 형사들의 집중 추궁의 대상이 되기도 한다.

김수나의 휴대전화에는 많은 양의 사진이 저장돼 있었다. 지 형사는 그녀의 스마트폰에서 찾은 사진들 중 몇 장을 인화했다. 그는 김수나 앞에 사진들을 펼쳐 놓았다.

"김수나 씨, 당신의 휴대전화에서 귀중한 정보를 찾았습니다. 이분들과의 관계가 어떻게 되죠?"

그것은 김수나를 포함해 다섯 명이 찍힌 사진이었다. 사진에는 전 건물주 최무송, 커피조아 김정숙, 고운내과 윤고운, 무송약국 김수나, 스바라시 이상섭이 찍혀 있었다. 전부 최무송이 총애하던 업소들이다.

"건물 사람들끼리 기념으로 찍은 사진인데요."

김수나는 천연덕스럽게 대꾸했다.

"이봐요, 김수나 씨. 경찰 수사를 얕보면 안 됩니다. 이건 가족사진이에요. 당신은 전 건물주 최무송과 커피조아 김정숙의 사이에서 난 딸이에요. 윤고운은 김정숙이 다른 남자한테서 난 딸이고요. 이상섭은 김정숙의 남동생입니다. 정확히 말하면 아버지가 다른 동생이죠. 그래서 성이 다릅니다."

"······."

"당신이 부인해도 DNA 검사로 증명할 수 있습니다."

"······."

김수나의 입은 굳게 닫힌 채 열릴 줄을 몰랐다. 평소 생동감 넘치는 표정을 짓던 이목구비가 딱딱하게 굳어 있으니 나이가 열 살은 더 들어 보였다.

"최무송 사장이 총애하던 업소들이라는 제보에서 힌트를 얻었습니다. 최무송 사장은 마음씨 좋은 건물주였습니다. 건물 세입자들은 누구 할 것 없이 좋은 조건으로 임대차계약을 맺었죠. 그런데 도를 넘는 수혜자가 네 명 있더군요. 아무리 마음 착한 건물주라도 자선사업이 아닌 이상 그런 유의 계약을 체결하진 않죠. 그래서 형사들이 뒤를 캐 봤습니다. 그런데 이 지점에서 의문이 생깁니다. 왜 그런지는 알 수 없지만, 당신들의 관계는 철저히 비밀에 부쳐져 있더군요. 호적부와 가족관계등록부를 확인하고 나서야 사실을 파악할 수 있었습니다."

"다 알아냈으면서 왜 저한테 물어보는 거죠?"

김수나가 날카롭게 외쳤다. 귀엽던 얼굴이 사납게 돌변해 인상이 완전히 달라졌다. 지 형사는 김수나의 표변한 모습에 소름이 쭉 끼쳤다. 머리칼을 마구 헤집어 헝클어트린 김수나가 히스테리를 부렸다. 안경 속 눈알이 신경질적으로 움직였다. 친근한 여동생 이미지는 온데간데없고 생떼를 쓰는 정신 나간 여자가 눈앞에 앉아 있었다.

"나는 아무 말도 하지 않을 테니까 당신 마음대로 해. 날 구속시킬 거야? 쳇, 내 입은 절대로 열리지 않아. 아이, 짜증 나. 일이 왜 이렇게 된 거야?"

망가진 양배추 머리를 한 김수나는 막말을 쏟아 냈다. 제 성질을 이기지 못한 김수나가 책상다리를 걷어찼다.

밖에서 상황을 지켜보던 강력 1팀장이 지 형사에게 손짓을 했다. 그만하고 나오라는 의미였다.

"팀장님, 어쩌죠?"

"증거를 더 수집하자고. 압수수색영장 나올 거야. 일단은 돌려보내."

지 형사는 김수나에게 주거지를 이탈하지 말 것을 당부한 뒤 그녀를 집으로 돌려보냈다.


# 커피조아


김수나는 무송빌딩으로 돌아왔다. 손목 위의 스마트워치

는 저녁 7시를 가리키고 있었다. 배에서 꼬르륵 소리가 났다. 위장에서 신호를 보내왔지만 그녀는 배고픔을 느끼지 못했다. 형사에게 간파당했다는 충격이 배고픔보다 훨씬 컸다. 절대 들키지 않을 거라 자신했기에 그녀가 느끼는 충격은 더욱 컸다.

부검해도 나오지 않는다고 했었는데……, 형사들은 콜히친인 걸 어떻게 알았지? 콜히친을 의심해 정밀감정을 하지 않는 한 절대로 알아낼 수 없다고 했는데……. 김수나는 구멍 난 가슴을 부여잡고 커피조아로 향했다.

커피조아는 김정숙이 카운터를 지키고 있었다. 김수나가 커피숍에 들어서자, 김정숙은 깜짝 놀란 표정을 지었다. 김정숙은 소란 피우지 말라는 듯 두 눈을 찡긋거렸다. 딸이 아니라 귀찮은 잡상인을 보는 눈빛이다.

김수나는 배 속에서부터 반항심이 끓어올랐다. 반항심은 곧 어깃장을 놓고 싶다는 심술로 이어졌다. 내가 풀려나지 못할 거라고 여겼나? 김수나가 경찰에 연행됐다는 건 김정숙도 알고 있을 터였다. 딸이 경찰에 구속될 뻔했는데 남의 이목이나 신경 쓰다니……, 김수나는 분노가 치솟았다. 꼭꼭 눌러 둔 상처가 들쑤셔지며 뻐근한 통증이 느껴졌다. 서른이 가까운 나이임에도 여전히 어린애 취급이다.

어릴 때부터 쭉 그랬다. 엄마는 내내 언니만 바라보며 살

앗다. 언니가 하는 말이면 신의 계시처럼 떠받든다. 엄마에게 언니는 종교와도 같은 존재였다. 그러면서도 일 처리는 제대로 하지 못한다. 진즉에 혼인신고를 해 놨으면 최현성이 건물주가 될 일도 없었다. 평생 남의 눈치만 보느라 실속도 챙기지 못한다. 겉만 번드르르 꾸밀 줄만 알았지 속은 텅 빈 강정이다.

김수나는 엄마를 흘겨보았다. 머리에서 발끝까지 귀부인처럼 차려입은 김정숙은 방금 들어온 손님들을 향해 우아하게 미소 짓고 있었다. 이런 판국에도 고고한 학처럼 굴고 있네. 흥, 언제나 이런 식이지.

김수나는 언니 윤고운보다 인물도 성적도 떨어진다고 내내 무시만 당하며 자라 왔다. 비교받는 삶이 사람을 얼마나 피폐하게 만드는지 엄마는 알지 못한다. 170㎝가 넘는 큰 키, 늘씬한 몸매에 조각상 같은 미모, 서울대 의대를 나온 언니를 두지 않고는 절대로 알 수 없는 마음의 상처를 안고 살아왔다.

그러나 실행력을 보라. 잘난 언니는 가족에게 도움이 되는 일을 하지 못한다. 똑똑한 척만 할 줄 아는 바보. 똑똑한 바보는 엄두도 내지 못할 일을 내가 해냈다. 외삼촌의 도움을 받긴 했지만, 이 일은 전적으로 내가 기획했고 내 능력으로 완수했다. 경찰은 절대 살인을 입증하지 못한다. 무조건 실수였다고 밀어붙이면 된다. 경찰이 신이 아닌 이상 살의를 입증할 수는 없다. 과실치사 형량에 관해 변호사와 상의해 봐야겠다. 사람이 죽었으니 징역형이 나오겠지만, 인생전체로 보면 그깟 몇 년, 별것도 아니다. 게다가 최현성 건은 증거도 없으니 딱 잡아떼면 그만이다. 오리발 작전이다.

상념에 젖었던 김수나의 얼굴이 구겨진 종이처럼 이지러졌다. 우라질, 정선아 년이 약 봉투를 찍어 SNS에 올릴 줄 누가 알았겠는가. 취향 참 독특한 년이다. 처방약 사진까지 SNS에 올리다니.

뭐 좋다. 감방에서 몇 년 썩었다 나오면 무송빌딩은 내 것이다. 최현성 살인만 입증되지 않으면 재산 상속에 문제는 없겠지. 아니다. 최현성의 엄마년이 미국에 살아 있다는 말을 들었다. 바람기 많은 년으로 여러 남자들을 거쳤고 현재는 행방을 모른다고 했다. 최현성의 재산은 그년이 우선적으로 상속받게 된다. 드넓은 미국 땅에서 행방불명된 엄마년을 무슨 수로 찾아? 아니, 아니다. 걱정할 필요가 없다. 최현성은 아버지를 살해했으니 무송빌딩을 상속받은 것 자체가 무효다. 최무송의 재산은 친딸인 내가 받는 것이 맞다. 복잡한 법률은 모르지만 이럴 때를 대비해 변호사가 존재하는 거니깐. 재산 상속에 관해 조금 깊이 생각했더니 벌써 머리가 지끈거린다. 그녀는 통통한 손가락으로 이마를 꾹꾹 눌렀다.

김수나는 단순한 라이프 스타일을 선호했다. 목표를 향해 직진하는 저돌적인 타입, 사고에 매몰되지 않는 행동파, 그것이 김수나의 스타일이었다.

최현성은 제 명을 제가 재촉해 죽은 어리석은 케이스다. 최현성이 새 건물주가 됐을 때만 해도 김수나는 그를 죽일 의사 따윈 없었다. 김정숙과 김수나는 이미 충분한 재산을 분배받았다. 남은 것은 무송빌딩 하나였다. 무송빌딩은 처음부터 최현성의 몫으로 정해져 있었다. 김정숙도 김수나도 그것만은 어찌해 볼 도리가 없었다.

최현성이 조금만 덜 탐욕스러웠어도 그는 무송빌딩의 건물주로 천수를 누렸으리라. 최현성은 임대차계약에 불만을 품었고 하루가 멀다 하고 찾아와 갑질을 벌였다. 심지어 사람을 고용해 뒷조사까지 시켰다. 고요한 연못에 함부로 뛰어든 개구리가 분탕질을 쳐 대는 형국이었다. 평온한 연못에 끼어든 이물질. 이물질은 이물질일 뿐 연못에 녹아들 수 없다. 물 전체를 흐리는 이물질은 인위적으로 빼낼 수밖에 없었다.

무송빌딩에 터를 잡고 조용히 살아가려 했건만……. 최현성은 안분지족하며 살려던 그들의 삶을 위협했다. 그를 죽이지 않고는 가족에게 닥친 위기를 극복할 수 없었다. 가족의 안위를 위해 김수나가 나선 것이다. 그리고 본래 내 것이었던 무송빌딩을 되찾았다. 가족의 평화를 위해 움직였더니 무송빌딩이 덤으로 따라왔다.

김수나는 김정숙의 귀에 대고 속삭였다.

"엄마, 나 곧 구속될 거야."

엄마라고 부르지 않는 것이 버릇이 됐지만, 경찰까지 알아 버린 지금 무슨 소용이랴 싶었다. 아니나 다를까 김정숙의 눈초리가 매서워지며 책망의 빛을 띠었다. 하지만 상황이 상황인지라 그녀도 금세 눈꼬리를 내리고 만다.

"네 언니 의견을 들어 봐야지. 경찰에 어떻게 대응하면 좋을지 언니한테 물어보자꾸나. 수나야, 엄마 집에 가서 기다릴래? 오늘 가족회의 하자. 너 아직 저녁 안 먹었지? 엄마가 곧 따라갈 테니까 배고파도 조금만 참고 있어."

김정숙은 외삼촌 이상섭에게 맛있는 식사를 준비하도록 시키겠다면서 김수나를 달랬다. 흥, 내가 아니라 언니를 먹이고 싶은 거겠지. 김수나는 곱지 않은 눈길로 엄마의 뒤통수를 쏘아봤다. 김정숙은 커피숍을 나서는 젊은 커플을 배웅하느라 여념이 없었다. 하여간 못 말린다니까. 젊은 사람들은 과도한 친절을 부담스러워한다고 몇 번이나 일렀거늘. 언니가 한마디 했으면 진즉에 들었을 거면서. 쳇.

# 김정숙의 아파트

김수나는 김정숙의 아파트를 향해 천천히 차를 몰았다.

김정숙은 오랜 기간 최무송과 연인 관계로 지냈다. 아내와 아들이 미국으로 떠나 버리자 최무송은 빈집에 홀로 남겨졌다. 최무송은 점점 기운을 잃어 갔다. 하루 종일 일을 하고 돌아와도 마음 붙일 곳이 없었다. 쓸쓸하고 적막한 날들이 하염없이 흘러갔다. 아내와 아들은 돌아올 기약조차 없었고, 최무송은 마음의 안식처가 절실히 필요했다. 텅 빈 최무송의 마음에 어느 날 김정숙이 들어와 자리를 잡았다.

김정숙은 딸 하나를 키우며 사는 외로운 미혼모 처지였다. 최무송은 김정숙이 운영하던 커피숍에 자주 들르던 단골 고객이었다. 동병상련이었던 두 사람은 자연스럽게 가까워졌고 곧 연인 관계로 발전했다. 최무송은 김정숙의 딸 윤고운을 내 자식처럼 귀여워했다. 미국 유학까지 보냈건만 사람 구실 못하는 아들과는 달라도 너무 달랐기 때문이다. 윤고운은 뒷바라지를 자처하고 싶을 만큼 키울 맛이 나는 아이였다.

최무송과 김정숙의 사이에서 딸이 태어났다. 그 딸이 김수나였다. 딸은 어머니의 성을 따라 김수나가 되었다. 최무송이 아내와 이혼하지 않은 시기였기에 아버지의 호적에 딸을 올리지 못했다.

최무송은 김수나와 윤고운을 똑같이 사랑했다. 그는 윤고운이 마음껏 공부할 수 있도록 경제적 지원을 아끼지 않았다. 윤고운이 워낙 영리한 아이였기에 돈이 아깝지 않았다. 윤고운은 최무송의 기대 이상으로 잘 자라 주었다. 윤고운이 서울대 의대에 합격했던 날, 최무송은 자기 일처럼 기뻐했다. 김수나 역시 무럭무럭 자라 지방대 약대에 입학했다.

최무송은 아내를 배려해 김정숙과 살림을 합치지는 않았다. 방학이면 아내와 아들이 귀국하던 시기였기에 그리한 것이다.

"아빠는 왜 우리랑 함께 살지 않아?"

어린 수나는 아빠에게 묻고는 했다.

"그건……."

최무송은 어린 딸에게 대꾸할 말이 없었다. 그는 보수적인 사람이었다. 이혼도 하지 않은 처지에 김정숙과 동거할 수는 없다고 생각했다. 사람들의 입방아에 오르내리고 싶지 않다는 것도 살림을 합치지 않는 이유 중 하나였다.

"엄마, 언니랑 나는 왜 성이 달라? 언니는 윤 씬데 나는 김 씨잖아. 나는 아빠랑도 성이 달라. 친구들은 전부 아빠 성을 따르는데, 나는 왜 엄마 성을 쓰는 거야?"

어린 수나에겐 많은 것이 의문투성이였다.

최무송은 대학에 입학한 자매에게 똑같은 평수의 오피스텔을 얻어 주었다. 윤고운이 차별받는 느낌을 갖지 않도록 그는 온갖 정성을 기울였다.


무송빌딩이 완공되자 가족들이 속속 모여들었다. 김정숙은 1층에 커피숍을 오픈했고, 윤고운은 2층에 내과를 개원했다. 김수나 역시 1층에 약국을 개업했다. 김정숙의 남동생 이상섭은 1층 목 좋은 자리에 일식당을 차렸다. 10층 펜트하우스에는 최무송이 혼자 거주했다.

최무송은 아내와 이혼했으나 김정숙과 재혼하지는 않았다. 대신에 그는 김정숙과 윤고운, 김수나에게 상당한 액수의 재산을 분배해 주었다. 그들이 살아가는 데 부족함이 없을 정도였다. 이상섭에게는 저렴한 임차료를 내면서 오랜 기간 영업할 수 있도록 배려해 주었다.

가족들에게 재산을 분배해 주고 나자 유일하게 남은 것이 무송빌딩이었다. 무송빌딩은 최무송이 벽돌 한 장까지 일일이 골라 애지중지 올린 건물이다. 무송빌딩을 향한 그의 애정은 각별했다. 무송빌딩은 곧 그 자신이라고 해도 좋았다. 그는 무송빌딩에서 여생을 보내고자 했으며 사후에는 아들에게 오롯이 물려주고 싶었다. 무송빌딩만큼은 조각내고 싶지 않아, 그는 마음속으로 되뇌었다. 가족들이 벌떼처럼 달려들어 무송빌딩을 해체하는 것만은 막고 싶었다. 그것이 김정숙과 혼인신고를 하지 않는 이유였다. 비록 성에 차지는 않아도 최현성은 그의 하나밖에 없는 아들이었다.

최무송은 가족들에게 한 가지 조건을 내걸었다. 그와의 관계를 공표하지 말아 달라는 것이었다. 가족들이 반발했지만 그는 요지부동이었다. 이미 충분한 재산을 증여받았고 수혜에 가까운 임대차계약까지 맺었기에 가족들은 그의 조건을 수락할 수밖에 없었다.

"사랑하는 가족들이 한자리에 모였구나. 우리 가족들 무송빌딩에서 행복하게 지냈으면 좋겠다."

펜트하우스에서 열린 축하 파티 도중 최무송은 감개무량한 표정으로 말했다. 그는 흡족한 얼굴로 가족들을 둘러보았다.

"아빠, 이참에 엄마랑 살림 합치는 게 어때? 아빠 혼자 밥 해 먹기 힘들잖아."

김수나의 시선이 최무송을 꼼짝 못 하게 붙들었다. 갈구하는 눈빛이 그녀로부터 발산되었다. 최무송은 껄껄 웃으며 상황을 모면하려 애썼다. 그의 웃음이 허허로웠다.

"우리 수나 다 컸구나. 아빠 끼니 걱정도 해 주고."

"나는 아빠가 세상에서 제일 좋아."

김수나가 달려가 아빠 목에 매달렸다. 그녀는 생선회를

초장에 찍어 아빠의 입속에 넣어 주었다.

"아빠도 내가 세상에서 제일 좋지?"

"그럼, 그럼."

최무송은 연신 허허 웃었지만 엄마와 살림을 합치라는 딸의 요구에는 대답하지 않았다.

"여기 전망 정말 좋네. 나도 펜트하우스에서 살고 싶다."

창가에 선 김정숙이 최무송을 돌아보았다. 그녀의 눈빛에서 간절함이 뚝뚝 떨어졌다. 그 눈 속에는 깊은 갈망이 자리하고 있었다.

"당신, 노인네 뒤치다꺼리 힘들다고 금세 도망갈걸. 허허허."

최무송은 애써 웃으면서 말끝을 흐렸다.

"매형, 노년에 혼자 사는 건 좋지 않아요. 막말로 어디 아프다고 쳐 봐요. 누나가 옆에 있으면 안심이 되잖아요. 만약 쓰러지기라도 하면 골든 타임을 놓칠 위험도 줄어들고요."

이상섭이 거들고 나섰다.

"외삼촌 말이 맞아. 아빠, 고독사하고 싶지 않으면 엄마랑 살아야 된다고."

김수나가 고독사를 들먹이자 윤고운이 눈살을 찌푸렸다.

"수나야, 그만해. 좋은 날인데 아저씨 기분 상하시겠다."

윤고운은 최무송을 아저씨라고 불렀다. 최무송은 편한 대로 부르라면서 소탈한 태도를 취했다.

"그럼 아빠, 이참에 혼인신고라도 해. 엄마 입장에서 생각해 보라고. 평생 혼인신고도 못한 채로 사는 엄마 심정이 어떻겠어?"

"혼인신고가 그렇게 중요한가?"

궁지에 몰린 최무송이 작은 소리로 중얼거렸다. 그는 가족에게 둘러싸여 협공을 당하는 기분이 들었다.

"나도 어엿한 당신 아내로 살고 싶다고요. 이제 유령 같은 삶은 그만 살고 싶어요."

김정숙의 눈에 물기가 배었다.

"아빠, 엄마 울잖아. 내일 당장 혼인신고 하겠다고 약속해."

"……."

"대체 혼인신고를 하지 않는 이유가 뭔데?"

김수나가 아빠를 다그쳤다. 최무송은 여전히 내키지 않는 눈치였다. 작게 훌쩍이는 소리가 소파 쪽에서 들려왔다. 김정숙이 손으로 얼굴을 가린 채 흐느끼는 중이었다.

"아빠!"

김수나가 원망이 가득 담긴 눈으로 아빠를 쏘아보았다.

"아빠, 이런 날 꼭 엄마를 울려야겠어?"

최무송이 김정숙의 어깨를 감싸 안았다.

"당신, 이러면 내가 미안해지잖아."

"난 당신의 아내가 되고 싶다고요."

김정숙이 떨리는 음성으로 외쳤다. 그녀는 눈물에 젖은 얼굴을 들어 최무송을 보았다. 곱게 한 화장이 눈물로 얼룩져 있었다. 한바탕 눈물 바람이 일자 모임의 분위기가 가라앉았다. 축하 파티 자리가 초상집처럼 침울해졌다. 최무송은 진심을 다해 김정숙을 달랬으나 혼인신고를 하겠다는 말은 끝까지 하지 않았다.


펜트하우스에서 물러 나온 그들은 곧바로 헤어지지 않고 김정숙의 집으로 몰려갔다.

김정숙은 명품 백을 테이블 위에 내려놓더니 소파에 털썩 주저앉았다. 포근하고 편안한 느낌이 나는 그린색의 패브릭 소파였다. 김정숙 소유의 서른 평 아파트는 도시적인 세련된 분위기로 꾸며져 있었다. 아파트는 물론 최무송이 사 준 것이다. 집 안을 장식한 조명과 액자, 화병 하나까지도 최무송과 함께 고른 것들이다. 집 안은 두 사람의 추억이 서린 오브제로 가득했다. 거실과 주방 곳곳을 채운 수집품들은 두 사람이 해외여행을 갈 때마다 사 모은 것들로 그녀의 아파트를 갤러리처럼 보이게 만들었다. 그러나 지금 김정숙의 눈에는 그런 것들이 하나도 들어오지 않는 모양이다.

"아 지친다, 지쳐. 그 영감탱이 고집 하나는 알아줘야 돼.

아주 황소고집이야."

눈물 바람까지 하며 혼인신고를 종용했지만 또다시 허탕을 치고 말았다. 김정숙은 길고 긴 푸념을 늘어놓았다. 기회가 될 때마다 최무송을 압박해도 결과는 늘 실패로 끝이 났다.

윤고운이 엄마 곁으로 다가갔다. 그녀는 김정숙의 손을 잡고 위로했다.

"엄마, 너무 실망하지 마. 다 잘될 거야."

윤고운은 엄마에게 위로의 말을 늘어놨지만 혼인신고는 가망 없다고 판단했다. 최무송은 윤고운에게도 상당한 액수의 재산을 증여해 주었다. 그로서는 최선을 다한 것이다. 최무송에게 남은 유일한 재산인 무송빌딩의 지분을 요구하는 것이 합당한 일인가? 윤고운은 자문해 보았다.

물론 합당한 일이다. 윤고운은 엄마의 심정을 100퍼센트 이해했다. 김정숙은 긴 세월을 최무송과 연인 관계로 지냈다. 둘 사이에 자식도 태어났다. 하나를 얻으면 둘을 가지고 싶은 것이 사람의 마음이다. 엄마가 욕심을 내는 것은 당연하다. 최무송의 아들 따위 지옥에나 가 버리라지. 교통사고라도 나서 죽어 버리면 속이 다 시원하겠다. 그 망나니 새끼가 무송빌딩을 독차지하다니 말도 되지 않는다.

"엄마 혼자 가서 혼인신고 해 버려."

김수나가 새된 소리를 내질렀다.

"그렇게 해도 되는 거야?"

소파에 늘어져 있던 김정숙이 반색하며 외쳤다.

"아빠 신분증 가져가면 돼. 인감증명서도 괜찮고. 그러면 엄마 혼자서도 혼인신고 할 수 있어."

"아빠 지갑 안에 있는 신분증을 어떻게 가져가?"

"지갑에서 몰래 빼내면 되지. 참 엄마, 아빠 여권 놔둔 데 알지? 여권 가져가도 돼."

"정말 그래도 될까?"

김정숙은 반신반의했다. 겁이 많은 그녀는 이미 불안한 기색이 완연했다. 이상섭이 누나를 부추기고 나섰다.

"몰래 해 버리고 넣어 두면 매형이 어떻게 알겠어?"

"아저씨한테 들키면 어떡할 건데? 아저씨는 용서하지 않을 거야."

윤고운이 반대했다. 그녀의 어조는 단호했다.

"그렇겠지?"

김정숙이 바로 나가떨어졌다. 그녀는 큰딸의 말이라면 하늘이 두 쪽 나도 믿고 따른다.

"그럼 두 손 놓고 있다가 아들 새끼한테 다 뺏기자고? 혼인 신고만 해 버리면 엄마 상속분이 그 새끼보다 많아진다고."

김수나가 턱을 치켜들고 대들었다.

"엄마는 사실혼 관계니까 재산분할 청구를 할 수 있는 걸로 아는데."

"언니는 이래서 안 돼. 제대로 알아보고 얘기하는 거야? 엄마는 아빠랑 동거한 적이 없어. 게다가 두 사람의 관계는 철저하게 비밀로 부쳤어. 대외적으로 엄마와 아빠는 남남이라고."

윤고운이 대꾸하지 않자 김수나는 더욱 기세등등해졌다.

"엄마, 나중에 후회하지 말고 내가 하라는 대로 해. 언니 말 들어서 잘된 일이 뭐가 있어? 언니는 입만 살아 가지고."

"수나야, 너 언니한테 말버릇이 그게 뭐야?"

김정숙이 김수나에게 눈을 부라렸다. 늘어져 있던 사람답지 않게 목소리가 쌩쌩하다. 김수나는 딴청을 피우듯 새침한 표정으로 머리카락만 배배 꼬았다. 김정숙의 핀잔 따위 신경도 쓰지 않는 눈치다.

"외삼촌 의견은 어때?"

이번에는 김수나가 이상섭을 향해 물었다.

"난 몰래 혼인신고를 하는 것도 하나의 방법이라고 생각하는데."

역시 외삼촌은 인간의 본성을 이해하는 사람이다. 인간의 본성은 욕망이다. 언니처럼 입만 살아서는 손아귀에 들어오는 것이 없다.

"혼인신고 해 버리면 아빠가 어쩌겠어? 일단 해치우고 보는 거야."

그러나 김정숙은 윤고운의 눈치만 살필 뿐 대답하지 않았다. 그녀의 전투력은 이미 상실된 상태였다. 명분만 따지는 언니와 무기력한 엄마, 김수나는 정나미가 떨어졌다. 이래서는 되는 일이 없다. 김수나는 엄마 집을 뛰쳐나가고 싶었다.


최무송은 김정숙과 연인 관계를 유지했지만 펜트하우스로 그녀를 들이지는 않았다. 유하고 너그러운 사람이었음에도 그 점에서는 분명히 선을 그었다.

'그때 더 밀어붙여야 했었는데…….'

과거로부터 빠져나온 김수나가 입술을 깨물었다.

'그게 다 언니 때문이야.'

윤고운이 끼어드는 바람에 일이 틀어졌다. 윤고운은 혼인신고 문제로 아저씨를 몰아붙여선 안 된다고 김정숙을 설득했다. 큰딸을 하늘처럼 떠받드는 김정숙은 그대로 주저앉아 버렸고, 결국 펜트하우스 입성에 실패했다.

'내가 하라는 대로 했으면 이런 성가신 일 따위 없었을 텐데…….'

엄마는 무조건 언니 편만 든다. 아빠도 친딸인 자신보다 언니를 더 귀여워한다는 느낌을 받았다. 모든 이에게 칭송

받는 존재, 그러한 존재가 바로 언니였다. 김수나는 지난 세월 언니를 의식하지 않은 적이 단 한 번도 없었다. 외모와 학벌, 인기는 물론 타고난 성격까지 김수나는 언니의 적수가 되지 못했다.

그러한 언니가 정작 중요한 일에는 행동하지 못하고 움츠러들고 만다. 내가 아니면 이 집은 돌아가지 않아. 엄마는 그것도 모르면서……, 그깟 학벌이 뭐라고……, 멍청하기 짝이 없는 인간들이다. 잔불이 되살아나듯 가슴속에 꽁꽁 묻어 두었던 분노가 살며시 고개를 쳐든다.

김수나는 그린색의 소파에 벌렁 드러누워 분노를 삭이려고 애를 썼다. 가족들은 나의 희생을 알아주지 않는다. 나는 구속될 위기에 처했는데……. 눈물 한 방울이 그녀의 통통한 볼 위를 또르르 굴러 고급 재질의 패브릭 소파에 스며들었다.

삑삑삑삑, 대문 밖에서 번호 키를 누르는 소리가 들려왔다. 또박또박 키를 누르는 소리만 들어도 언니임을 알 수 있다. 대문이 열리고 윤고운의 늘씬한 자태가 현관 중문에 비쳤다. 김수나는 눈을 꼭 감고 자는 척을 했다. 윤고운이 소리 없이 다가와 여동생을 굽어보았다.

"수나야, 자니?"

윤고운의 음성은 다정했다.

"우리 수나 춥겠는데."

윤고운은 작게 중얼거리더니 안방 붙박이장에서 담요를 꺼내 왔다. 그녀는 김수나의 웅크린 몸 위로 양털 담요를 덮고 가장자리를 꼭꼭 여며 주었다. 포근하고 따스한 손길이다. 김수나는 언니 품에 안겨 울고 싶은 기분이 되었다.

"수나야, 엄마한테 얘기 들었어. 경찰서에 갔다 왔다면서? 형사가 뭐라고 해?"

윤고운은 소파에 걸터앉아 김수나의 머리카락을 어루만졌다.

"우리 수나 고생 많이 했겠네. 수나야, 언니가 미안해."

김수나는 뭔 개소리야, 라고 반박하고 싶었지만 잠자코 누워 있었다. 언니가 미안하다고 말해 주니 왠지 눈물이 날 것만 같았다. 윤고운은 김수나가 미동도 없이 누워 있자, 잠들었다고 여겼는지 더 말하지 않고 주방으로 사뿐사뿐 걸어갔다.

주방에서 달그락거리는 소리가 들려왔다. 언니가 저녁밥을 짓는 걸까? 마음이 편안해지는 정겨운 소음에 김수나는 까무룩 잠이 들었다. 날 선 신경이 가라앉고 부드럽게 긴장이 풀렸다. 그녀는 깊은 잠 속으로 빠져들었다.

"수나야, 저녁 먹어야지. 그만 일어나."

김수나를 흔들어 깨운 사람은 김정숙이었다. 김수나가 눈을 떠 보니 엄마와 언니, 외삼촌까지 모두 모여 있었다. 김수나가 소파에서 몸을 일으켰다.

"수나야, 이리 와."

윤고운이 동생을 불렀다. 늦은 밤 식탁에는 진수성찬이 차려져 있었다. 외삼촌이 조카를 위해 마음먹고 만든 요리였다. 마치 오마카세 코스를 한 상에 차려 놓은 모양새다. 윤고운이 냉장고에서 캔 맥주를 꺼내 왔다. 그들은 각자의 잔에 묵묵히 맥주를 따랐다. 그리고 약속이나 한 듯이 일제히 잔을 들어 올렸다. 무엇을 위한 건배일까? 김수나의 건강한 수형 생활을 위해? 그러나 그들은 잔을 부딪치지도, 건배사를 꺼내 놓지도 않았다.

조용한 식사가 진행되었다. 당초 예정했던 가족회의는 열리지 않았다. 식탁에 둘러앉아 음식을 나누는 것만으로도 그들은 서로의 마음에 공감했다. 그들의 가족회의는 침묵 속에서 이루어졌다. 김수나의 잔이 비자 이상섭이 넘치도록 가득 맥주를 채워 주었다.

"수나야, 많이 먹어."

외삼촌이 스시 접시를 끌어다 주며 말했다. 김수나의 눈에서 눈물 한 방울이 또르르 굴러떨어졌다. 오늘 그녀가 흘린 두 번째 눈물이다. 김수나는 울음이 터질 것만 같아 차가운 맥주를 단숨에 들이켰다. 그래, 내겐 가족밖에 없다. 내가 희생해서 이들을 살리는 거다. 이들은 내가 아니면 아무 것도 못하는 바보들이니까.


# 선대영의 빌라

선대영은 요란스러운 소리를 내며 울려 대는 스마트폰을 기대에 찬 눈길로 내려다보았다. 기다리던 전화가 드디어 걸려 왔다. 발신 번호를 보니 황 형사가 고대하던 대포폰 인물이 맞았다. 그는 목소리를 가다듬었다.

선대영은 자신의 역할을 충분히 숙지하고 있었다. 어떤 취지로 말할지 내용도 미리 준비해 두었다. 선대영은 어릴 적부터 성대모사에 소질이 있었다. 대학에서 연기를 전공하면서 그의 재능은 날개를 달았다. 그는 목소리에 입체감을 더하는 기술까지 연마했다. 다행히 최현성의 음성은 흉내 내기 까다로운 타입이 아니었다. 선대영은 시간 날 때마다 녹음 파일을 들으며 최현성과 대포폰 인물의 대화 패턴을 연구했다. 그는 만족할 만큼 연습을 마친 뒤에 전화가 걸려 와 다행이라고 생각했다.

선대영이 연습한 성대모사를 들려주자, 황 형사는 엄지를 척 세우면서 최현성과 똑같다고 그를 추켜세웠다. 황 형사는 이쪽에서 전화를 걸어도 알아채지 못할 거라고 확신에 차 말했다. 평소 황 형사의 수사 열정을 알기에 선대영은 앞뒤 재지 않고 달려들었다. 황 형사는 선대영의 대학 선배이자 사촌 형이었다.

"네, 여보세요."

선대영은 다소 퉁명스러운 투로 전화를 받았다. 녹음 파일을 들어 보면 최현성은 늘 그런 식이었다.

"최 사장님, 큰 건을 알아냈습니다. 이번 건은 넉넉히 주셔야겠습니다."

통화가 연결되자 대포폰 인물이 속사포처럼 쏘아 댔다. 그는 대박 비밀을 알아냈다면서 우쭐대는 투로 말했다.

"내용만 좋으면 돈은 문제가 안 되지."

"보고서는 이메일로 보낼까요?

"증거가 남는 건 서로에게 좋지가 않아.

"역시 최 사장님은 철두철미하셔. 그럼 늘 보던 곳에서?"

선대영은 당황했다. 늘 보던 곳이 어디람? 이럴 때는 과감하게 밀고 나가는 편이 좋다. 선대영은 도박을 하는 심정으로 말을 뱉어 냈다.

"내가 고속도로 탈 일이 있어서 말이야. 오후 2시, 청수휴게소 음료자판기 앞 벤치에서 만납시다."

선대영이 통보를 하듯이 말해 버리니까 상대는 받아들이

는 모양새를 취했다.

"좋습니다. 2시에 뵙죠."

통화를 마친 선대영은 짧게 한숨을 내쉬었다. 그는 황 형사에게 득달같이 전화를 걸어 기쁜 소식을 알렸다.


# #청수휴게소

오후 2시, 선대영은 청수휴게소 한식당에 앉아 음료자판기 앞 벤치를 내다보고 있었다. 벤치에 앉아 있는 사람은 없었으나 근처에 몇 명의 남자들이 서성였다. 강력 1팀 형사들은 음료자판기 주위를 에워싸는 형태로 잠복 중이었다.

한식당 입구에서 주변을 살피던 황 형사가 선대영에게 눈짓을 했다. 대포폰 인물에게 전화를 걸라는 의미였다. 선대영은 기둥 뒤에 몸을 숨기듯 앉아 스마트폰의 통화 버튼을 눌렀다. 신호가 한 번 두 번 세 번……, 갈 때마다 선대영은 숨이 턱턱 막히는 것 같았다.

선대영은 음료자판기 주위를 눈으로 훑었다. 지금 전화를 받는 남자가 대포폰 인물이다. 귀에 이어폰을 끼운 남자는 보이지 않았다. 선대영은 침을 꿀꺽 삼켰다. 셔츠 안 겨드랑이 밑으로 땀이 흥건했다. 누구든 전화를 받아라. 선대영의 눈이 긴장으로 번들거렸다. 앗! 저 남자! 선대영의 쏘는 듯한 시선이 스마트폰을 귀로 가져간 인물에게 꽂혔으나 통화를 하는 남자는 한둘이 아니었다. 신호가 여섯 번 울렸을 때 상대가 전화를 받았다.

"최 사장님, 지금 어디예요?"

대포폰 인물은 다짜고짜 그렇게 물었다. 왜 나오지 않느냐고 힐문하는 것이다.

"배가 고파서 식당에 들어왔어. 당신도 한식당으로 오지. 식사나 하면서 얘기하자고."

대포폰 인물은 대답도 없이 전화를 끊었다. 무슨 낌새를 챈 것일까? 선대영은 남자가 말없이 전화를 끊은 것이 마음에 걸렸다. 그는 식수대 쪽으로 몸을 숨긴 채 출입문을 지켜보았다. 서류 봉투를 옆구리에 낀 남자 하나가 식당의 유리문을 열고 들어왔다. 선대영이 얼른 재발신 버튼을 눌렀다. 남자가 재킷 주머니를 뒤적여 스마트폰을 꺼냈다.

"최 사장님……."

남자가 채 말을 끝맺기도 전에 형사들이 그를 포위했다. 억눌렸던 용수철이 튀어 오르듯 형사들은 기민하게 움직였다. 범인 검거는 순식간에 끝이 났다. 당황하는 기색도 잠시, 남자는 금세 현실에 순응했다. 그는 형사들의 요구에 순순히 응했다. 형사들로 둘러싸인 남자가 출입문 밖으로 사라졌다.

황 형사가 선대영에게 고맙다는 인사를 하러 왔다. 선대영은 최현성의 스마트폰을 황 형사에게 돌려주었다. 그는 대포폰 인물 검거 작전에 도움이 되어 무엇보다 기뻤다.


# 청수경찰서 (3)


남자의 이름은 박광석, 나이는 42세로 흥신소 사장이었다. 황 형사의 작전이 보기 좋게 성공해 살인청부업자로 의심되는 인물을 검거했다. 강력 1팀장이 만면에 희색을 띤 채 황 형사를 칭찬했다. 남자의 취조는 황 형사가 맡았다. 박광석이 소지했던 종이봉투에는 김정숙의 가족관계에 관련된 서류가 들어 있었다.

"이건 뭡니까?"

황 형사는 짐짓 모르는 척 질문을 던졌다.

"최 사장이 김정숙에 관해 조사해 달라고 요청했습니다. 그런데 형사님, 왜 저를 연행한 거죠? 제 직업이 흥신소 사장인 거 몰라요? 저는 정당한 직업 활동 중이었단 말입니다."

황 형사는 최현성의 스마트폰에서 녹음 파일을 재생시켰다. 스마트폰에서 남자 목소리가 흘러나왔다.

"교통사고로 위장하는 것이 제일 좋습니다."

목소리의 주인공은 물론 박광석이었다.

"성문 분석을 할 필요도 없군요. 당신 목소리인 건 인정하죠?"

놀란 내색을 하지 않으려는 노력도 무색하게 박광석의 얼굴은 보기 흉하게 이지러졌다.

"박광석 씨, 하나 더 들어 볼래요?"

황 형사는 다른 녹음 파일을 들려주었다. 박광석의 낯이 흙빛으로 변했다. 그의 얼굴에서 핏기가 싹 사라졌다. 더 추궁하고 말 것도 없었다. 빵잡이가 의외로 약한 구석이 있네. 황 형사는 내심 쾌재를 불렀다. 녹음 파일로 허를 찔린 박광석은 어이없게 허물어졌다.

"형사님 손에 녹음 파일이 들어간 걸 보면……."

박광석이 웅얼거렸다. 박광석은 살인 청부를 맡은 사람이 맞나 싶을 만큼 어수룩한 구석이 있었다.

"잘 아네. 최현성이 자백을 했지."

기회를 놓칠 황 형사가 아니었다.

"애초에 그런 인간과 일을 하는 게 아니었어. 이런 일은 신뢰가 바탕이 돼야 하는데……."

박광석이 구시렁거렸다. 1년 전 사건이 이제 와서 꼬리를 밟혔으니 그럴 만도 하다. 그의 입에서 신뢰라는 단어가 튀어나오자 황 형사는 기가 막혔다. 킬러라는 놈이 무신경하기 짝이 없다. 최현성은 통화자동녹음 기능을 적절히 사용했을 뿐인데.

"최현성이 최무송 살인을 사주했습니까?"

"……."

범죄 경력 조회를 해 보니 박광석은 전과 7범이었다. 그중에는 특수강도 같은 중범죄 전력도 있었다. 박광석은 황 형사의 질문에 곧바로 대답하지 않았다. 전과자답게 머릿속으로 주판알을 튕겨 보는 것이리라. 그나마 다행인 점은 최현성의 사망 사실을 그가 아직 모른다는 것이다. 황 형사는 그점을 이용하기로 했다.

"묵비권 행사해 봐야 소용없습니다. 증거까지 이렇게 있잖아요."

황 형사는 최현성의 스마트폰을 박광석의 코앞에서 흔들었다.

"형사님, 그런 건 정황증거에 불과해요. 제가 사람을 죽였다는 빼박 증거를 찾아오셔야죠."

흙빛이 되었던 박광석의 낯이 어느새 혈색을 되찾고 있었다. 빵잡이의 본색이 드디어 나오는구나. 황 형사는 박광석의 돌변한 태도에 혀를 찼으나 그의 말이 맞다는 것을 인정할 수밖에 없었다. 박광석이 뺑소니 사건을 일으킨 증거를 찾아야만 한다.

"최현성을 만나려고 했던 이유가 뭡니까?"

황 형사가 은근슬쩍 화제를 바꾸었다. 최무송 건을 더 추궁해 봐야 증거를 들이밀지 않는 한 나올 것이 없었다. 황형사는 압수한 종이봉투 속에서 서류들을 꺼내 훑어보았다.

"최현성이 자백했다면서요. 그 인간한테 물어보면 되지, 왜 나를 귀찮게 하는 겁니까?"

박광석이 유들거리는 투로 대답했다. 그는 빵잡이의 본색을 완전히 드러냈다. 황 형사의 불쾌지수 또한 가파른 상승곡선을 그렸다.

"이봐, 별을 일곱 개나 달아 놓고 몰라서 물어? 수사 어떻게 하는지 몰라? 일일이 확인하는 게 우리 일이야."

"아 좋다고요, 형사님. 무섭게 그러지 마요. 최현성은 김정숙과 건물 임차인들의 뒷조사를 의뢰했어요."

"이 서류들이 그 답이란 말이지?"

"뭐 그렇다고 할 수 있죠."

박광석은 어깨를 추어올렸다.

"조사한 내용 좀 읊어 봐. 수사에 참고하게."

"알았어요. 제가 뭐 힘 있나요? 형사님이 하란 대로 해야죠. 커피숍 김정숙은 전 건물주 최무송의 딸을 낳았어요. 그 딸이 무송빌딩에서 약국을 차렸어요. 김정숙한텐 딸이 하나 더 있었는데, 최무송을 만나기 전 미혼모 상태로 낳은 딸이에요. 그 딸도 무송빌딩에서 내과를 개원했어요. 김정숙의 남동생 역시 무송빌딩에서 오마카세 영업 중이고요. 김정숙과 남동생은 아버지가 다른 이부 남매예요.”

“박광석 씨 정보력이 대단하네. 형사들도 얼마 전에 알아낸 사실인데.”

황 형사는 비꼬는 투로 말했으나 박광석은 칭찬으로 받아들인 모양이다.

“내 정보력이 공권력과 맞먹을 정도라니……, 하하하.”

박광석이 호탕하게 웃어 젖혔다. 그는 피의자 신분임을 잠시 잊은 것 같았다.

“최현성이 뒷조사를 요청한 이유가 뭡니까? 당신 같은 프로한테 의뢰한 까닭이 있을 거 아닙니까?”

황 형사는 박광석의 기분을 맞춰 주듯 추어올리면서 물었다.

“내가 그걸 어떻게 알아요? 흥신소에서 일 맡으면서 의뢰인한테 이유를 물어보진 않거든요. 형사님 같으면 시시콜콜 따져 묻는 흥신소에 의뢰하겠어요?”

듣고 보니 맞는 말이었다. 황 형사는 최무송이 교통사고를 당했을 당시의 알리바이를 대라고 요구했다.

“형사님, 1년 전의 알리바이를 대라고요? 내 참 기가 차서.”

박광석은 대포폰을 사용했으니 휴대전화 기지국 조회로 알리바이를 증명할 수도 없다. 차량 GPS, 금융 거래를 확인하면 증거를 잡을 수 있을까? 황 형사는 그의 범행을 입증하기 힘들 거라는 불길한 예감이 들었다. 빼박 증거를 찾지 않는 한 그를 돌려보낼 수밖에 없었다.

"이봐요, 박광석 씨. 도망갈 생각은 하지 않는 게 좋아요. 조금이라도 수상한 낌새가 보이면 바로 체포할 테니까."

"아 네네, 형사님."

"당신 따라다니느라 형사들 고생시키지 말고."

황 형사는 박광석에게 주거지 이탈을 하지 말 것을 당부했다. 또한 주거지 이탈을 할 시에는 구속될 수도 있다는 사실을 주지시켰다. 전과 7범의 박광석은 잘 알겠다면서 허리를 굽실거렸다.


황 형사는 최무송 사건을 재구성해 보았다.

최현성은 아버지의 원조가 신통치 않자 비밀리에 입국한다. 출입국 기록 조회에 따르면 최현성은 1년여 전 최무송 사건 당시 국내에 들어온 상태였다. 최현성은 아버지의 재혼을 우려했던 것으로 추정된다. 아버지가 재혼을 하면 그의 상속분은 현격히 줄어든다. 미국에 거주하는 아들 입장에서 몹시 불안했을 터였다.

최현성은 위험 요소를 제거하고자 살인청부업자를 고용한다. 그가 바로 흥신소 사장 박광석이다. 최현성과 박광석은 뺑소니 교통사고를 계획하고 최무송을 사고 지점으로 유인한다. CCTV 설치 여부도 미리 확인했을 터다.

최무송은 아들이 운전하는 차를 타고 만봉산으로 이동한다. 미리 점찍어 둔 국도변에서 최현성은 차를 세운다. 경치가 좋으니 산책을 하자거나 바람을 쐬고 싶다거나 핑곗거리는 많다. 최현성은 휴대전화를 이용해 신호를 보내고, 숨어 있던 박광석이 전속력으로 차를 몰아 최무송을 들이받는다.


"황 형사, 최무송 건은 어떻게 돼 가고 있나?"

지 형사가 황 형사에게 수사 진행 상황을 물었다. 박광석 검거는 오로지 황 형사의 아이디어로 이룬 쾌거였다. 그런 연유로 최무송 사건은 황 형사가 전담하게 되었다.

"1년 전 사건이라 범행에 사용된 차를 찾을 수가 없습니다."

"차를 찾긴 어려울 거야. 박광석이 증거가 되는 차량을 남겨 뒀을 리 없지. 처분해도 진즉에 했을 거야. 기지국 추적은?"

"대포폰을 쓰는 인간인데 기지국 조회는 의미 없죠."

"본인 명의의 휴대전화가 아예 없어?"

"아내 명의의 휴대전화가 있긴 한데 몸에 지니고 다니진 않는답니다."

"그럼 박광석을 감방에 처넣을 방법이 없다는 거야?"

"금융 거래도 수확이 없을걸요. 빵잡이가 살인 청부해서 받은 돈을 착실하게 계좌에 넣었을 것 같지 않습니다. 어떡하죠, 지 형사님?"

지 형사는 애꿎은 책상 모서리만 손가락으로 두드리고 있었다. 고심을 거듭하던 지 형사가 무릎을 탁 쳤다. 그의 눈에서 강한 빛이 발산되었다.

"박광석한테 나올 게 없다면 최현성 쪽을 뒤져 보는 건 어때? 최현성은 뭐든 증거를 남겨 두잖아. 차량 블랙박스에 뭔가 찍혔을지도 몰라."

"최현성이 귀국하자마자 차를 구입했을까요?"

"최현성은 미국에서 성장한 인간이야. 잠깐이라도 차가 없으면 불편했을 거야. 최현성이 소유한 차량 조회해 보라고. 청수시의 렌터카 업체도 알아보고."

"당장 확인하겠습니다."

황 형사가 우람한 어깨를 들썩이며 달려 나갔다. 지 형사는 황 형사의 뒷모습을 애정 가득한 눈길로 지켜보았다. 열정적이고 성실한 황 형사는 지 형사가 가장 사랑하는 후배였다.

형사 일은 열정과 끈기 없이는 지속하기 어렵다. 형사는 피해자의 고통에 공감하며 그들의 한을 풀어 주고자 고군분투한다. 억울하게 죽임을 당한 피해자의 한을 형사가 아니면 누가 풀어 주겠는가.

"지 형사님, 찾았어요. 지 형사님 말씀이 맞았어요. 최현성의 컴퓨터에 블랙박스 영상 파일이 저장돼 있었어요. 박광석 이 자식 이제 옴짝달싹 못 합니다."

잠금 해제 프로그램을 이용해 최현성의 컴퓨터 내용을 확인했다. 결정적인 증거를 확보한 황 형사가 기쁨을 이기지 못하고 환호성을 질렀다. 역시나 최현성은 대비가 철저한 인물이었다. 박광석을 믿지 못해 증거물을 남겨 둔 것이다.

황 형사가 영상 파일을 재생시켰다. 영상은 최현성과 최무송이 나란히 걷는 모습부터 시작되었다. 얼굴이 또렷이 찍히진 않았지만 못 알아볼 정도는 아니다. 화면을 지켜보던 두 형사의 입에서 장탄식이 새어 나왔다.

승용차가 후방에서 전속력으로 돌진해 최무송을 들이받는 장면이 선명히 찍혀 있었다. 뒤를 이어 박광석이 가해 차량의 운전석에서 내리는 것이 보였다. 그는 쓰러진 사람 곁으로 가더니 허리를 구부리고 피해자를 들여다보았다. 생사를 확인하는 모양새다. 참혹하기 이를 데 없는 광경이지만 살인의 증거로는 더할 나위 없었다.

무송약국 자동조제기에 압수수색영장이 발부되었다. 강력 1팀은 전문가에게 의뢰해 최현성과 정선아의 조제 기록을 면밀히 검토했다. 김수나의 진술과는 다르게 자동조제기는 고장 난 적이 없었다. 수리를 맡기지도 않았다. 그럼에도 불구하고 최현성과 정선아의 약은 수동조제를 했다. 카운터에 있는 메인 컴퓨터와 조제실 쪽의 서브 컴퓨터를 통해 확인했다. 김수나는 수동조제를 한 사실을 감추려는 시도조차 하지 않았다. 하긴 조작을 했더라도 컴퓨터에 흔적이 남았을 테니 형사들이 알아차리지 못할 리 없었다.

"김수나 씨, 더 이상 자백하라고 채근하지 않겠습니다."

지 형사는 지쳤다는 듯 양손을 들어 보였다. 자물쇠라도 채운 양 입을 다물고 있던 김수나가 의아한 눈길을 보냈다. 그녀의 눈에 호기심이 일렁였다.

"왜요?"

김수나가 궁금함을 참지 못하고 질문을 던졌다. 지 형사는 진저리치는 시늉을 했다.

"당신의 범행을 입증할 보강증거가 넘칩니다. 자백이 없어도 유죄가 인정될 겁니다."

가면을 쓴 것처럼 무표정하던 김수나가 이를 뿌드득 갈았다. 김수나는 타인에 대한 우리의 판단이 얼마나 취약한가를 보여 주는 대표적인 사례였다. 지 형사는 김수나를 볼 때마다 착잡한 심정이 되곤 했다. 피의자가 되기 전과 후의 김수나는 하늘과 땅처럼 달랐다. 그녀는 가증스럽다는 표현만으론 부족한 존재였다. 묵비권을 행사하다가도 때론 신경질을 내고 막말을 퍼붓기도 했다. 지 형사를 향해 덤벼든 적도 있어 그녀의 손에 수갑을 채워야만 했다.

"범행 동기와 수법이 밝혀졌잖아요. 자백은 피고인에게 유리하게 작용합니다. 자백을 안 하면 손해 보는 건 당신이에요. 검사가 유죄를 입증하는 데 꼭 자백이 필요한 건 아니니까요."

"……."

"당신, 과실치사로 넘어가려는 모양인데 검사가 그렇게 호락호락하지 않아요. 당신은 두 사람을 죽였어요. 죄를 인정하고 반성하는 태도를 보여도 시원치 않은 판국에 수사에 협조도 안 하고 있잖아요."

"……."

"김수나 씨, 정선아 씨 유족과 합의할 의사는 있어요? 유족과의 합의가 중요한 까닭을 설명해 줄까요? 유족과 합의를 보면 불구속 수사로 전환될 수도 있어요. 합의는 범죄를 인정하고 유족에게 용서를 구했다는 것을 의미하기 때문에 법원에서 증거 인멸과 도주의 우려가 없다고 판단하거든요."

"……."

"검사가 구속영장을 청구했으니 법원에서 곧 발부될 거예요."

"어차피 구속되리라 예상했었어요. 구속되면 변호사 선임할 거예요."

"이봐요, 김수나 씨. 구속을 우습게 아나 본데 경찰에서 10일, 검찰에서 20일간 수사 단계를 거치고 최대 18개월 동안 구금된 상태로 재판을 받을 수도 있어요."

"몸과 마음을 휴식할 수 있는 좋은 기회죠."

"20년 이상을 휴식한다고? 당신, 무기징역을 과소평가하는군."

지 형사가 한심하다는 듯 혀를 차며 김수나를 보았다.

"이봐 김수나, 얼마나 오랜 기간 감방에서 썩어야 하는 줄 알아? 당신같이 고생 모르고 자란 사람들 수감 생활하기 쉽지 않아. 당신, 가석방을 꿈꾸고 있나? 한 20년 푹 썩으면 가석방 기회가 오긴 할 테지. 헌데 가석방심사위원회가 당신 입맛에 맞게 허가를 내줄까?"

"왜 안 되는데?"

김수나가 도전적으로 물었다.

"나는 재범 가능성도 없는데 가석방이 안 될 이유가 없잖아? 게다가 나는 나이도 젊어서 유리하다고."

"나이가 젊으니까 재범 가능성이 높다고는 생각 안 해 봤어?"

"형법 제268조 업무상 과실 또는 중대한 과실로 사람을 사망이나 상해에 이르게 한 자는 5년 이하의 금고 또는 2천만 원 이하의 벌금에 처한다."

김수나가 의기양양하게 읊었다.

"인터넷에서 다 찾아봤으니까 겁주지 말아. 내가 왜 무기 징역을 받는단 거야?"

"당신은 두 사람을 죽였으니까. 그리고 내가 두 건의 살인을 입증해 낼 테니까."

"좋아, 마음껏 입증해 봐. 당신이 살인을 입증해서 내가 20년간 감방에서 썩는다고 치자. 그래 봐야 내 나이 마흔일곱이야. 제2의 인생을 시작하기에 그리 늦은 나이는 아니지. 게다가 난 건물주라고. 나는 아빠를 죽이지 않았으니까 무송빌딩을 상속받는 데 아무런 하자가 없어. 안 그래?"

김수나가 야무지게 의견을 피력했다. 지 형사는 빠르게 머리를 회전시켰다. 최현성이 아버지를 죽였으니 그가 무송빌딩을 상속받은 것은 무효가 된다. 그렇다면 최무송의 유산을 받을 수 있는 사람은 김수나뿐이다. 김수나는 아버지를 죽이지 않았으니 상속 자격을 상실하지도 않았다. 이 셈법이 맞나? 지 형사는 머리를 갸우뚱거렸다. 맞는 것 같기도 하고 아닌 것 같기도 하고 지 형사는 아리송했다.

"난 법률 전문가가 아니라서 모르겠어."

"내 말이 맞아. DNA 검사하면 나랑 최무송이 부녀지간이란 건 금세 밝혀질 테니까."

"역시 동기는 돈이었군."

"20년 뒤에 건물주가 되는 것도 나쁜 선택은 아니야. 집 한 칸 가지지 못한 채로 죽는 사람도 수두룩한데."

무모한 살인만큼이나 김수나의 인생 계획도 일반적이지 않았다.

"깔깔깔⋯⋯."

김수나의 소름 끼치는 웃음소리가 고요한 조사실에 울려 퍼졌다. 지 형사는 어이가 없어 그저 바라볼 뿐이었다.

"건물주는 아무나 되는 게 아니야. 윤고운은 죽었다 깨나도 되지 못한다고. 그년은 평생 내 건물에서 셋방살이나 할 팔자야. 암만 잘난 척해 봐야 건물주 앞에선 소용없다고. 낄낄낄⋯⋯."

김수나가 미친 여자처럼 낄낄댔다.

"당신, 최현성을 꼭 죽여야만 했어? 혼외자도 피상속인의 직계비속으로 1순위 상속인에 해당하고 상속분도 같은데 말이야. 최현성과 상속재산을 나눠도 충분하잖아. 당신은 전문직도 있고 돈이 궁하지 않은 처지잖아. 이복 오빠를 죽이면서까지 재산을 독차지하고 싶었던 거야?"

지 형사는 그 점이 제일 궁금했다.

"나는 최현성의 죽음과 아무 상관없어. 내가 최현성의 약봉투에 콜히친을 투입했다는 증거가 없잖아."

"그럼 정선아는 왜 죽였지? 최현성 살인이 발각될까 봐 죽인 거야?"

"실수라고 했잖아. 업무상과실치사죄에 해당되지."

김수나는 종전과 같은 진술을 반복할 뿐이었다. 다른 세상을 꿈꾸듯 그녀의 두 눈에 허황한 빛이 감돌았다.

"당신은 정선아가 고운내과에서 건강검진을 받는다는 사실을 알고 있었어. 몸이 아프면 정선아는 고운내과로 달려갈 테지. 이건 명백한 계획살인이야. 윤고운 원장이 작성한 처방전엔 하자가 없던데……, 당신 혼자 벌인 단독범행 맞아?"

김수나의 눈에 떠돌던 빛이 사라졌다. 그녀는 노기 띤 눈으로 지 형사를 쏘아보았다.

"나는 윤고운의 지시를 받는 사람이 아니야."

"처방전대로 약을 조제하는 게 지시를 받는 건가? 의사는 의사대로 약사는 약사대로 각자 할 일을 하는 거지."

"실수로 콜히친이 들어간 거라고 했잖아. 왜 내 말을 안 믿는 거야?"

김수나가 꽥 소리를 질렀다. 그녀는 금방이라도 히스테리를 부릴 사람처럼 몹시 불안정해 보였다.


　강력 1팀은 이상섭에게 경찰서 출석을 요구했다. 이상섭은 김수나의 범행을 도운 혐의를 받고 있었다. 최현성과 정선아를 약국으로 유인하려면 그의 공작이 반드시 필요했다.

　지 형사는 이상섭에게 불구속 수사의 요건에 관해 설명했다. 한마디로 수사에 협조하지 않으면 구속될 수도 있다는 의미였다.

　이상섭은 안색이 매우 나빴다. 지 형사는 잡티 하나 없이 깔끔했던 이상섭의 예전 얼굴을 떠올렸다. 그간 심적 갈등이 심했던 탓일까?

　"콜히친은 김수나 씨에게 직접 받았습니까?"

　"지 형사님, 제가 변호사를 선임해야 할까요?"

　"그건 좋을 대로 하세요."

　이상섭은 눈을 내리깔았다.

　"이상섭 씨, 김수나 씨와 공모했습니까? 다른 가족들도 범행에 가담했습니까?"

　지 형사가 질문할 때마다 이상섭의 얼굴은 사색이 되어 갔다.

　"김수나 씨의 범행을 도운 이유가 뭡니까? 무송빌딩의 지분을 나눠 주겠다고 하던가요?"

"그만, 제발 그만하세요."

이상섭이 비명을 질렀다. 그의 정신이 신문의 압박을 견디지 못하는 것이다. 예전의 유들유들했던 태도는 찾아볼 수 없었다.

"질문을 그만하라는 겁니까? 당신은 두 건의 살인 공범이에요. 신문을 받기 싫으면 범죄를 저지르지 말았어야죠."

지 형사가 강하게 질책했다.

"저는 모르고 한 일이란 말입니다."

"잘못을 전부 조카한테 돌리시겠다?"

황 형사가 핵심을 찌르고 들어왔다. 황 형사는 남에게 책임을 전가하는 약삭빠른 행동을 몹시 혐오했다.

"얄미우니까 조금 괴롭혀 주자고 해서……."

"누가요? 누가 괴롭혀 주자고 했습니까?"

"수나가……."

"김수나가 최현성을 괴롭혀 주자고 했다고요?"

"네, 그렇습니다."

이상섭의 입술이 파르르 떨렸다.

"정선아 씨도 얄밉게 굴어서 죽였나요?"

지 형사는 질문 한번 유치하다는 생각을 했다.

"수나가 조금 골려 주자고 하면서 분말로 된 약을 주었어요. 수나는 최현성과 정선아의 음식에 약을 타라고 했어요.

배가 조금 아플 뿐 다른 이상은 없을 거라고 장담했습니다. 저는 그게 어떤 약인지도 몰랐습니다."

"성분도 모르는 약을 손님의 음식에 탄다고요? 그게 요리사가 할 행동입니까?"

"죄송합니다. 일이 이렇게 커질 줄 몰랐습니다."

이상섭은 최현성과 정선아에게 콜히친을 투여한 행위를 구체적으로 진술했다. 지 형사는 진술 내용과 조서가 일치하는지 이상섭에게 확인시키고 서명날인을 받았다.


강력 1팀은 법원에서 발부한 구속영장을 제시하며 박광석을 체포했다. 박광석이 도주할 것을 대비해 형사들이 그의 집과 사무실 근처에서 잠복하는 등 고생을 많이 했다. 황 형사가 박광석의 취조를 맡았다. 그는 블랙박스 영상을 박광석에게 보여 주었다. 말없이 화면을 지켜보던 박광석이 고개를 푹 꺾었다.

"최현성 그 인간……. 애초에 그런 인간을 믿는 것이 아니었는데."

박광석은 움직일 수 없는 증거 앞에서 할 말을 잃었다.

"자, 실토하시지."

황 형사가 으름장을 놓았다.

"처음부터 끝까지 사건의 전모를 얘기해 봐."

"……."

"이봐 박광석, 당신 아마추어 아니잖아. 별을 일곱 개나 달았으면 수사에 협조해야 양형에 유리하다는 것 정도는 알 텐데."

"……."

"최현성이 얼마나 줬어? 당신, 계좌에 입금을 안 했더군. 거액이 입금되면 꼬리를 잡힐까 봐? 역시 당신은 프로야. 설마 증거가 없다는 말은 못 하겠지?"

"변호사를 선임하겠어."

"최현성한테 받은 돈 전부 변호사에게 꼬라박으려고?"

박광석은 황 형사를 씹어 먹을 듯이 노려보았다.

"또 무슨 간계를 부리려고? 최현성이 전부 자백했다더니 그 인간 벌써 뒈졌더군. 형사들은 도무지 못 믿을 족속들이야."

박광석의 안면 근육이 꿈틀거렸다.

"그런 걸 수사기법이라고 하지."

황 형사가 느긋하게 팔짱을 꼈다. 그의 불룩한 어깨 근육이 셔츠 위로 불거졌다. 황 형사는 급할 거 하나 없다는 듯 편안한 자세를 취했다. 장기전도 불사하겠다는 여유 있는 태도였다.

"알았어요, 알았어. 황 형사님, 이제 그만할래요."

"잘 생각했어. 어서 말해 보라고."

"황 형사님, 전부 실토할 테니까 담배 한 대 줘 봐요."

박광석이 태세 전환을 시도했다. 뻣뻣하게 어깃장을 놓던 놈이 양처럼 온유하게 표정과 태도를 바꾼 것이다. 결정적인 증거가 나온 이상 버텨 봐야 이로울 것이 없다. 빵잡이다운 영리한 처세법이다. 그가 한 요구는 자백을 하기 전 담배라도 한 대 얻어 피우겠다는 용의주도함이 깔려 있었다.

"경찰서가 금연 구역이라 담배는 안 되겠는데."

황 형사는 박광석의 요청을 단박에 일축했다. 사람을 죽여 놓고 뭘 잘했다고 담배를 달래? 황 형사는 범죄자의 뻔뻔함이 혐오스러웠다. 박광석은 황 형사에게 더 나올 것이 없다고 여겼는지 금세 꼬리를 내렸다. 그는 입술을 혀로 한 번축이더니 교활한 미소를 지었다.

"황 형사님, 이왕 이렇게 된 거 전부 자백하겠습니다. 최현성 그 인간 진짜 나쁜 놈입니다. 저도 웬만해선 죽은 사람 욕은 안 하는데 그 인간은 예외입니다. 아무리 돈에 눈이 멀어도 그렇지, 어떻게 아버지를 죽일 생각을 합니까?"

그 의뢰를 받아들여 무고한 사람을 죽인 쓰레기는 괜찮고? 황 형사는 그렇게 반문하고 싶었지만 그가 자백을 번복할까 봐 참았다. 박광석은 범죄자답게 잘못은 무조건 최현성 쪽으로 미뤘다. 그는 황 형사에게 조서를 잘 써 달라면서 알랑거렸다. 어이없게도 그는 검사에게 말을 잘해 달라는 부탁까지 덧붙였다.

"검사님이 재판부에 감형해 달라고 요청할 수도 있잖아요. 제가 순순히 자백해서 경찰, 검찰, 사법부까지 시간과 돈을 엄청나게 절약한 거 아닙니까?"

박광석이 축축한 입술을 양쪽으로 벌려 비굴하게 웃었다. 황 형사는 박광석을 보며 낯짝 한번 두껍다는 생각을 했다. 단죄를 받아야 될 또 한 명의 인간 최현성이 살아 있지 않다는 사실이 안타까울 따름이었다.


강력 1팀은 참고인 조사 명목으로 윤고운을 경찰서로 소환했다. 윤고운은 수사에 협조하는 태도를 취했다. 윤고운이 들어서자 우중충한 형사과 사무실에 화사한 기운이 감돌았다. 지 형사는 출석해 준 윤고운에게 감사를 표하고 그녀를 조사실로 안내했다.

지 형사의 옆에는 황 형사가 그림자처럼 따랐다. 황 형사는 윤고운에게 따뜻한 믹스커피를 대접했다. 윤고운을 지켜보는 황 형사의 눈이 예리하게 빛났다. 윤고운의 미모는 더이상 황 형사의 주의를 끌지 못했다. 황 형사는 빈틈없는 형사의 눈빛으로 윤고운을 관찰했다.

"감사합니다."

윤고운은 커피를 건네는 황 형사를 향해 살짝 머리를 숙였다.

"고운내과에 들를 때마다 윤 원장님이 맛있는 커피를 대접해 주셨잖아요. 이거 믹스커피라 죄송합니다."

윤고운은 대답 대신 믹스커피를 한 모금 마셨다. 지 형사는 윤고운을 바라보며 어떻게 대화를 풀어 가야 할지 머릿속으로 궁리했다. 역시 정공법이 좋겠지.

"윤고운 씨, 오늘 경찰서로 부른 이유가 뭔지 짐작이 가십니까?"

지 형사의 음성은 나긋하고 부드러웠다. 윤고운의 뺨에 혈색이 돌았다.

"수나 때문이죠? 처방전에 관해 알아보려고 절 부르신 거 아니에요?"

"맞기도 하고 아니기도 합니다."

지 형사가 알쏭달쏭한 대답을 내놨지만 윤고운은 별다른 내색을 하지 않았다.

"김수나 씨가 최현성 씨와 정선아 씨의 약 봉투에 콜히친을 투입한 사실은 알고 계시죠?"

윤고운이 작은 소리로 네, 라고 대답했다.

"그렇다는 말을 들었을 뿐 진실인지의 여부는 알지 못해요."

역시나 빈틈이 없는 여자다.

"이상섭 씨가 최현성 씨와 정선아 씨의 음식에 콜히친을 섞어 고운내과에 가도록 유도했던 사실도 알고 계시죠?"

지 형사의 음성에 탄력이 붙었다. 강도 또한 세졌다. 그녀는 여전히 작은 소리로 네, 라고 대답했다.

"이상섭 씨와 김수나 씨 사이에 윤고운 씨가 끼어 있어요. 마치 트라이앵글 같은 구조죠. 여기서 윤고운 씨의 역할은 무엇입니까?"

머리 좋은 윤고운이 예상치 못한 질문은 아닐 터였다.

"저는 모르는 일이에요. 수나와 외삼촌이 그런 일을 벌인 줄은 몰랐어요. 우연히 둘 사이에 끼게 된 걸일 뿐 일부러 가담한 적은 없어요."

"당신들은 맡은 바 임무를 철저히 수행한 겁니다."

윤고운은 어이가 없어 말도 나오지 않는다는 듯 가만히 지 형사를 응시했다.

"윤고운 씨, 제가 세운 가설을 한번 들어 보시겠습니까?"

그렇게 운을 뗀 지 형사는 머릿속에서 형태를 잡아 가는 추리의 얼개 중 핵심 줄기를 끄집어냈다.

"당신들은 큰 그림을 그렸습니다. 물론 살인 그림이죠. 오마카세가 요리의 종류나 조리법을 셰프에게 전적으로 맡기는 것이라면 당신들은 살인을 그런 식으로 실행한 겁니다.

내게 맡겨 줘, 내 방식대로 살인해 줄 테니까, 이런 거죠."

윤고운은 지 형사를 쏘아보더니 짧게 한마디를 덧붙였다.

"변호사를 선임하겠어요. 지 형사님 질문에 더는 답하지 않겠습니다."

"당신들의 패인은 두 가지였어요. 하나는 정선아 씨가 약봉투 사진을 SNS에 올린 것이고, 둘은 똑같은 살인 패턴을 두 번 반복한 겁니다. 콜히친 투여에 관여한 증거는 잡지 못했지만, 당신이 김수나 씨와 이상섭 씨의 범행을 몰랐을 리 없습니다. 범죄는 반드시 밝혀지게 돼 있습니다."

지 형사는 그렇게 엄포를 놓았지만, 김수나의 휴대전화와 컴퓨터에서 범행에 관련된 증거를 찾지 못했다. 윤고운의 경우도 비슷할 거라 예상되었다. 그들은 매일 얼굴을 보는 사이였고, 직업 특성상 약 독물에 관련된 해박한 지식을 가졌다. 즉, 통신기기를 이용할 필요가 없을뿐더러 검색으로 꼬리를 잡힐 위험도 없다는 뜻이다.

지 형사의 도발에도 윤고운은 싸늘하게 뺨을 굳힌 채 그를 노려볼 뿐이었다. 그녀는 더 이상 아름답지도 지적으로도 보이지 않았다. 깎아지른 듯 날카로운 턱 선은 여우를 연상시켰고, 깐 계란처럼 뽀얀 얼굴은 인간미가 느껴지지 않았다.


지 형사는 조사실로 김수나를 불렀다. 김수나는 유치장

생활이 힘들었는지 많이 야윈 모습이었다. 그녀는 초췌하고 풀이 죽은 탐욕스러운 범죄자에 지나지 않았다. 볼륨을 잃은 양배추 머리는 축 늘어져 초라하기 짝이 없었다. 수형 생활을 마친 뒤 제2의 인생을 설계하겠다던 거창한 포부 같은 것은 보이지 않았다.

"유치장 생활이 만만치 않죠?"

지 형사는 특유의 부드러운 어조로 말을 걸었다. 김수나는 시선을 내리깐 채 지 형사의 질문에 대답하지 않았다.

"그래도 유치장은 구치소나 교도소에 비하면 안락하다고 할 수 있어요. 그래서 유치장에 오래 있고 싶다는 피의자들이 많아요."

지 형사는 앞으로의 수감 생활이 길고도 험난하다는 의미를 담아 말했다.

"윤고운 씨가 경찰서에 조사받으러 왔었습니다."

김수나의 아킬레스건은 윤고운이다. 지 형사는 그렇게 판단했다. 김수나는 오랜 세월 윤고운에 대한 열등의식을 키우며 살아왔다. 김수나를 동요하게 만들려면 윤고운을 들먹이는 수밖에 없다.

"윤고운 씨가 어떤 진술을 하고 갔는지 궁금하지 않습니까?"

김수나가 살래살래 고개를 저었다. 지 형사의 머릿속이

복잡해졌다.

"윤고운 씨는 살인과 관련이 없다고 하더군요. 당신과 외삼촌의 범행에 이용되었을 뿐 자신은 무관하다고 말입니다."

김수나가 동의하듯 머리를 까딱였다.

"윤고운 씨는 당신과 공모한 게 아닙니까?"

"언니는 사건과 아무 상관없어요. 내가 정선아의 약 봉투에 실수로 콜히친을 넣은 것뿐이니까요."

"윤고운 씨가 특별히 당부했던 말이 있습니다."

지 형사는 그렇게 말한 뒤 김수나의 반응을 지켜보았다. 그러나 김수나는 의욕을 상실한 사람처럼 아무런 관심도 보이지 않았다.

"윤고운 씨가 뭐라고 했는지 궁금하지 않아요?"

"뭐라고 했는데요?"

김수나는 마지못해 물어본다는 투였다.

"당신이 외삼촌한테 이용당한 것 같다고 하더군요. 당신은 사고체계가 단순해서 가스라이팅 당하기 쉬운 타입이라고요. 반면 이상섭 씨는 매우 영리한 사람이라고 했습니다."

"내가 외삼촌한테 이용당했다고요? 왜요? 외삼촌이 왜 그런 짓을 하죠?"

마침내 김수나가 미끼를 물었다. 일단 그녀의 관심을 끄는 데는 성공했다.

"당신이 교도소에 가 있는 동안 외삼촌이 무송빌딩을 차지할 거라고 하던데요."

"외삼촌은 무송빌딩에 지분이 없어요."

김수나는 흥미가 가셨다는 듯 탐탁지 않은 투로 대답했다. 지 형사가 얼토당토않은 말을 지어낸다고 여긴 모양이다. 지 형사는 내친김에 더 나아가 보기로 했다.

"좋아요. 무송빌딩은 당신이 상속받는다고 칩시다. 당신이 교도소에 가 있는 동안 누가 관리하게 되죠? 당신의 어머니 김정숙 씨입니다. 김정숙 씨는 이상섭 씨의 이부 누나로 남동생에게 각별한 애정을 가졌습니다. 20년은 긴 세월입니다. 그동안 무슨 일이 일어날지 아무도 예측할 수 없습니다."

김수나는 멍한 표정으로 지 형사를 보았다. 한 번도 그런 유의 사고를 해 본 적이 없는 것 같았다.

"윤고운 씨는 이렇게 말했습니다. 수나 머리에서 나온 아이디어는 아닌 것 같다고요. 자기한테 상의했으면 이런 범죄는 일어나지 않았을 텐데 안타깝다고 하더군요. 수나는 깊이 사고하지 않고 행동이 앞서는 타입이기 때문에 남에게 이용당하기 쉽다고 했습니다."

김수나는 여전히 대꾸가 없었다. 그러나 표정에는 조금씩 변화가 일어났다. 김수나의 크게 뜬 눈에 분노의 기운이 일

렁이더니 점차 얼굴 전체로 퍼져 갔다. 마침내 그녀의 뺨이
붉게 상기되었다.

"윤고운이 뭐라고 했다고요? 지 형사님, 윤고운이 뭐라고
했는지 한 번 더 말해 주세요."

지 형사가 했던 말을 반복했다. 그는 열 번도 더 반복할
수 있다고 생각했다.

"으으으……."

김수나의 입에서 성난 신음이 새어 나왔다. 지 형사와 황
형사는 김수나의 감정 변화를 흥미롭게 지켜보았다.

"그년은 항상 그랬어. 매번 똑같은 식이지."

김수나가 두 눈을 부릅떴다. 꼭 쥔 주먹이 부르르 떨렸다.

"입만 산 주제에 내가 한 일을 제가 한 일로 둔갑시켰지."

"윤고운 씨가 말하길, 살인 계획은 외삼촌이 세웠을 거라
고 하더군요. 당신은 사고 자체를 싫어해서 기획 능력이 없
다고……."

지 형사는 매우 안쓰럽다는 투로 말했다. 브레인이 될 수
없는 행동파의 심정을 이해한다는 태도였다. 김수나의 눈에
노여움의 불길이 타올랐다.

"지 형사님, 내가 사건의 전모를 말해 줄까요? 사건을 기
획한 사람도 나고, 지휘한 사람도 나고, 실행한 사람도 나
예요. 내 얘기 듣고 싶어요?"

"당신 얘기를 들어 보면 윤고운 씨 진술과 비교할 수 있겠네요. 내가 판단을 내려 줄 테니 어서 말해 봐요."

"아빠는 엄마와의 혼인신고를 끝까지 거부했어요. 이유가 뭔지 알아요?"

대답을 바라고 한 질문은 아니었던지 김수나는 이내 답을 주었다.

"최현성한테 무송빌딩을 물려주고 싶어서 그런 거예요. 나는 아빠가 무송빌딩을 얼마나 소중하게 여겼는지 잘 알아요. 자기의 목숨과도 같다던 무송빌딩을 그 쓰레기한테 주고 싶었던 거라고요. 세상에서 제일 사랑하는 사람은 나라고 수천 번 말해 놓고 행동은 정반대로 한 거죠. 아빠는 나보다 최현성을 더 사랑했어요. 더 기가 막힌 게 뭔지 알아요? 심지어 아빠는 나보다 윤고운을 더 사랑했어요. 친딸인 나보다 남의 자식한테 더 잘해 준다는 게 말이 돼요?"

김수나의 목소리 톤이 높아졌다. 흥분으로 인해 얼굴은 점점 더 빨개졌다.

"최현성은 그렇다 치고 윤고운을 당신보다 더 사랑했다는 걸 어떻게 알지?"

지 형사는 궁금한 점을 물어보았다.

"윤고운 오피스텔 평수가 내 것보다 넓다고!"

김수나의 눈빛이 이글이글 불타올랐다. 지 형사는 얼른

맞장구를 치며 그녀 편을 들어 주었다.

"당신 말이 맞네. 의붓딸한테 친딸보다 넓은 오피스텔을 사 주다니 화낼 만해. 평수 차이가 얼마나 나는데?"

"평수 차이는 상관없어. 윤고운이 나보다 넓다는 게 문제지."

황 형사가 조용히 조사실 밖으로 사라졌다. 지 형사는 김수나의 태도에서 미묘한 변화를 감지했다. 격한 감정이 사그라지면서 이성이 고개를 쳐든 것이다.

황 형사가 나갈 때와 마찬가지로 물이 스며들 듯 고요히 조사실 안으로 들어왔다. 그는 작은 메모지를 지 형사 쪽으로 밀었다. 그새 윤고운과 김수나의 오피스텔 면적을 찾아보고 온 모양이다. 윤고운 쪽이 넓은 건 사실이지만, 매물로 나온 물건을 찾는 과정에서 그리된 것 같았다. 의미를 둘 만한 차이는 아니었다. 지 형사는 이미 그럴 것이라 짐작했었다.

김수나의 입에서 살인의 자백이 나오게 하려면 군불을 더 지펴야만 한다. 격정과 노여움에 못 이겨 심중의 말을 전부 쏟아 놓을 수 있도록.

"당신 혼자 짊어지기엔 억울하지 않아? 기획자는 윤고운이 맞지? 언니를 감싸는 이유가 뭐야?"

"뭐야? 당신도 그렇게 생각하는 거야? 왜? 윤고운이 서울대 출신이라서?"

지 형사는 일부러 대답하지 않았다. 아니나 다를까, 김수
나는 지 형사의 침묵을 긍정의 의미로 받아들였다.

"사건의 전말을 나만큼 잘 아는 사람은 없다고. 내가 기획
한 사건이니까."

"어디 한번 들어 보자. 궁금해 죽겠네."

지 형사는 반죽 좋게 장단을 맞췄다.

"최현성은 1년 전에 한국으로 들어왔어. 아버지의 원조가
신통치 않으니까 항의하러 왔던 거지. 오지라퍼 정선아가
한 얘기니까 틀림없을 거야. 최현성이 어떤 인간인지는 익
히 알고 있었어. 그간 국내에 자주 들락거렸으니까. 무송빌
딩에서 마주치기도 했었고. 최현성은 살인청부업자를 고용
해 아버지를 죽였어. 내 생각엔 틀림없다고 봐. 그 새끼 진
상 짓은 이루 헤아릴 수 없지만 지루할 테니 생략할게. 그런
데 최현성이 정선아한테 무슨 얘길 들었는지 우리 관계를 의
심하기 시작한 거야. 그 새끼는 우리 뒷조사까지 시켰어. 하
여간 정선아 그년이 문제야. 여기저기 말 옮기기 선수라고."

"그래서 죽인 거구나."

"최현성은 탐욕스러워서 죽은 거야. 아버지를 죽인 사실이
밝혀지면 최현성은 유산을 상속받지 못해. 감방에는 갔겠지
만 죽지는 않았겠지. 그런데 일이 술술 풀리지 않더라고. 무

능한 경찰이 뺑소니 교통사고를 해결하지 못하는 거야."

"그럼 경찰에 제보를 하지 그랬어?"

"최현성이 아버지를 죽였다는 증거가 없잖아. 경찰이 그렇게 유능할 것 같지도 않았고."

"그래서 콜히친을 투입한 거야?"

지 형사는 김수나의 입에서 결정적인 한 방이 나오도록 안간힘을 썼다. 그러나 김수나는 미꾸라지처럼 잘도 빠져나갔다.

"당신이 입증해 보든가."

"정선아는 당신이 최현성을 독살한 사실을 알아차려서 죽인 거야?"

"그 여자는 오지랖이 넓어서 죽었어. 아빠와 엄마 사이를 눈치챈 것 같더라고. 형사들한테 가족 관계를 까발리면 곤란하잖아."

가족 관계 정도는 수사를 통해 얼마든지 밝혀낼 수 있다고 대답하고 싶었지만, 지 형사는 굳이 입 밖으로 꺼내지 않았다.

"당신이 이상섭한테 지시를 내린 거야? 두 사람 음식에 콜히친을 섞으라고? 정말 당신이 지시한 거 맞아? 윤고운이 아니고?"

지 형사는 김수나의 열등감을 한 번 더 자극했다.

윤고운에겐 결정적인 동기가 없었다. 김수나가 재산을 나눠 준다고 약속하지 않는 한 윤고운이 굳이 범행에 나설 필요는 없다.

"그렇다고 했잖아. 그 멍청이는 입만 살았지, 실행력이라곤 없어. 정선아 년이 약 봉투 사진을 SNS에 올릴 줄 누가 알았겠어?"

"당신 지금 살인 자백한 거야."

"난 업무상과실치사를 한 것뿐이야. 실수로 약을 잘못 넣은 거라고."

범행 동기를 설명하면서 살인 자체는 부인한다. 영리한 건지 멍청한 건지 지 형사는 가늠할 수가 없었다.

"최현성의 몸에서 콜히친이 검출된 이상 당신이 부인한다고 살인죄를 피해 갈 순 없어."

"정황증거일 뿐이야."

김수나가 지지 않고 반박했다.

"정황증거나 간접증거들을 모아 피고인의 혐의를 입증하는 전체증거로 삼기도 하거든."

"난 과실치사를 했을 뿐이야!"

큰 그림은 여전히 바뀌지 않은 듯 김수나는 똑같은 진술을 녹음기처럼 반복했다.

유치장으로 돌아온 김수나는 씩씩거리며 화를 삭이는 중

이었다. 지 형사의 꼬임에 넘어가 하마터면 살인을 자백할 뻔했다. 무조건 실수라고 우기기만 하면 될 줄 알았는데, 그게 말처럼 쉬운 일이 아니다. 형사를 만만하게 본 대가를 톡톡히 치렀다. 김수나는 자신에게 닥친 위기를 실감했다.

이제 한계가 왔다. 더는 버티지 못할 것이다. 가족에게 닥친 곤경을 극복하고자 한 것뿐인데……, 변수를 예상하지 못한 것은 내 불찰이다. 좀 더 치밀하게 계획을 세웠어야 했다. 역시 난 언니에게 안 되는 걸까? 멋지게 해치워 존재감을 부각시키려 했건만 결국 내가 다 망쳐 버렸다. 지 형사에게 호기를 부렸지만, 무기징역을 선고받는다면 제2의 인생 따위 개나 줘 버리라지. 언니한테 전화를 걸어 유치장 접견이 가능한 변호사를 선임해 달라고 부탁해야겠다.

유치장에는 이런저런 사유로 구속된 여자들이 몇 명 있었다. 체포 구속된 피의자인지 경범죄자인지는 모르겠으나 몇 살이냐, 왜 들어왔냐는 등 신상조사를 하려 드는 중년 여자가 있어 한바탕 발광을 부렸더니 더는 아무도 말을 걸려 하지 않는다. 다들 미친년을 바라보는 눈빛이다. 바라던 바다. 덕분에 마음 놓고 상념에 잠길 수 있게 되었다. 하긴 유치장이라는 공간에서 낮잠을 자거나 생각하는 것 외에 뭘 할 수 있겠는가. 유치장에 수감되어 인생을 돌아보게 되다니 기분 참 고약하다.

김수나는 아빠를 떠올렸다. 아빠는 아들을 사랑했고 그 아들에게 죽임을 당했다. 아빠가 나를 더 사랑해 줬다면……, 그런 생각을 하는 것만으로도 김수나는 가슴이 미어졌다.


"아빠, 오늘은 나랑 저녁 먹는 거야."

일주일 전부터 정해 둔 약속이었다. 김수나는 아빠에게 가슴속 말들을 털어놓고자 펜트하우스를 방문했다. 그녀는 스바라시에 들러 초밥과 사케를 포장했다. 최무송은 반갑게 딸을 맞아 주었다. 김수나는 초밥과 사시미, 사케로 저녁 식탁을 차렸다. 외삼촌이 신경을 써 준 탓에 식탁은 금세 풍성해졌다.

"아빠, 우리 한잔하자."

"우리 수나가 무슨 바람이 불었지? 초밥까지 사 오고."

"아빠랑 스바라시에서 한잔하고 싶었는데 사람들 눈 때문에 안 되잖아."

최무송은 딸에게 미안한지 웃음으로 얼버무리려 했다. 김수나는 아빠의 잔에 사케를 따랐다. 최무송도 웃으면서 딸의 잔을 채워 주었다.

"아빠, 우리 둘만 있으니까 오붓하니 좋다. 나 종종 와도 되지?"

"그럼, 우리 수나가 온다면 언제든 환영이지."

부녀는 정답게 잔을 부딪쳤다.

"아빠, 외삼촌이 맛있는 건 전부 싸 줬네. 이 연어초밥 정말 맛있는데."

"그러게. 회가 아주 싱싱하구나."

"아빠, 요즘 지내는 건 어때?"

"나야 늘 좋지. 아픈 데도 없고. 아빠는 인생에서 제일 행복한 시기를 살고 있는 것 같아."

"그렇구나. 아빠가 행복하다니 나도 좋아."

김수나는 배시시 미소를 지었다.

"수나야, 약국은 잘 돌아가지?"

"그럼, 손님들도 많고. 아빠가 다른 약국 입점을 막아 줘서 내가 독점하고 있잖아."

최무송의 잔이 비었다. 김수나는 눈치 빠르게 아빠의 잔을 채웠다.

"수나야, 아빠한테 하고 싶은 말 있어?"

최무송은 딸의 안색을 살폈다. 김수나는 손가락으로 머리칼을 배배 꼬고 있었다.

"말해도 될까?"

"그럼, 아빠한테는 무슨 말이든 해도 되지."

"아빠, 난 사람들 앞에서 당당하게 아빠라고 부르고 싶어."

최무송은 입으로 가져가려던 술잔을 가만히 내려놓았다.

"수나야."

"아빠, 세월이 이렇게나 많이 흘렀는데 왜 안 돼? 나는 왜 숨어서 살아야 하는 거야? 사람들의 시선이 그렇게 중요해? 남들은 우리 가족사에 관심 없다고."

"……."

최무송은 망부석처럼 앉아 있었다. 그의 얼굴에 당혹감과 죄책감, 미안함, 안쓰러움 등 여러 감정이 스쳤다.

"수나야, 미안하구나. 아빠가 할 말이 없다. 네가 원한다면 사람들 앞에서 아빠라고 불러도 된다. 그게 뭐 별거라고."

문득 호부호형을 갈망하던 홍길동이 떠올라 김수나는 눈물이 날 것만 같았다.

"아빠, 정말 그래도 돼?"

"수나야, 그렇게 해도 된단다."

최무송은 딸에게 진심으로 미안했다. 그깟 사람들의 평가가 뭐라고……. 기러기 아빠로 살면서 그는 주변인들 사이에서 큰 칭송을 받았다. 사람이 정말 반듯하다, 혼자 살기 외로울 텐데 어쩌면 한눈 한번을 안 파느냐, 진정한 인격자다, 심지어 아내가 미국에서 바람을 피웠는데도 좋은 낯으로 헤어졌다더라, 사람들의 찬사에 중독된 최무송은 이혼 후에도 수나를 딸이라고 내세울 수가 없었다. 수나는 아내가 미국으로 떠난 지 2년 만에 태어났기 때문이다.

그렇다고 아빠의 이기적이고 속물스러운 속내를 딸에게 밝힐 수도 없었다. 최무송은 딸에게 미안하다는 사과만 거듭할 뿐이었다.

김수나는 아빠의 표정에서 당혹감을 감지했다. 아빠는 나를 밀어내고 있다. 역시 나는 아들과는 다른 걸까? 나를 아들처럼 사랑해 주면 안 되는 걸까?

최무송의 허락을 받았지만, 김수나는 사람들 앞에서 아빠라는 호칭을 사용하지 않았다. 예전처럼 건물주로 깍듯하게 대했다. 더는 그 문제를 언급하지도 않았다.

김수나의 마음속에 커다란 응어리가 생겼다. 미국에 있는 아들 최현성에 대한 증오 또한 깊어졌다.


지 형사는 세 건의 살인에 관련된 내용을 노트에 정리해 보았다.


1. 최무송 살인
   - 최현성: 박광석에게 살인을 청부했으나 사망함으로 공소권 없음.
   - 박광석: 최무송을 차로 들이받는 장면이 블랙박스에 녹화됨. 살인 청부 실행의 증거가 명백함.

2. 최현성 살인

– 이상섭: 최현성의 음식에 콜히친을 섞어 고운내과에 가도록 유도함.

– 김수나: 최현성의 약 봉투에 콜히친을 투입한 것으로 추정되나 증거가 없음.

3. 정선아 살인

– 이상섭: 정선아의 음식에 콜히친을 섞어 고운내과에 가도록 유도함.

– 김수나: 정선아의 약 봉투에 콜히친을 넣은 것을 인정함. 업무상과실치사라고 주장함.


지 형사는 작성한 기록을 천천히 읽어 내려갔다. 범죄의 방식을 추정할 수는 있지만, 김수나의 고의적 살인을 입증하지는 못한다. 경찰과 검찰 단계에서 실토를 해도 재판 과정에서 말을 바꾸면 자백 내용을 증거로 사용할 수 없다. 김수나의 진술을 살인 자백이라고 볼 수 있을까?

무력감이 지 형사의 정신을 집어삼켰다. 지 형사는 노트장을 떼어 내 벅벅 찢어 버렸다. 머리가 작동을 멈춘 것처럼 해결책이 떠오르지 않았다. 지 형사는 두 손으로 머리칼을 움켜쥐었다. 그의 풍성한 곱슬머리가 엉망으로 헝클어졌다.

"아아아……."

지 형사의 입에서 괴로운 신음이 터져 나왔다. 할 수 있는 일이라곤 김수나의 혐의사실이 인정돼 법원에서 유죄판결이 나도록 기도하는 것밖에 없다니. 지 형사는 촘촘한 그물망을 펼쳐 그들이 저지른 범죄 조각 하나도 빠져나가지 못하도록 막고 싶었다. 자세를 고쳐 앉은 지 형사는 김수나가 서명한 피의자 신문조서와 사건기록을 면밀히 훑어보기 시작했다.

# 5

진술과
진실 사이

# 윤고운의 오피스텔

막 퇴근한 윤고운은 옷도 갈아입지 않은 채 멍하니 식탁 의자에 앉아 있었다. 저녁을 먹지 않았지만 그녀는 식욕이 없었다. 평소라면 혼자만의 만찬을 위해 부지런히 요리에 매진했을 시간이다. 심지어 그녀는 저녁거리를 사러 마트에 들르지도 않았다. 신선한 재료를 구입해 최고의 레시피로 시간을 충분히 들여 요리한다. 멋지게 식탁을 차리고 요리에 어울리는 술을 골라 혼자만의 만찬을 즐긴다. 하루 중 가장 행복한 시간이다. 그러나 오늘 윤고운은 도통 의욕이 생기지 않았다.

윤고운은 냉장고에서 맥주 한 캔을 꺼내 다시 의자에 앉았다. 맥주 캔의 마개를 따고 몇 모금을 들이켰다. 차게 식힌 맥주가 식도를 타고 내려가자 머리가 조금 맑아지는 느낌이 들었다. 윤고운은 맥주 캔을 식탁 위에 내려놓았다. 그녀는 마음이 편치 않았다. 몸속 어딘가에 무언가 걸린 듯한 느낌, 그것의 정체를 윤고운은 잘 알고 있었다.

이대로 수나를 놔둬도 될까?

윤고운은 의자에서 일어나 주방 서랍을 열었다. 서랍 속에서 그녀가 꺼낸 것은 원통형의 캔디 통이었다. 색색의 과일 그림이 알록달록 그려진 캔으로, 안에는 캔디가 아닌 다른 것들로 채워져 있었다. 윤고운은 뚜껑을 살짝 비틀어 캔디 통을 열었다. 통 안에는 캡슐들이 그득하다. 방습제를 넣어 두어 보관 상태는 양호했다.

캡슐의 정체는 콜히친이다. 윤고운이 직접 캡슐 안에 콜히친 분말을 채워 넣었다. 모아진 캡슐의 개수는 그녀가 최현성에게 느낀 살의의 수효와도 같았다. 최현성을 죽이고 싶은 마음이 들 때마다 윤고운은 콜히친 캡슐을 한 개씩 만들고는 했다. 의료용 장갑을 끼고 빈 캡슐 안에 곱게 빻은 콜히친 분말을 정성 들여 채워 넣었다. 살의가 깊을수록 그녀의 손길은 더욱 곡진해졌다.

캔디 통이 꽉 차 더 이상 캡슐을 넣을 수 없는 순간이 왔다. 윤고운은 통 안에서 캡슐 하나를 꺼냈다. 캡슐 한 개면 충분하다. 그녀는 약 포장지에 캡슐을 담고 실링기를 이용해 밀봉했다.

윤고운의 손이 식탁 위의 맥주 캔을 잡았다. 그녀는 남은 맥주를 모조리 마셔 버렸다.

수나를 이대로 놔둬도 될까? 똑같은 물음이 머릿속에 메

아리쳤다.

  윤고운의 기억이 과거의 한 지점을 더듬었다. 최현성이 시름시름 아팠던 시기였다. 그즈음 최현성은 거의 매일 복통을 호소하며 고운내과를 방문했었다. 그의 증상은 복통과 구토, 설사 등이었다. 최현성은 폭음과 폭식을 일삼는 터라 윤고운은 대수롭지 않게 여겼다.

  "윤 원장, 몸이 너무 안 좋아. 어젯밤에는 고열에 복부 경련까지 나더라니까."

  최현성은 썩은 동태 눈깔을 희번덕거리며 말했다. 윤고운은 생기 없이 흐릿한 그의 눈을 들여다보았다. 그때 한 가지 생각이 섬광처럼 뇌리를 스쳤다. 최현성은 진료 중에도 다 죽어 가는 소리로 아프다는 푸념을 늘어놓았다. 혹시? 불길한 예감이 온몸으로 번져 갔다. 최현성의 병세로 판단하건대 틀림없는 것 같았다. 의심은 곧 확신으로 바뀌었다.

  역시 수나가? 언젠가 수나에게 콜히친에 관해 언급했던 적이 있었다. 미국에서 벌어졌던 콜히친을 이용한 살인 사건 이야기였다. 그때 수나가 흥미를 보이기는 했었는데…….

  윤고운이 김수나의 집에 놀러 갔던 어느 주말의 오후였다. 윤고운은 동생에게 제대로 된 밥을 차려 주고자 마트에 들러 장까지 봐 왔다. 빵이나 간식으로 끼니를 때우기 일쑤인 동생을 위해 특별히 시간을 낸 것이다. 취미가 요리인 윤고운과 달리 김수나는 주방 일 자체를 싫어했다.

불고기에 잡채까지 윤고운이 정성껏 차린 식탁을 사이에 두고 자매가 마주 앉았다. 김수나는 불고기를 한 점 젓가락으로 집어 날름 입안에 넣었다.

"수나야, 불고기 맛 괜찮아? 재워 둔 시간이 짧아서 간이 잘 뱄는지 모르겠네."

"먹을 만해."

힘들여 요리했는데 맛있다고 해 주면 어디가 덧나나? 윤고운은 뾰족해지려는 마음을 지그시 누르며 냉장고에 넣어 둔 캔 맥주를 꺼내 왔다.

"언니, 소주도 가져와. 난 소맥 마실 거야."

김수나는 불고기와 잡채를 연신 입안으로 욱여넣으며 말했다. 맛있다는 말은 절대 안 해도 잘 먹기는 한다. 그래도 잘 먹어 주니 그것으로 된 것이다.

"최현성 그 인간이 낌새를 챈 것 같아. 미용실 원장이 입을 나불댄 거야."

시원하게 소맥 잔을 비운 김수나가 불쑥 말했다. 최현성이 건물주가 된 뒤부터 자매의 화제는 늘 그쪽을 맴돌았다. 식사 자리에서조차 그 인간을 입에 올려야 하다니. 윤고운은 쓸쓸한 기분을 감출 수 없었다.

"정 원장이 무슨 말을 했는데?"

윤고운은 궁금해서 물어보았다. 밥 위에 불고기를 올려 한입 가득 야무지게 넣은 김수나가 만족스러운 표정으로 음식을 씹었다.

"정 원장이 아빠와 엄마 사이를 눈치챘던 모양이야. 그걸 최현성한테 얘기한 거고. 최현성 그 인간, 뭔가 알고 있는 것처럼 굴지 않아? 아직은 우리 관계 전부를 아는 것 같진 않던데."

김수나가 잔에 맥주를 따르고 소주를 조금 흘려 넣었다.

"맥주만 마시면 싱거워서 말이지."

술맛이나 잘 아는 사람처럼 말한다. 소맥 한 잔에 얼굴이 홍당무가 된 사람이 할 소리는 아닌 것 같았다.

"최현성이 우리 관계를 알면 소란을 피울 게 분명해."

소맥잔을 비운 김수나가 말했다. 그녀의 얼굴이 불타는 것처럼 새빨갰다. 그 색깔이 하도 선명해 윤고운은 그만 마시라고 말리고 싶었다. 그러나 그 말을 내뱉는 순간 어떤 일이 벌어질지 너무나 잘 알기에 그녀는 입술을 앙다물었다. 김수나는 간섭하지 말라면서 집기를 던지며 난동을 부릴 것이다. 어디로 튈지 모르는 김수나의 성질 탓에 윤고운은 참 많이 맞추며 살아왔다. 최무송에게 큰 은혜를 입었기에 수나한테 잘해야 한다는 생각을 신념처럼 머리에 새긴 세월이었다.

"계약 기간이 끝나면 우리를 건물에서 쫓아내겠지."

윤고운이 말하자 김수나가 못마땅하다는 듯 입술을 비죽였다.

"제가 뭔데 우리를 내쫓아?"

"재계약을 안 하면 나갈 수밖에 없잖아."

"말도 안 돼. 무송빌딩은 아빠가 지은 건물이야."

"현 소유주는 최현성이야."

"으으으……."

김수나의 입에서 분노에 찬 신음이 새어 나왔다. 김수나는 맥주잔을 들어 벌컥벌컥 들이켰다.

"내가 이 새끼를 가만두지 않겠어."

"수나야, 진정해. 우리가 할 수 있는 일은 아무것도 없어. 우리 현실을 받아들이자. 다른 건물로 옮겨도 우린 잘살 수 있어. 아저씨는 우리한테 오피스텔까지 사 주셨잖아."

"결국 아빠는 아들을 가장 사랑했던 거야."

"수나야, 아저씨는 우리 모두를 사랑하셨어. 아저씨 같은 분은 다시없을 거야."

말은 그렇게 했지만 최무송이 아들을 제일 사랑했다는 건 변함없는 진실이다. 윤고운은 김수나의 화를 누그러뜨리려 이런저런 화제를 입에 올리다가 얼마 전에 봤던 유튜브 방송을 떠올렸다.

"수나야, 얼마 전에 유튜브를 봤는데 미국에서 콜히친을 이용한 살인 사건이 일어났었대."

"콜히친? 통풍 약?"

"그래, 바로 그거야. 시체를 부검했을 때 비소, 시안화물, 기타 표준 독극물 검사를 했는데 아무것도 나오지 않았대."

"정말이야?"

디저트로 낸 오렌지를 까먹던 김수나가 관심을 보였다.

"그렇다니까. 독극물 통제 전문가가 나선 뒤에야 콜히친 검사를 했다나 봐. 콜히친은 치료지수가 좁으니까 사망 원인으로 연관 짓기 쉽지 않았겠지."

순간 김수나의 눈이 반짝 빛났다. 하지만 안타깝게도 윤고운은 그것을 알아채지 못했다.

윤고운이 콜히친 캡슐을 만든 것도 검출이 어렵다는 장점 때문이었다. 그녀는 지 형사에게 콜히친이 의심된다고 알려준 사실이 마음에 걸렸다. 결과적으로 윤고운이 제보하지 않았다면 김수나의 범행은 발각되지 않았을 것이다. 정선아가 약 봉투 사진을 SNS에 올릴 줄 누가 알았겠는가.

수나를 그냥 두어도 될까? 여전히 같은 물음이 머릿속을 뱅뱅 돈다.

윤고운은 김수나가 최현성의 조제약에 콜히친을 조금씩 투입했을 거라고 의심했었다. 최현성의 증세로 보면 틀림없었다. 그의 건강이 점점 나빠지자 윤고운은 당황했다. 당장이라도 무슨 일이 벌어질 것만 같아 안절부절못했다. 참다못한 윤고운이 김수나의 오피스텔로 달려갔다. 그녀는 김수나를 붙들고 물어보았다.

"수나야, 너 최현성의 약에 뭔가 넣고 있는 거야?"

"언니, 눈치챘구나. 얄미워서 장난 좀 쳐 봤지."

"뭐라고, 수나야? 안 돼, 그런 짓을 하면."

"언니, 미안한데 그건 외삼촌 솜씨야. 물론 내가 시키긴 했지만. 그 새끼 상판이 죽을상인 걸 보면 외삼촌이 꽤나 진심인 모양이야. 난 슬슬 질리던 참인데 아예 한 방에 보내 버릴까 고민 중이야. 어때?"

"안 되겠다. 외삼촌한테 당장 멈추라고 해야겠어."

"왜 안 되는데? 그 새끼는 우리 아빠를 죽였어. 아빠를 죽인 놈한테 복수하겠다는데 안 된다고?"

"최현성이 아저씨를 죽였다니 무슨 말이야?"

"차도 없는 아빠가 만봉산 국도변에서 뺑소니 교통사고로 돌아가셨어. 뻔히 답 나오잖아."

"최현성은 미국에 있었잖아."

"미국에서 청부할 수도 있는 거지. 하여간 경찰에 맡기면 되는 일이 없어. 1년이 지났는데 아직도 미제 사건이잖아. 복수는 내 손으로 할 거야."

"수나야, 그런 짓을 하면 네 인생은 뭐가 되고?"

"내 인생이 뭐가 어때서? 부검해도 안 나온다면서?"

"형사들이 알아채고 말 거야."

"언니는 그래서 안 돼. 벌벌 떨면서 평생 겁쟁이로 살래?"

"그래도……."

윤고운은 거의 울 듯한 표정이 되었다.

"언니 징징 짜는 걸 보니까 더 하고 싶네. 좋아, 결정했어. 내일이 디데이야. 난 한다면 하는 사람이란 걸 보여 줄게. 언니랑은 다르다는 걸 보여 주겠어. 그 새끼 낯짝 보는 것도 지긋지긋한데 빨리 해치우고 편히 살래."

"네가 그렇게 나오면 나는 약 처방을 하지 않겠어."

"이 겁쟁이. 언니는 지켜보기만 하라고. 복수는 내가 할 테니까. 그 새끼 등쌀에 제대로 살 수나 있어? 매일 찾아와서 괴롭히고 집적대고……, 우린 앞으로 쫓겨날 일만 남았잖아. 아이, 짜증 나."

수나에게 내색은 안 했지만 윤고운은 이미 짐작하고 있었다. 최현성이 아버지를 죽였다는 사실을. 언젠가 정선아에게 들은 말이 있었다. 정확히 말하면 정선아와 하민정의 대화를 엿듣게 된 것이다.

　고등학교 동창이 무송빌딩 근처에 왔다면서 윤고운을 불러낸 날이었다. 윤고운은 퇴근하자마자 친구가 기다리는 주점으로 달려갔다. 친구와 즐겁게 술을 마시고 있는데, 정선아와 하민정이 떠들썩하게 웃으며 주점 안으로 들어왔다. 두 여자는 미처 윤고운을 보지 못한 듯했다. 조명이 어둡고 칸막이가 있는 데다 윤고운이 친구에게 가려진 탓이었다. 그녀들은 무엇엔가 정신이 팔려 웃고 떠드느라 주변에 관심을 두지 않았다. 공교롭게도 그녀들이 앉은 자리는 윤고운의 바로 뒤였다. 윤고운은 알은체를 하려 했지만 왠지 타이밍을 놓쳐 버린 느낌이 들었다.
　정선아와 하민정은 큰 소리로 대화를 나누며 사이좋게 술잔을 기울였다. 윤고운의 신경이 온통 그녀들 쪽으로 쏠렸다. 최현성과 두 여자가 삼각관계임을 알기에 그녀들이 술자리를 갖는다는 것 자체가 괴이하게 여겨졌다. 두 여자는 싸우기도 잘하고 단짝처럼 붙어 다니기도 잘한다. 질투와 애정이 공존하는 걸까? 윤고운 입장에선 도무지 이해가 가지 않는 사람들이었다. 저 두 여자는 이상한 관계야, 윤고운은 속으로 생각하며 소리가 들려오는 쪽으로 청각을 집중시켰다.

그때였다. 하민정의 서늘한 목소리가 윤고운의 귀를 파고 들었다.

"최 사장 정말 무서운 인간이야."

"무서운 인간인 줄 이제 알았어? 난 진즉부터 감 잡고 있었는데."

"내가 남편 때문에 힘들다고 하소연했더니 언니, 최 사장이 뭐라는 줄 알아? 하 사장, 내가 당신 남편 쥐도 새도 모르게 없애 줄까? 말만 하라고. 그쪽으로 전문가를 알고 있으니까, 글쎄 이러더라고. 내가 그때 얼마나 놀랐던지⋯⋯."

이 대목에서 하민정의 목소리가 작아졌지만 윤고운은 정선아의 답변을 들을 수 있었다.

"최현성은 제 아버지를 죽였어. 그 인간이 술 마시고 떠벌리는 걸 내가 들었어."

"뭐라고, 언니? 진짜야?"

하민정이 깜짝 놀라 목청을 높였다.

"쉿, 목소리 낮춰."

"최 사장이 전 건물주를 죽였다고?"

"그렇다니까. 자세히 얘기는 안 하는데 살인청부업자를 고용한 것 같아. 그러니까 너한테 그런 말도 한 거고."

"아 무섭다. 빙글빙글 웃으면서 남편 없애 주겠다고 하는

데 얼마나 섬뜩했는지 몰라."

"하여간 돈 앞에는 부모고 뭐고 없는 인간이라니까."

그날 윤고운은 큰 충격을 받았다. 의심은 하고 있었지만 실제로 벌어진 일이었다니······. 패륜아 최현성은 윤고운의 키다리 아저씨를 죽였고, 가족의 행복을 위협하는 존재였다.

김수나는 내일이 디데이라고 한 번 더 못을 박았다. 윤고운은 김수나의 성격을 누구보다 잘 알았다. 김수나는 한다면 하는 사람이다. 행동이 머리보다 앞서는 데다 마음먹은 일은 일단 저지르고 본다.

윤고운은 김수나의 오피스텔에서 나와 집 방향으로 차를 몰았다. 준비 없이 간 탓에 배달 음식으로 저녁을 때웠다. 술도 마시지 않았다. 술을 마실 만한 분위기도 아니었다.

집에 도착한 윤고운은 주방 서랍을 열고 밀봉된 약 봉투를 꺼냈다. 콜히친 캡슐 한 개가 들어 있다. 그녀는 내일 최현성에게 캡슐을 건넬 것이다. 자신이 왜 이러는지 온전히 이해할 수는 없지만, 윤고운은 왠지 그렇게 해야만 할 것 같았다. 김수나를 말릴 수 없다면 동참이라도 하자. 윤고운은 그것이 은혜를 베풀어 준 최무송에 대한 도리라고 여겼다.

윤고운은 자책감이 주는 고통에 사로잡혀 있었다. 이대로

수나가 구속되게 놔둘 순 없어.

윤고운은 최현성에게 콜히친 캡슐을 주었고 이튿날 그는 죽었다. 최현성의 혈액에서는 치사량을 훌쩍 넘는 콜히친 성분이 검출되었다.

"최 사장님, 복통이 심하면 이 약을 드세요."

고운내과 진료실에서 윤고운은 최현성에게 캡슐이 든 약 봉투를 건넸다.

"오늘은 처방전 없어? 왜 직접 약을 줘?"

최현성은 약 봉투를 받아들더니 의아한 표정으로 물었다.

"처방전은 평소대로 나갈 거예요. 약국에 상비돼 있지 않은 약이라 직접 드리는 거예요."

"이런 게 있으면 진작 좀 주지. 그 고생을 하게 내버려 두더니."

최현성의 미간이 있는 대로 구겨졌다. 그는 버럭 성을 낼 판이다. 안색으로 보아 몸이 많이 안 좋은 것 같았다.

"최 사장님, 음주 후에 약 복용하면 안 되는 거 아시죠? 제가 드린 약은 처방약과 함께 드시면 돼요."

"알았어. 나도 그 정도는 안다고."

최현성의 펜트하우스에서 윤고운이 건넨 캡슐은 발견되지 않았다. 전날 과음을 했던 최현성은 아침에 일어나 약을 먹었다. 김수나 역시 최현성의 음주 습관을 알고 있을 테니 아침 복용분에 콜히친을 투입했으리라. 최현성은 윤고운이 건넨 캡슐과 김수나가 조제한 약을 동시에 복용했다. 그런 까닭에 살인의 책임도 윤고운과 김수나, 둘이 공동으로 져야 한다.

이대로 수나에게 미루고 있을 수만은 없어. 그래, 자수를 하자. 다만 윤고운은 시기가 문제라고 생각했다. 당분간은 지켜보도록 하자. 일이 흘러가는 추이를 확인한 뒤 자수해도 늦지 않다. 수나가 빠져나갈 가망이 없다고 판단될 때, 그때 자수를 하자.


# # 스바라시

이상섭은 손님이 끊긴 휑한 식당 안을 슬픈 눈으로 둘러보았다. 지나간 날들이 주마등처럼 뇌리를 스친다. 카운터석과 테이블 좌석을 가득 메웠던 고객들의 기대에 찬 눈빛들을 다시 보고 싶다. 그가 낸 요리를 즐기며 즐겁게 환담을 나누던 고객들, 이상섭은 그들이 진심으로 그리웠다.

야심 차게 개업한 오마카세 식당이었다. 정성껏 요리를 하고 진심으로 손님들을 대했다. 스바라시를 찾아 준 고객들을 귀빈처럼 대접했다. 열과 성을 다하니 돈은 저절로 들어왔다. 단골이 생기고 입소문이 나더니 멀리서 고객들이 찾아왔다. 행복하고 살맛 나는 시절이었다. 이상섭은 그의 인생이 드디어 꽃을 피웠다고 생각했다.

호사다마라고 하던가. 영원할 줄만 알았던 행복이 한순간에 와르르 무너졌다. 최현성이 건물주가 되어 나타난 순간 재난은 시작되었다. 모든 액운은 그로부터 비롯되었다. 최현성은 그들의 삶에 함부로 쳐들어와 가족들을 불행의 나락으로 끌어내린 재앙과도 같은 인물이었다.

이상섭은 위 언저리가 찌르듯 아파 와 가슴께를 손으로 꾹꾹 눌렀다. 수나가 구속된 뒤부터 생긴 증상이다. 뭘 먹어도 소화가 안되고 더부룩한 느낌도 들었다.


"외삼촌, 이걸 최현성의 음식에 타."

어느 날 김수나가 이상섭에게 약 봉투를 건네며 말했다.

"이게 뭔데?"

"그 새끼를 좀 괴롭혀 주려고."

"음식에 약을 타라는 거야? 수나야, 그건 범죄 행위야."

"범죄는 그 새끼가 우리한테 저지르고 있지. 날마다 찾아와서 괴롭히는 건 고사하고 우리 뒷조사까지 시키는 것 같아. 머지않아 우린 쫓겨나게 될 거야. 최현성이 재계약을 해줄 것 같아? 어림없지. 외삼촌, 무송빌딩 말고 어디 갈 데 있어?”

김수나의 말은 지당했다. 이상섭이 오마카세로 돈을 번 것은 공짜나 다름없는 임차료 덕분이었다. 최무송은 그에게 큰 은혜를 베풀어 주었다. 스바라시는 무송빌딩에서 자리를 잡았고, 다른 건물로 옮긴다는 것은 상상할 수도 없었다.

“이거 독약은 아니지?”

“외삼촌도 참, 독약 아니야. 하지만 많이 넣으면 죽을 수도 있으니까 조심해.”

김수나는 그렇게 말한 뒤 한 번에 넣을 분량까지 알려 주었다.

“이걸 먹으면 어떻게 되는데? 최현성이 알아채지 않을까?”

“이건 부검해도 나오지 않는 약이야. 나만 믿으라고. 배만 약간 아프고 끝날 거야. 외삼촌, 맨날 당하고 살기 억울하지도 않아? 조금 골려 주는 것뿐이라고.”

이상섭은 김수나가 준 약 봉투를 내려다보았다. 미황색의 분말이 투명한 비닐 봉투 안에 가득 들어 있었다.

“아주 조금씩만 섞는 거니까 음식 맛이 달라지진 않을 거야.”

“수나야, 꼭 이렇게까지 해야겠어?”

“최현성은 아빠를 죽였어. 아빠가 뺑소니 교통사고로 돌아가셨다는 게 믿어져? 외진 국도변에 무슨 볼일이 있다고 아빠가 거기까지 가겠어? 경찰은 아빠가 어떤 경로로 만봉산까지 이동했는지 밝혀내지도 못했잖아. 최현성이 사람을 사서 아빠를 죽인 게 분명해."

"미국에 있는 사람이 살인을 청부했다고?"

"그 당시 국내에 들어와 있었을지 누가 알아? 유튜브 같은 데서 보면 해외에서 살인을 청부하는 경우도 왕왕 있더라고."

최현성의 평소 행실로 보아 그는 아버지를 살해하고도 남을 놈이다. 최현성이 최무송을 죽였다면 모든 의문이 풀린다. 이상섭은 최무송의 죽음이 못내 안타까웠다. 사람 좋은 최무송의 속에서 최현성 같은 인간 망종이 나왔다니……. 그는 마지막 순간 최무송이 고통스럽지 않기만을 바랐다. 최현성을 향한 분노가 그의 내부에서 격하게 요동쳤다.

"네가 알려 준 분량만 넣으면 생명에 지장은 없는 거지?"

이상섭이 비장한 표정을 짓자 김수나가 풋 웃음을 터트렸다.

"외삼촌, 심각하게 생각할 거 없어. 구토나 설사 정도니까."

이상섭은 기회가 될 때마다 최현성의 음식에 김수나가 준 분말을 섞어 넣었다. 과연 최현성은 하루가 다르게 안색이 나빠지고 살도 빠졌다. 자업자득이로군. 이상섭은 최현성에게 공짜 식사를 제공하는 것이 조금 덜 억울하다는 생각을 했다.

이상섭은 흙빛이 된 최현성의 얼굴을 보고 소스라친 적도 있었다. 불안해진 이상섭은 김수나를 붙들고 물어보았다.

"수나야, 최현성이 많이 아픈 것 같은데 괜찮을까?"

김수나가 싱긋 웃으며 대답했다.

"외삼촌, 그렇게 걱정돼? 그럼 그만해. 내가 알아서 할 테니까."

"네가 알아서 한다고? 뭘 어떻게 하려고? 수나야, 그러면 안 돼. 우리 그만하자. 최현성도 고생 많이 한 것 같은데 이쯤에서 그만두자."

"외삼촌, 무슨 말이야? 이제 시작인데 그만하라니. 곧 건물에서 쫓겨날 판인데 그런 말이 나와? 찔끔찔끔 넣는 거 짜증 나는데 한 방에 보내 버릴까 고민 중이야."

"그건 살인이잖아. 안 돼, 수나야. 최현성 죽이겠다고 네 인생 망칠 셈이야? 경찰을 얕보면 안 돼."

"절대로 들킬 일 없으니까 걱정 붙들어 매시라고요."

김수나는 의기양양하게 말했다. 그녀는 손가락으로 브이 자를 만들어 보이기까지 했다. 애가 어려서 살인을 장난쯤으로 여기는 건지. 이상섭은 허리 힘이 탁 풀리는 느낌이 들었다. 형사가 송곳니를 드러내며 달려들어 조카를 궁지로 몰아갈 게 뻔하다. 문제는 수나가 말린다고 듣는 아이가 아니라는 것이다. 수나는 마음먹은 일이면 무조건 해치운다. 앞뒤 사정도 재지 않고 일단 저지르고 보는 것이다.

"외삼촌, 정 원장을 유인해."

정선아를 그냥 두면 안 되겠다는 언질을 수나에게 여러 차례 들었었다. 과연 정선아는 선을 넘었다. 경찰에 제보하는 것도 부족해 여기저기 말을 흘리고 다닌다. 이대로라면 가족이 위험해진다.

"경찰에 꼬리를 잡힐 순 없잖아."

경찰에 발각되는 일만은 막아야 한다. 이상섭은 수나의 말에 따를 수밖에 없었다.

이상섭은 누나 김정숙에게 각별한 애정을 품고 있었다. 아버지가 다르다는 흠결쯤 이 남매에겐 하등 문제가 되지 않았다. 가정사가 복잡할수록 남매의 결속은 단단해지고 우애는 돈독해졌다. 이상섭이 어려움에 처했을 때마다 누나는 동생 곁을 지켜 주었다. 오사카로 유학을 갔을 때도, 결혼해서 살림집을 구할 때도 김정숙은 물심양면으로 동생을 도왔다. 무송빌딩에서 오마카세 식당을 개업한 것도 오로지 누나 덕분이었다. 누나가 아니었으면 이상섭은 이만큼 잘살 수 없었으리라. 김정숙은 무엇과도 바꾸지 못할 이상섭의 소중한 육친이다.

수나는 그러한 누나의 딸이다. 수나가 곤경에 처하면 이 외삼촌이 발 벗고 나서야 한다. 이상섭은 김수나를 돕기로 굳게 결심했다.


# # 커피조아

김정숙은 걱정이 태산 같았다. 수나가 구속되다니……, 그럴 수는 없어. 수나는 언니만 편애한다고 입만 열면 불평하지만, 그건 엄마의 마음을 몰라서 하는 말이다.

물론 고운은 손 갈 데라곤 없는 아이였다. 제 할 일을 제 힘으로 척척 해내는 정도라면 자랑도 하지 않겠다. 고운은 동생을 돌보고 엄마 일까지 도와주는 듬직한 딸이었다. 김정숙은 고운에게 수나를 맡기고 마음 편히 커피숍 영업에 몰두할 수 있었다.

일찌감치 철이 든 고운과 달리 수나는 다루기 힘든 아이였다. 간섭받는 것을 죽기보다 싫어하는 고집 센 아이기도 했다. 엄마 입장에서 의젓한 고운에게 정이 많이 간 것은 사실이다. 김정숙은 큰딸 고운에게 심리적으로 의지를 많이했다. 엄마의 마음도 어찌나 잘 살피는지 고운은 딸이자 친구, 심지어 언니 같은 느낌도 들었다. 그렇다고 수나를 사랑하지 않은 것은 아니었다. 모든 면에서 월등한 고운과는 비교할 수 없지만 수나도 꽤 괜찮은 아이였다. 공부도 잘했고 강단 있는 면도 장점이었다. 생각이 깊은 고운과 달리 시원시원한 행동파기도 했다.

수나를 최무송의 호적에 입적시키지 못한 것은 김정숙의 마음에 응어리로 남았을 뿐 아니라 작은딸에게 못내 미안한 점이었다. 이래저래 수나는 김정숙에게 아픈 손가락이었다.

김정숙은 수나의 범행 사실을 전혀 알지 못했다. 작은딸이 구속기소 위기에 처했다는 말을 듣고 김정숙은 심장이 튀어나올 만큼 놀랐다. 스물일곱 한창나이인 딸에게 일어나서는 안 되는 일이었다. 이건 현실이 아니야. 너무나 비현실적인 일이어서 김정숙은 현실을 부정하고만 싶었다. 아무리 행동파기로 살인을 두 건이나 저지르다니……, 형량이 얼마나 나올지 상상도 가지 않았다.


콜히친이라면 김정숙도 낯설지 않은 약물이었다. 이상섭은 최현성을 아프게 하려는 의도로 그의 음식에 콜히친을 섞는다고 귀띔해 주었다. 수나가 약을 주었다는 말에 김정숙은 수긍이 갔다.

김정숙은 수나다운 발상이라고 생각했다. 수나는 당하고는 못사는 타입이다. 한 대를 맞으면 열 대를 때려야만 직성이 풀리는 아이다. 그때는 수나만이 할 수 있는 참신한 발상이라고 여겼다. 당하기만 할쏘냐? 이쪽도 반격해 보자, 뭐 그런 식이다.

"상섭아, 그 약 나한테도 좀 줘 봐. 최현성 그 자식 커피숍에서 진상 떠는 거 보기 싫은데 앙갚음 좀 하게."

이상섭의 눈이 동그랗게 커졌다.

"누나가?"

김정숙의 말이 의외였던지 이상섭은 입만 벌리고 있었다.

"왜? 나라고 못 하란 법 있니? 좀 줘 봐. 그 자식 마시는 냉커피에 넣으면 감쪽같겠다."

이쯤 되니 이상섭도 더는 거절하지 못하고 분말을 덜어 주었다. 그는 분량을 지키라고 신신당부했다.

이후의 일은 몇 번을 떠올려도 짜릿하다. 최현성이 올 때마다 김정숙은 손수 음료 쟁반을 들었다. 콜히친 분말은 미리 빨대 속에 넣어 두었다.

"웬만하면 알바생들 시키지. 다 늙은 여자가 갖다 주니까 커피 맛 떨어지잖아."

최현성은 긴 장발을 손으로 쓸어 넘기며 미운 소리를 쏟아냈다. 김정숙은 그 못된 입을 찢어 버리고 싶었다.

"최 사장님, 섭섭하게 그런 말씀 마세요. 최 사장님 덕분에 무탈하게 영업하니까 고마워서 제가 들고 왔죠. 앞으로도 잘 부탁드립니다."

김정숙은 친절하게 빨대를 컵에 꽂아 주고 얼음과 음료가 섞이도록 살살 저었다. 분말이 올라오면 어쩌나 싶어 가슴이 조마조마했다.

"하하하, 양심은 살아 있네. 그럼 이참에 임대료나 올려 내든가."

최현성의 넙데데한 면상을 마주하며 김정숙은 속으로 악담을 퍼부었다.

"어서 마셔라, 이 자식아. 배탈이나 나서 실컷 고생해라."

"점심을 많이 먹어서 그런지 목이 타네."

최현성은 빨대로 두어 번 얼음을 젓더니 아이스커피를 쭉 빨아들였다. 콜히친 분말이 그의 목구멍으로 넘어가는 것을 상상하며 김정숙은 공짜 음료가 덜 아깝다는 생각을 했다.

"그런데 최 사장님, 어디 몸 안 좋으세요? 살도 많이 내린 것 같고 안색이 아주 나쁜데요."

김정숙은 미간에 걱정스러운 주름을 잡으며 말했다. 최현성의 부아를 돋우려는 의도였다. 당한 만큼 돌려주고 싶은 건 인간의 본성이고 지렁이도 밟으면 꿈틀한다. 병색이 완연하다는데 기분 좋을 사람은 없다. 아니나 다를까, 최현성은 말벌에 쏘인 사람처럼 펄쩍 뛰어올랐다.

"에잇, 여기나 저기나 똑같은 소리들이야. 내가 뭐 어떻다고 난리들이야? 제 일이나 잘하지, 남의 일에 웬 참견이 냐고. 술이 과해서 살이 좀 빠진 것뿐이니까 신경 *끄*라고."

"아 네네, 죄송합니다."

김정숙은 사뿐히 고개를 숙인 뒤 살랑살랑 그 자리를 떠났다. 소심한 복수를 했지만 통쾌함은 하늘을 찔렀다. 김정숙은 만세라도 외치고 싶은 기분이었다.

그때만 해도 콜히친의 위험성을 전혀 감지하지 못했다. 더구나 수나가 두 사람이나 죽일 줄이야.


# # 청수경찰서

지 형사는 윤고운의 전화를 받았다. 하고 싶은 말이 있으니 경찰서로 오겠다는 용건이었다. 변호사 선임에 관해 의논하려는 걸까? 김수나가 윤고운에게 변호사를 알아봐 달라고 부탁했다는 말을 들었다. 수수하게 차려입은 윤고운이 형사과 사무실에 등장했다. 조용히 할 말이 있다고 해서 지 형사는 조사실로 윤고운을 안내했다.

윤고운은 긴 머리채를 하나로 묶었고 화장기 없이 말간 얼굴이다. 편안해 보이는 검정 바지에 몸에 붙지 않는 셔츠, 헐렁한 점퍼를 걸쳤다. 차림새가 평소 그녀답지 않았다. 지 형사는 뭔가 있다는 촉이 왔다. 윤고운은 무슨 말을 하려는 걸까?

"윤고운 씨, 할 말이 있다고 하셨죠? 어서 말씀해 보세요."

그림처럼 앉아 있던 윤고운이 결심한 듯 입을 열었다. 그녀의 표정에 단호함이 내비쳤다.

"지 형사님, 제가 지은 죄를 고백하고 싶어요."

"네?"

지 형사는 귀를 의심했다. 윤고운이 차분한 어조로 자초지종을 털어놨다.

"9월 21일 최현성이 고운내과에 진료를 받으러 왔었어요. 최현성은 구토와 설사, 복부 경련 등의 증상이 있다고 하더군요. 저는 복통에 특효약이라고 설명하며 따로 포장된 약을 주었어요. 그 약이 바로 콜히친이에요. 정확히 말하면 치사량의 콜히친이 들어 있는 캡슐이었어요."

지 형사는 옆에 앉은 황 형사를 돌아보았다. 그 역시 어안이 벙벙한지 두 눈만 깜빡거리고 있었다.

"콜히친 캡슐을 최현성한테 주었다고요? 처방전을 발행하지 않고 직접 주었단 말입니까?"

"처방전은 발행했지만 그것과는 별도로 콜히친 캡슐을 주었어요."

"왜 그런 행동을 한 거죠?"

"최현성을 죽이고 싶었으니까요. 최현성은 우리 가족을 괴롭혔을 뿐 아니라 제가 존경하는 최무송 씨를 죽였어요. 제 손으로 최현성을 응징하고 싶었어요."

윤고운의 폭탄 발언에 지 형사는 말문이 막혔다. 황 형사 역시 두 눈을 동그랗게 뜬 채 윤고운을 지켜보았다.

"저는 살인을 저질렀습니다. 저를 처벌해 주세요."

"증거가 있습니까?"

윤고운은 가방 안에서 작은 통을 꺼냈다. 그녀는 그 통을 지 형사 쪽으로 밀었다. 지 형사가 눈짓을 하자 황 형사가 증거물 채취 장갑을 가져왔다. 지 형사가 장갑을 착용했다.

"이게 뭡니까?"

"콜히친 캡슐이에요. 제가 최현성을 죽이려고 만든 캡슐들입니다."

지 형사가 캔으로 된 작은 통을 열었다. 과연 통 안에는 캡슐들이 가득 들어 있었다.

"이게 증거라고요?"

"맞아요. 최현성을 죽이고 싶을 때마다 제가 한 개씩 만든 캡슐들이에요. 제가 콜히친을 구매한 기록도 조회할 수 있을 거예요. 저는 캡슐을 포장했고 9월 21일 최현성한테 건넸어요. 복통에 잘 듣는 특효약이라고 속이면서 주었어요. 저는 의사로서 해서는 안 되는 짓을 저질렀어요. 지 형사님, 저를 처벌해 주세요."

"김수나 씨는요? 김수나 씨가 처방약에 콜히친을 넣은 게 아닙니까?"

"수나가 조제약에 콜히친을 투입했는지의 여부는 모릅니다."

9월 21일 윤고운은 정상적인 처방전을 발행했다. 형사들이 이미 확인했던 바다.

"왜 지금입니까? 왜 이제야 고백을 하는 겁니까?"

"저도 사람인지라 갈등이 많았어요. 제가 가진 것들을 내려놓기 힘들었어요. 자백을 하면 저의 의사 면허는 취소돼요. 힘들게 공부해 여기까지 왔는데 솔직히 고민이 많았어요. 하지만 수나가 죄를 뒤집어쓰는 걸 보자 더는 견딜 수 없었어요."

"정선아 씨는요? 그 건과는 관계가 없습니까?"

"실은 정선아 씨한테도 콜히친 캡슐을 주었어요."

지 형사는 뒤통수를 망치로 가격당한 기분이 들었다. 머리가 멍해져 정신을 차릴 수가 없었다.

"정선아 씨한테 직접 캡슐을 건넸습니까?"

"그렇습니다. 10월 25일 정선아 씨가 고운내과에 진료를 받으러 왔을 때 주었어요."

"하지만 정선아 씨가 올린 SNS 사진에는 그런 게 없었는데요."

"제가 준 약은 무지 포장지에 싸여 있어 올리고 싶지 않았는지도 모르겠어요."

지 형사는 약 포장지의 생김새를 자세히 설명해 달라고 요구했다. 최현성과 정선아의 집 휴지통에서 나온 약 포장지는 검사 결과 특별한 사항이 없었다.

"윤고운 씨, 정선아 씨를 독살한 이유가 뭡니까?"

"정선아 씨는 우리 가족의 비밀을 알아냈고 그걸 경찰에 제보했어요. 가만두었다가는 최현성을 죽인 사실까지 밝혀낼 것 같았죠. 그래서 죽였어요."

"그럼 김수나 씨가 처방약에 투입한 알약은 뭡니까? 정선아 씨는 두 사람이 준 약을 동시에 복용했다는 말입니까?"

"정선아 씨 집에서 남은 약이 발견되지 않았다면 그렇게 판단해야겠죠."

"시기는요? 김수나 씨와 당신이 약속이라도 하지 않은 이상 두 사람이 같은 날 콜히친을 투여했다는 게 말이 됩니까?"

"그런 건 모르겠어요. 저는 수나와 공모하지 않았고 제 단독 범행입니다."

말을 마친 윤고운은 편안하게 뺨을 누그러뜨렸다.

"지 형사님, 윤고운의 말이 사실일까요?"

황 형사가 걱정스러운 표정을 지으며 지 형사에게 물었다.

"보강 증거가 있어야겠지. 둘이 공모한 게 아니면 김수나, 윤고운의 범행 날이 겹친 게 마음에 걸려."

"어떡하실 겁니까?"

"증거가 나올 때까지 불구속 수사를 해야지. 이거 원, 사건이 어떻게 돌아가는 건지 모르겠네. 일단은 팀장님께 보고하자고."

지 형사는 강력 1팀장에게 보고를 했고, 윤고운의 자백을 뒷받침할 증거를 찾기로 수사 방향을 정했다.

지 형사가 사무실에서 서류 작업을 하고 있는데, 서무 여직원이 방문자가 왔음을 알렸다. 방문자는 이상섭이었다. 이상섭은 긴히 할 말이 있다면서 공손하게 머리를 숙였다. 뭐지? 이거 느낌 이상한데? 쎄한 기분이 들어 지 형사는 살짝 긴장이 되었다.

"지 형사님, 죽을죄를 지었습니다. 제가 최현성을 죽였습니다."

조사실 의자에 앉자마자 이상섭이 머리를 탁자에 박을 듯 조아리며 말했다. 이거 뭐지? 지 형사는 이게 무슨 황당한 경우인가 싶었다.

"이상섭 씨, 자세히 말씀해 보세요."

이상섭은 주머니에서 손수건을 꺼내 이마를 훔쳤다. 땀이 난 것 같지는 않은데, 그는 연신 손수건으로 이마를 닦았다.

"9월 21일 영업 종료 시간 즈음 최현성이 스바라시에 왔습니다. 마감 시간인데도 최현성은 제대로 된 코스 요리를 제공하라고 생떼를 부렸습니다. 직원들은 전부 퇴근한 뒤였고요. 늦은 밤 요리를 하고 있자니 이건 너무 심하다는 생각이 들더군요. 최현성이 조용히 앉아 식사했으면 제가 그렇게 화가 나진 않았겠죠. 그런데 최현성은 비싼 구보다 만쥬를 마시면서 갖은 갑질을 다하더군요. 시간이 흐를수록 제 기분은 점점 더 나빠졌고, 분노가 치솟아 마침내 그 새끼를 죽여야겠다는 감정마저 생겨났습니다.

저는 살의에 휩싸였습니다. 정신을 차리고 보니 어느새 제 손에 콜히친이 들려 있더군요. 약봉지에 든 콜히친을 본 순간 저는 최현성의 음식에 쏟아붓고 싶어졌습니다.

솔직히 그때는 이성이 마비된 상태였습니다. 게다가 최현성은 술에 취해 횡설수설하더군요. 콜히친을 많이 넣어도 알아차리지 못할 거라고 생각했습니다. 저는 다량의 콜히친을 요리에 섞었습니다. 최현성은 그것도 모르고 잘만 먹더군요. 최현성이 나갈 때까지 아파 보이진 않았습니다."

"정선아 씨의 음식에도 콜히친을 넣었습니까?"

"그렇습니다. 10월 24일 정선아 씨와 하민정 씨가 스바라시에 왔을 때 음식에 많은 양을 섞어 넣었죠."

"두 사람이 나란히 앉았는데 하민정 씨가 약을 먹을 위험은 없었습니까?"

"개인별로 나가는 요리에만 탔기 때문에 그럴 염려는 없었습니다."

"콜히친을 그렇게 많이 가지고 있었습니까?"

"제가 통풍이어서 처방받은 콜히친이 꽤 남아 있었습니다. 그것을 가루로 빻아 사용했습니다."

"당신은 다량의 콜히친을 넣었다고 했는데, 정선아 씨는 바로 죽지 않았어요. 다음 날 아침 고운내과에서 진료도 받았고 사망 시간은 오후 8시 무렵입니다. 어떻게 된 거죠?"

지 형사가 힐문하자 이상섭은 난감한 듯 두 손을 마구 비벼 댔다.

"제가 의학 지식이 없어서요. 왜 그렇게 된 건지 잘 모르겠습니다."

"증거는 있습니까?"

이상섭은 병원에서 처방받은 콜히친 시판 약을 들고 왔다.

"이게 증거라고요?"

"그렇습니다."

지 형사는 황당하다는 표정으로 이상섭을 노려보았다.

"죄송합니다. 외삼촌이란 작자가 조카한테 죄를 뒤집어씌

우면 안 되겠다고 판단했습니다. 죄는 제가 지었으니 지 형사님, 우리 수나를 풀어 주세요. 자, 저를 체포하세요."

이상섭은 수갑을 채우라는 듯 두 손을 내밀었다. 지 형사는 이상섭에게 범행 동기를 물어보았다. 그가 꺼내 놓은 살인의 동기는 윤고운이 했던 진술과 판에 박은 듯 똑같았다.


커피조아의 사장 김정숙에게 연락이 왔을 때, 지 형사는 그다지 놀라지 않았다. 구속을 대비해서인지 김정숙은 편안한 차림새로 형사과 사무실에 나타났다. 귀부인 의상을 벗어 버리니 다소 평범해진 인상이다. 그녀는 우아한 동작으로 허리를 굽혀 절을 하더니 자백을 하러 왔다고 용건을 말했다.

지 형사는 착잡한 심정으로 그녀를 조사실로 안내했다. 지 형사의 머릿속이 복잡했다. 그는 별의별 생각이 다 들었다. 실로 이상한 가족이 아닌가? 이들은 경찰을 농락하려는 걸까? 살인 공모 집단인가? 대화도 시작하기 전 지 형사의 입에서는 한숨부터 터져 나왔다.

"김정숙 씨, 자백을 하시겠다고요?"

"네, 제가 건물주 최현성을 독살한 진범입니다."

"어떤 방식으로 독살을 했는지 말씀해 보시죠."

지 형사는 어지러운 마음을 가라앉히려 애쓰며 말했다.

"9월 21일 오후 최현성 사장이 커피숍에 왔어요. 점심을 먹고 나면 커피숍에 들르는 게 최 사장의 습관이에요. 마시는 음료가 매번 똑같으니 알바생들이 알아서 주문을 넣어요. 음료를 받으러 나오는 상식적인 사람이 아니니까 당연히 가져다줘야 하죠. 그런데 최 사장 곁에는 가까이 가려는 사람이 없어요. 알바생들만 보면 성추행을 일삼으니 그럴 수밖에요."

김정숙은 긴 숨을 토해 냈다. 그녀는 핸드백에서 손수건을 꺼내더니 그것을 손에 꼭 쥐고 있었다. 손바닥에 땀이 나서 그런 행동을 하는 것 같았다. 지 형사는 말없이 그녀를 지켜보았다.

"알바생들을 보호하려면 제가 직접 음료를 날라야 했어요. 저는 콜히친 분말을 빨대 안에 넣어놨어요. 음료를 탁자에 놓은 뒤 빨대를 봉지에서 까는 척하며 컵 안에 꽂아 주었어요. 그러고는 친절하게 음료를 저어 주며 어서 마시라고 권했죠. 그때 얼마나 긴장이 되던지 손이 덜덜 떨렸어요."

김정숙은 또 말을 끊더니 이번에는 물을 청했다. 황 형사가 뛰어나가 생수를 가져왔다. 컵을 든 그녀의 손가락이 미세하게 떨렸다.

"경찰서에 오는 게 처음이라 긴장이 많이 되네요. 죄송합니다."

"천천히 하셔도 됩니다."

"최 사장은 음료를 남기지 않고 전부 마셨어요. 분말을 많이 넣었기 때문에 들킬까 봐 가슴이 조마조마했어요. 최 사장은 30분가량 머물다 갔는데 그때까진 아무 이상 없었어요."

"정선아 씨는요? 정선아 씨 건도 당신이 진범입니까?"

김정숙은 그렇다고 수긍했다.

"10월 25일 오전, 제가 커피숍에 있는데 정선아 원장이 1층 통로를 걸어가더군요. 정 원장은 많이 아픈 것 같았어요. 저는 커피숍에서 판매하는 샌드위치를 가져다주었어요. 끼니는 거르면 안 된다면서 집에 가서 먹으라고 권했어요."

"그 짧은 시간에 샌드위치 포장을 벗기고 안에 약을 탔다는 말씀입니까?"

"실제로 해 보면 시간 많이 걸리지 않아요. 정 원장 걸음이 무척 느렸거든요."

김정숙의 두 손은 여전히 손수건을 꽉 움켜쥔 채였다. 옹색한 시나리오를 꾸며 내느라 머리깨나 썼음 직하다. 물론 정선아의 집에서 샌드위치 포장지는 발견되지 않았다. 지형사는 김정숙이 날짜를 정확히 언급하는 것이 더 수상쩍었다. 메모를 해 둔 게 아니라면 날짜 같은 건 기억나지 않는 게 보통인데.

"정선아 씨의 집에서 샌드위치 포장지는 나오지 않았는데요."

"정 원장이 집으로 가는 도중에 먹었겠죠. 뺨이 홀쭉한 게 배도 많이 고파 보였거든요."

배가 많이 고파 보였다고? 지 형사는 실소가 터져 나왔다.

"지 형사님, 제가 증거를 가져왔어요."

김정숙은 미황색의 분말이 들어 있는 작은 비닐 봉투를 지 형사에게 내밀었다.

"이건 어디서 구했죠?"

김정숙은 말하기 곤란하다는 듯 잠시 머뭇거렸지만 이내 입을 열었다. 이 여자는 지금 연기를 하고 있어. 지 형사는 김정숙의 말, 몸짓 하나까지 전부 거짓으로 보였다.

"실은 상섭이한테 나누어 달라고 했어요."

"스바라시 이상섭 씨요?"

"네, 상섭이가 제 동생인 건 아시죠? 걔가 통풍이라 콜히친을 처방받아요. 그걸 좀 나누어 달라고 한 거죠."

"순순히 주던가요? 어디에 사용하는지 목적은 말씀하셨습니까?"

"최 사장이 얄미워서 골려 주려 한다고 했어요."

지 형사는 신물이 넘어오며 위액이 역류하는 느낌이 들었다. 이 이상한 가족을 상대하고 싶지 않다는 생각만 머릿속에 가득했다. 살인 동기를 물어보면 판박이처럼 똑같은 대답을 늘어놓겠지.

"김정숙 씨는 약사도 아닌데 약품 정보에 훤하십니다. 콜히친이라는 생소한 약물을 어떻게 아셨습니까?"

"그야 상섭이가 통풍 환자니까 제가 관심을 가진 거죠. 인터넷만 찾아봐도 정보가 줄줄 쏟아지잖아요."

대답도 청산유수로 한다. 지 형사는 황 형사 쪽으로 눈길을 돌렸다. 황 형사의 인상이 험악하게 구겨져 있었다. 그도 이 황당한 가족에게 진절머리가 난 것 같았다.


"온 가족이 자백을 했다고?"

지 형사의 보고를 받은 강력 1팀장이 눈썹을 치켜올렸다.

"팀장님, 어쩌죠?"

황 형사가 난처한 표정을 지으며 팀장에게 도움을 요청했다.

"증거를 찾아야지."

지 형사가 팀장 대신 대답했다.

"증거라는 게 정선아가 SNS에 올린 약 봉투 사진밖에 없으니까 문제죠."

황 형사가 풀이 죽은 목소리로 한탄했다.

"어떻게든 증거를 찾아 진범을 밝혀내야지."

지 형사는 누구에게랄 것도 없이 말한 뒤 주먹을 불끈 움켜쥐었다.

　지 형사와 황 형사는 윤고운, 이상섭, 김정숙의 자백을 깨부수기 위한 수사에 돌입했다. 지 형사는 다음과 같이 수사 결과를 정리했다.


　1. 윤고운

　－ 고운내과에서 최현성에게 콜히친 캡슐을 주었다고 주장함. 이 주장은 사실일 것으로 추정됨. 김수나가 약 봉투에 넣은 콜히친 양(정선아가 SNS에 올린 약 봉투 사진으로 미루어 추정)과 윤고운이 준 캡슐 1개의 분량이 최현성의 혈액에서 검출된 콜히친 양과 일치함.

　－ 고운내과에서 정선아에게 콜히친 캡슐을 주었다고 주장함. 이 주장은 사실이 아닐 것으로 추정됨. 김수나가 약 봉투에 넣은 콜히친 분량만큼 정선아의 혈액에서 콜히친이 검출됨.

　2. 이상섭

　－ 스바라시에서 최현성의 요리에 치사량의 콜히친을 넣었다고 주장함. 이 주장은 사실이 아닐 것으로 추정됨. 이상섭이 치사량의 콜히친을 투여했다면 최현성의 혈액에서 검출된 콜히친 양이 더 많아야 함.

　－ 스바라시에서 정선아의 요리에 치사량의 콜히친을 넣었다

고 주장함. 치사량이 아니라 아플 정도의 양만 콜히친을 투여한 것으로 추정됨. 이상섭이 치사량의 콜히친을 투여했다면 정선아의 혈액에서 검출된 콜히친 양이 더 많아야 함.

3. 김정숙
- 빨대에 치사량의 콜히친을 넣어 최현성에게 제공했다고 주장함. 이 주장은 사실이 아닐 것으로 추정됨. 김정숙이 치사량의 콜히친을 투여했다면 최현성의 혈액에서 검출된 콜히친 양이 더 많아야 함.
- 무송빌딩 1층 통로에서 정선아에게 치사량의 콜히친이 든 샌드위치를 주었다고 주장함. 커피숍 CCTV에 찍히지 않았을뿐더러 김정숙이 샌드위치를 들고 나가는 것을 본 목격자가 없으며 빵의 재고 관리 프로그램을 확인한 결과 사실이 아님.


지 형사는 윤고운, 이상섭, 김정숙을 청수경찰서로 소환했다. 그는 유치장에 수감된 김수나까지 네 사람을 한자리에 모았다. 지 형사가 브리핑을 하듯 네 사람 앞에 섰다. 지 형사는 그들의 살인 자백을 조목조목 반박했다. 그들은 지 형사가 작성한 수사결과지를 받아 들더니 망연한 표정을 지었다. 다들 할 말을 잃은 듯 입을 꼭 다물고 있었다.

지 형사의 논박을 듣고 있던 김수나가 돌연 울음을 터트렸다.

"모두들 자수를 했던 거야? 왜 그렇게까지……."

"수나야, 넌 우리한테 소중한 존재야."

윤고운이 다정하게 김수나에게 말했다.

"언니……."

"수나야, 언니가 많이 미안해."

김수나가 어깨를 들썩이며 흐느꼈다.

"우리 수나, 엄마가 얼마나 사랑하는지 알지?"

"엄마……."

"수나야, 외삼촌은 항상 네 곁에 있어."

"외삼촌……."

그들은 서로를 부둥켜안고 울었다. 눈물의 이산가족 상봉도 아니고, 이것 참. 지 형사는 속으로 혀를 찼으나 한 가닥 기대를 떨치지 못하고 있었다. 울음소리가 잦아들 무렵, 지 형사가 입을 열었다.

"당신들의 허위자백으로 업무 수행에 큰 방해를 받았습니다. 그나마 재판이 시작되기 전이어서 다행입니다. 자, 이제 진실을 밝힐 시간입니다."

지 형사가 김수나를 지그시 바라보았다. 김수나는 지 형사의 시선을 고스란히 받아 냈다.

"지 형사님, 저 준비됐어요. 진실을 말하겠어요."

지 형사가 황 형사에게 눈짓을 보냈다. 황 형사는 윤고운, 이상섭, 김정숙을 밖으로 데리고 나갔다. 조사실에는 지 형사와 김수나 둘만 남겨졌다.

"지 형사님, 제가 최현성의 조제약에 콜히친을 넣었어요. 정선아 씨와 똑같은 양이었어요."

지 형사가 그토록 듣고 싶었던 자백이 김수나의 입에서 흘러나왔다.

"정선아 씨의 조제약에도 콜히친을 투입했어요. 정선아 씨가 SNS에 올린 약 봉투 사진 그대로예요."

"두 건 모두 과실치사가 아니라고 인정합니까?"

"네, 두 건 모두 명백히 고의로 행한 일이에요."

"그럼 살인 동기에 대해 말해 봅시다. 먼저 최현성부터."

김수나는 담담한 어조로 진술을 시작했다.

"돈보다는 우리 가족의 행복을 위해서였어요. 최현성이 버티고 있는 한 우리 가족은 행복하지 못할 거라고 생각했어요. 아빠를 죽인 데 대한 복수심도 작용했고요. 콜히친을 사용하면 경찰이 밝혀내지 못할 거라고 판단했어요. 어리석었죠."

지 형사는 말없이 듣고 있었다. 범죄의 동기는 늘 똑같다. 이기심이 인간을 집어삼키는 순간, 범죄는 발생한다.

"정선아 씨 건은 저도 많이 후회하고 있어요. 시간을 되돌릴 수 있다면 얼마나 좋을까요. 그때는 정말 제정신이 아니었어요. 위기감에 사로잡혀 충동적으로 일을 저질렀어요. 정선아 씨를 그냥 두면 최현성을 죽인 사실이 발각될 것만 같았거든요. 가족 관계가 밝혀지면 최현성을 죽인 동기가 나올 테고, 그러면 경찰이 알아내는 건 시간문제라고 생각했어요."

지 형사는 문득 걱정스러워 물어보았다.

"김수나 씨, 재판 가서 딴소리할 거 아니죠?"

김수나가 크게 도리질을 했다.

"가족들이 저를 사랑한다는 사실을 알게 된 걸로 만족해요. 저 죗값 치르고 당당하게 새 인생 살 거예요. 더는 거짓말 안 할 테니까 안심하세요. 가족들의 사랑을 확인하고 나니까 세상이 달라 보이네요. 교도소에서도 잘 지낼 수 있을 것 같아요."

"윤고운 씨한테는 최현성 살인죄가 적용될 겁니다. 이상섭 씨와 김정숙 씨는 크게 처벌받진 않을 거예요."

결국 자매가 나란히 교도소에 가게 되었다. 이런 범죄는 일어나지 말았으면 좋겠다고 지 형사는 진심으로 소망했다.

"지 형사님, 고맙습니다. 저 정선아 씨 유족분들께 사죄드리고 싶어요."

"유족과 합의하면 양형에 참작될 겁니다. 내가 조서 잘 써 줄게요."

"지 형사님, 우리 언니 잘 좀 부탁드릴게요."

김수나는 한결 편안해진 표정으로 말했다. 말갛고 앳된 얼굴이다. 거짓을 벗어 버리자 타고난 본모습으로 돌아온 것이다. 김수나의 자백을 입증할 증거가 부족하지만, 공소 유지에 크게 문제는 없을 것이다. 지 형사는 사건이 잘 마무리되어 다행이라고 생각했다.

오늘은 황 형사와 삼겹살에 소주 한잔 찐하게 마시고 싶다고 그는 바랐다.